庫

涅《ね》槃《はん》の雪

西條奈加

光文社

「涅槃の雪」目次

涅《ね》槃《はん》の雪

茶番白洲

隠売女《かくしばいた》大手入

「降ってきたな」

愛宕山《あたごやま》が見えてきたところで、門佑《もんすけ》は空を仰いだ。

灰色に凍えた空から、白いものがちらほらと落ちてくる。春先の湿りを含んだ牡丹《ぼたん》雪は、鬱陶《うっとう》しく顔にまとわりつく。

「これじゃあ、また桜が遠のいちまいましたね」

後ろに従う一平《いっぺい》が、そうぼやいた。

桜のつぼみがほころびかけた矢先、思い出したように寒が戻った。

びくしょん、と一平が大きなくさめをし、あわてて羽織の前をかき合わせる気配がする。

「旦那も、物好きなお人ですねえ。わざわざ非番の日に、しかもこんな空模様だってのに、品川くんだりまでお見廻りとは」

「別に、ついて来ずともよかったんだぞ」

「何を水くさいことを。こいつを頂いちまった上は、あっしと旦那はいわば比翼の鳥みてえなもんですからね。どこへなりとも、お供しやすぜ」

「そいつは男女の契《ちぎ》りが深いたとえだ」

勘弁してくれと言わんばかりに、門佑は顔をしかめ、ちらりと後ろをふり返った。

一平は腰から萌黄房《もえぎぶさ》の十手を抜いて、しげしげとながめている。

ほんのひと月前、歳のせいでからだの利かなくなった老目明《めあか》しから、十手を引き継いだばかりだ。うれしくてたまらないらしく、いまだに一日に何度も、用もないのに十手を手にする。若草を思わせる房色は、岡っ引きとしてはまだひよっこの一平にぴったりだ。

「たまには女房の傍にいても罰《ばち》は当たらないぞ。そろそろ産み月に入るんじゃないのか？」

「うちのはまだ、八月《やつき》ですぜ。産まれるのは梅雨明けでさ」

今年二十三だから、門佑より十近くも下になるが、つき合っていた娘に子ができて、一平は去年身をかためた。

「あっしのことより、旦那の方がよほど気がかりでさ」

「おれの後添いのことまで、おまえが気をまわすことはない」

「そっちはとうに諦めてまさ。その話じゃなく、この前新しく来た……」

と、一平は急に話を止めた。

「なんだぁ、あの女。まさか、身投げじゃねえだろうな」

話しながらもふたりは、速い足取りで城下に向かっていた。

愛宕山が迫り、正面に金杉橋《かなすぎばし》が見える。橋の上に、女がひとり立っていた。

わずかのあいだに雪は、その勢いを増していた。道を往来する者も少なく、辺りはほとんど白一色に染まりつつある。女の派手な色柄の着物は、ひどく目立った。

「いや、何をしているかは知らんが、死ぬつもりはないようだ」

盛んに落ちるぼた雪に透かすようにして、門佑は目をこらした。

女は幼子のように空に向かって両手を伸ばし、雪を受け止めている。南国の生まれなのだろうか。雪がうれしくて仕方がないようすだ。

「あの格好は、神明町《しんめいちょう》辺りの隠売女《かくしばいた》ですぜ。ちょいと行って、締めてきまさぁ」

止める間もなく、一平は十手をかざして駆けていく。欲しかった玩具を手に入れた子供と同じで、やたらとあちこちでふり回したがる。困ったものだと、門佑はため息をついた。

一平が女の許《もと》にたどり着き、ふた言、三言、言葉を交わす。と、たちまち甲高い文句があがった。

「あたしが何をしたってんだい！　いいがかりをつけるのも、たいがいにしな！」

寒そうに縮こまっていた幾人かの通りすがりが、驚いて顔を上げた。

「橋の上に立ってるだけで、何の罪科《つみとが》になるってんだ」

「そうじゃねえ、てめえの生業《なりわい》をきいてるだけじゃねえか！　どうせ後ろ暗い商売で、稼いでんだろ。さっさと白状しねえか！」

互いのはばかりのない声で、揉めているのが筒抜けだ。周りの目もあり、引っ込みがつかなくなったのだろう。一平は声を荒《あら》げた。

十手を見ればたいがいの者は、面倒になることを避けて大人しく頭《こうべ》をたれる。人に誇れぬ商いをしているならなおさらだ。だが、あいにくとこの女は、一平の読みとは大きく外れていたようだ。己《おのれ》が入らねば、収まりがつくまい。仕方なく門佑は、橋へと急いだ。

六尺に達するからだは歩幅も大きく、その分進みも速い。

岡っ引きの背後に立った大男に、女は一瞬身をすくめたが、すぐに負けん気の強そうな瞳がにらみ返してきた。

歳は二十歳くらいか、色は白いが顔の造作はありきたりだ。ただ、人の目を惹く強いものが、女のからだからみなぎっていた。

「見も知らぬ奴に、居所を明かす謂《いわ》れはないね。そんなに知りたきゃ、てめえから名乗って、どうぞ教えて下さいお願いしますと、頭を下げるのが筋ってもんだ」

鷹のように鋭い己の顔を、門佑はよく承知している。上背の高さとあいまって、相手にはひどく恐ろしく映るようだ。大の男でも、門佑を前にすると思わず尻込みする。だがこの女は、怯《ひる》むどころか逆に食ってかかる始末だ。

「てめえ、いい加減にしやがれ！　いいか、きいて驚くなよ、このお方はな」

門佑が来たことで、一平は俄然《がぜん》勢いづいたが、そこで水入りとなった。

「申し訳ありません、この子は本当に口のきき方を知らなくて。ご無礼は、どうぞご容赦下さいまし」

橋の向こう側から、平べったい顔をした中年の女が駆けつけて、慣れた調子で詫びを並べ立てた。身なりから察すると、茶屋の女将ではなく、遊女の世話役をする遣手《やりて》のようだ。

「後でようく言ってきかせますから、ほら、雪花《ゆきはな》、おまえもお役人様と親分さんに、ようくお詫びするんだよ」

遣手が女の首根っこをつかみ、無理やり下げさせる。

非番だから、今日は役人の定服である黒羽織もはおっていない。それでも独特な八丁堀《はっちょうぼり》風の髷《まげ》の形で、遣手には門佑が町役人だとわかったのだろう。

「今日のところは、これでどうかご勘弁を」

抜け目なく紙に包んだものをふたつ、目立たぬようにさし出した。

「躾《しつけ》が行き届いていねえようだから、礼の仕方くらい、ちゃんと教えとくんだぜ」

えらそうにふんぞり返りながら、一平は当り前のように包みを受けとる。だが、門佑は、黙って首を横にふった。遣手は不安げに門佑を仰いだが、袖の下を断るのはいつものことだ。ひとり身で内証《ないしょう》も豊かだから、小遣い銭に困ることもない。それだけの話だ。

そのまま立ち去ろうとして、門佑はふと、先刻の女をふり向いた。

女はすでに、男ふたりには興味がないようすだ。また顔を仰向けて、空をながめている。女が大きく口をあけ、舌で雪を受けとめた。

「雪を食べると、腹をこわすぞ」

女が、門佑をふり向いた。

「そんなことないさ。天から落ちる雪は、きれいなんだ」

ひどくきっぱりとした口調に、とん、と胸を突かれた気がした。

「そうか……邪魔したな」

また叱る素振りを見せた遣手を制し、一平を促して、その場を離れた。

橋を渡り終えると、門佑はめずらしく、自分から小者に声をかけた。

「さっきは、何を話そうとしていたんだ？　新しいものがどうとか言っていたが」

え、と一平はしばし考え、ようやく思い出したように手を打った。

「そうだ、新しくいらっしゃった、お奉行様のことを伺おうとしてたんだ」

ああ、と門佑は、気のない返事をした。

「お名だけは存じてますがね、いったいどういうお方なんです？」

「北町《うち》に来られてまだ三日だ。おれにもわからん」

「また、素っ気ないことを。そんな風に愛想に欠けるから、前のお奉行様にも煙たがられていたんですよ」

一平がずけずけと進言する。

「最初が肝心なんですから、新しい方には世辞のひとつも言ってみて下せえ。ぐっと覚えがめでたくなりやすぜ」

「めでたいのは正月だけでたくさんだ。どんな奉行が来ようと、おれたちの役目に変わりはない」

天保《てんぽう》十一年三月二日、北町奉行を拝命したのは、遠山左衛門尉景元《とおやまさえもんのじょうかげもと》だった。

昨日の雪が、嘘のような上天気となった。

あたたかな春の日差しに、雪は昼前にはすっかり消えた。

あの女は、がっかりしているだろうか。ふとそんなことを考えたとき、詰所《つめしょ》の外から門佑を呼ぶ声がした。

「門佑、お奉行がお呼びだ。一緒に来い」

年番方与力《ねんばんかたよりき》の、北村弦左衛門《きたむらげんざえもん》だ。五十をとうに過ぎているのに、脂ぎった顔をてらてらさせた、精力があり余っているような男だ。仕事もがつがつと押し進め、上役としては多少鬱陶しいが、それ故《ゆえ》年番方にも選ばれたのだろう。北町には年番方は三人いて、所内全体を掌握するまとめ役だった。

南北町奉行所にはそれぞれ、与力二十五騎、同心百二十人が配され、五組に分けられている。

高安《たかやす》門佑は、北町の五番組で吟味方を務める与力だった。

訴えや事件の詮議《せんぎ》を行い、仔細を調べるのが吟味方で、門佑の他に六人いる。

他にも、過去の犯罪と事件を照らし合わせる例繰方《れいくりかた》や、牢屋見廻、養生所見廻、町会所掛《がかり》など、与力の掛《かかり》にはさまざまあって、この任免や配置替えも実質は年番方が行っていた。

「きっと何か難しい訴えを、我ら五番組に任せて下さるおつもりに相違ないぞ」

庭に面した廊下を行きながら、北村は上機嫌だ。別に組同士で手柄を争っているわけでもないのだが、北村は一番組と四番組にいるふたりの年番方を、強く意識しているようだ。

町与力は終生、町奉行所に仕える身だ。与力筆頭の年番方には、それより上の位はないというのにご苦労なことだ。

門佑はやれやれと、やる気満々の上役に従って、新任の奉行の許へと参じた。

「これはまた、きさしに勝る恐い顔だな」

平伏した門佑が顔を上げたと同時に、闊達《かったつ》な声がとんだ。

赤味がかった満月のような丸い顔に、小豆のような小さな目が、興味津々といったようすでまたたいている。真正面からながめまわされては、門佑とていい気持ちはしない。思わず顔を伏せると、もっとよく見せろと奉行は促した。

「ほうほう、まさに獲物に食いつく鷹さながらだ。鷹門《たかもん》とはまた、よく言ったものだ」

かっかっか、と高笑いする。それが妙に甲高く、頭に響く。左手に持った扇子は、最前からぱたぱたとせわしなく動いている。いくら日和《ひより》がいいと言っても、扇子を使うほどでもない。四十八歳という歳の割に、どうも落ち着きのない男だ。

「いや、前の安房《あわ》殿から、お主のことは色々ときいておってな、いったいどんな男かと楽しみにしておった」

前の奉行とは、門佑は反《そ》りが合わなかった。あまりいい噂ではない筈《はず》だ。嫌味のひとつも覚悟していたが、遠山景元はまるで逆のことを口にした。

「鷹門、今日からおまえは、わしの片腕になれ」

「……どういう、ことでしょうか？」

意味がわからず、門佑は奉行を仰ぐ。

「わしの耳や目となって、市井《しせい》のあれこれを逐一わしに知らせろ。それがおまえの役目だ」

「し、しかし、高安は吟味のお役目があります故」

あわててくちばしを挟《はさ》んだのは、北村だった。

「よろしければ私が、お奉行のお取次《とりつぎ》役をさせていただきますので……」

「それには及ばん。お主には年番方という、重い役目があろう」

言下に退けられて、北村は押し黙った。

「むろん吟味方も、いままでどおり務めてもらう。なに、一日に一度、ここに通ってもらうだけの話だ。たいした手間にはなるまい」

手間暇のことではなく、北村が拘泥《こうでい》しているのは、己をさしおいて配下の門佑が奉行の傍にはべることだ。直属の上役の機嫌を損じては、後々面倒だ。それを見越して門佑は、やんわりと断りを入れてみた。

「ですが、お奉行。片腕としてならすでに、内与力の方々がいらっしゃる筈です」

奉行は内与力と称して、己の家臣を十人ほど奉行所に入れることができた。遠山もまた内与力を抱えていたが、門佑ら町役人とは違い、彼らは遠山家に代々仕える者たちだ。主従の結びつきもそれだけ強く、側用人《そばようにん》や祐筆《ゆうひつ》としてはもちろん、ときには奉行の代弁に立つことさえある、まさに懐刀のような存在だった。

だが、遠山は、扇子をひらひらとふってみせた。

「あの者たちでは、耳目にならん。屋敷勤めが長い分、市井に疎いのはわしと同じだ」

「しかし……」

門佑はちらりと、傍らを窺った。北村の口許は、あきらかにへの字に結ばれている。

「わしはな、鷹門、安房殿にこうきいたのだ。北の与力の中で、もっとも市井に通じているのは誰か、とな。そうしたらすぐに、おまえの名が出た。吟味のためと称しては、やたらと市中に出かけてゆき、非番の日でも、ようろうろと町をまわっているとな」

それが前の奉行には、受けがよくなかった一因だが、他にもまだある。遠山は遠慮なく、そこにも触れた。

「だが、安房殿は、こうも言った。もっとも愛想がなく、もっとも扱い辛いのもまた、鷹門だとな」

何がおかしいのか、また耳障りな高笑いが、かっかっか、と響く。

「そういうわけで、鷹門、明日からさっそく頼むぞ」

どうやらこの奉行は、『鷹門』がよほど気に入りのようだ。役所の内外で、己がそう呼ばれていることを知ってはいたが、あくまでも他人《ひと》の口に門佑の話題が上るときだけだ。誰も面と向かって、鷹門なぞと呼んだりしない。

無闇に明るいところといい、話し好きなようすといい、北村とは違う意味で面倒な御仁だ。

門佑は細いため息をつき、奉行の申し出を承知した。

「おまえ、遠山様に何か贈り物でもしたのか？」

奉行の座敷を辞して廊下を曲がると、北村は開口いちばんそうたずねた。

「いいえ。私の性分は、北村様もよくご存じの筈です」

それでも北村は、疑り深そうな眼差しを向け、詰所へ戻るあいだ、くどくどと念を押した。

「門佑、わかっているだろうな。お奉行と何を話したか、漏らさずわしに知らせるのだぞ」

はい、はい、と首ふり人形のようにうなずきながら、門佑は先行きを憂えていた。


「高安殿、いまお帰りですか？」

奉行所を退出しようとすると、玄関脇の座敷から人が出てきた。

内与力たちの詰所で、来訪者の挨拶や取次などを行っている。

「よろしければご挨拶代わりに、私と一杯おつきあい願えませんか？」

内与力も、公用人《こうようにん》・目安方《めやすかた》・取次と、掛が分かれている。目安方を務める三人のうちのひとりだが、名前までは覚えていない。まだ二十代に見える若い侍だった。

下ぶくれの顔のせいか、天辺の髷が妙にとんがって見え、それが何かに似ている。ためらう門佑の背を押すように、相手は人なつこい笑みを浮かべた。

「こちらへ来た折に、顔合わせしたきりでしたね。改めまして、栗橋貢輔《くりはしこうすけ》と申します」

名のとおり栗に似ていると、思いついたとたん笑いが込み上げた。

冗談に興じることもないから、門佑は酒の相手としては不向きな男だ。同輩たちから誘われることも滅多にないが、たまにはいいかと、そんな気になった。

「安くて美味《うま》い店を、お教え願えませんか」

栗橋にそう乞われ、門佑は南茅場町《みなみかやばちょう》の小さな居酒屋に案内した。女はつかないが、気の利いた肴《さかな》を出す。栗橋は飲み食いが好きなようで、小鮎の甘辛煮や筍《たけのこ》とアサリの炊き合わせに舌鼓を打ちながら、門佑の倍の早さで盃をあける。ただし、酒はそう強くもないらしい。半刻《はんとき》もせぬうちに、栗に似た顔は火ではぜたように真っ赤になって、目がとろりとしてきた。口だけは飲むほどに調子が上がるようで、ぺらぺらとよくしゃべる。

「殿から面白い方だと伺って、ぜひとも鷹門殿と呑みたいと思っていたのです。あ、私のことは小栗《おぐり》と呼んでください。上に親父がいますから、殿はそう呼ぶのです」

栗橋家は親子二代で遠山家に仕えており、貢輔の父親は、やはり内与力のひとりで、公用人の筆頭を務めていた。

「そういえば鷹門殿、うちの殿には色々と、よからぬ噂があるのをご存じですか？」

いや、と門佑は応《こた》えたが、遠山景元の風説はいくつか耳にしていた。若い頃は遊び人で、放蕩無頼を尽くしていたとか、二の腕から背にかけて、女の生首の彫り物があるとか、そのような類《たぐい》のものだ。栗橋は自らひとつひとつあげつらい、門佑にたずねた。

「城中ではもっぱら、そんな話が流れています。鷹門殿は、どう思います？　殿がそういうお方だとお信じになりますか？」

己を試しているのだろうか。そんな考えも浮かんだが、門佑は正直に応えた。

「いいえ。おそらく遠山様の出世を妬《ねた》んだ者たちの、でまかせではないかと」

「さすがは鷹門殿、よくわかっておいでだ！」

栗橋がたちまち相好《そうごう》を崩す。

「なにせ我が殿のご出世の早さときたら、とぶ鳥を落とす勢いとはまさにこのことで……」

若い家臣の主自慢は長々と続いたが、まんざら大げさな話でもない。

遠山家は五百石の旗本で、その家格の者が、三千石の町奉行まで上り詰める例は稀《まれ》だった。それはまた、景元の父、景晋《かげみち》の力に拠《よ》るところも大きい。景晋は長崎奉行などを経て、五百石の幕臣にしてはやはり破格と言える、勘定《かんじょう》奉行にまで昇進した。父親が開いてくれた出世の道を、息子の景元は無駄にしなかった。

「なにせ町奉行は、勘定奉行より上席ですからね。大殿もきっと、草葉の陰で喜んでおられることでしょう」

泣き上戸《じょうご》の気もあるものか、栗橋はくっすんと鼻をすすった。大殿の思い出話にまで、つき合うつもりもない。門佑はさりげなく、景元へと話題を戻した。

「ではやはり、城中での噂は、根も葉もない作り話なのですね？」

「いえ、実は、根っこはわかっております」

それまでの湿っぽさから一転し、栗橋はひょいと顔を上げた。

「根っことは、どのような？」

「殿は跡継ぎとして上様に初御目見《おめみえ》されたのが、人よりだいぶ遅うございましたから、その前の暮らしぶりを、世人はほとんど知らぬのです。それ故、さまざまな噂がとび交うのでしょう」

「たしか、ご先代の長子ときいていますが、何か仔細でも？」

「実は遠山家には、二代にわたってご不運が続きまして……」

「小栗殿、手短に願います」

また感傷交じりになってはたまらないと、門佑はひとまず釘をさした。簡潔とはいかないまでも、どうにかお涙頂戴に陥ることなく、栗橋は遠山家の事情を明かした。

景元の父、景晋は、遠山家に養子に入った身分だった。だが、景晋が養子に入ったその後に、遠山家の先代に嫡男《ちゃくなん》が誕生した。実子ができたというのに、養子が継ぐのは具合が悪いが、跡目として将軍に御目見している以上、違《たが》えることはできない。そこで景晋は、実子の景元の出生届けを一年遅らせ、先代の実子を養子とし、己の跡継ぎとした。これは実子があると、養子がとれないからだ。その恩に報いてか、先代の実子は、やはり実の子を他家へと出して、景元を己の養子に据えたという。

「すまない、小栗殿。おそろしくわかり辛いのだが」

「つまりですね、表向き、養子を迎えてから実の子が生まれる不幸が、二代にわたって続き、大殿と我が殿のあいだには、叔父上が挟まっていたということです」

「なるほど。平たく申せば、実の父上は、届けの上ではお奉行の祖父ということですね？」

そのとおりだと、栗橋が首をうなずかせた。何ともややこしい話である。

「ところがその叔父上様が、病を得てお亡くなりになりまして」

「それでお奉行が、無事お家を継がれたというわけですか」

遠山景元が、十一代家斉《いえなり》に御目見し、役人として初出仕したのは三十二歳のときだった。父の辞職により家督を相続したのは、それから五年後のことだ。

「それがたった十六年で、町奉行になられるなんて。やはり殿には、人より抜きん出た才があると思いませんか。ですが、才ある者がまわりに妬まれるのもまた、世の常ですからねえ」

すっかり酔いのまわったらしい栗橋は、はばかりなく主を褒めちぎる。

「そういえば、文化《ぶんか》の頃に名奉行と謳《うた》われた根岸《ねぎし》様も、似たような噂があったときいたことがあったな……」

「根岸肥前守鎮衛《ひぜんのかみやすもり》様でございますな！」

門佑の呟きがきこえたらしい。栗橋は、打てば響くように応じた。

根岸鎮衛は、寛政の改革を行った松平定信《まつだいらさだのぶ》に勘定奉行に抜擢されて、その後南町奉行を十八年も務めあげた。

「根岸様は、百五十俵の小禄から町奉行になられたお方。まわりのやっかみは、我が殿以上でありましょう。やはりお城に上がるまでの来し方を、あれこれでっちあげられたのですよ」

「そればかりでは、ないかもしれん。根岸様が無頼漢だったという噂は、町場の者にも伝わっていたといいますから」

「まさか、真《まこと》の話だと？」

「そうではありません。下々の者が、そう信じたがっていたということです」

異例の出世を果《はた》した奉行が、かつては自分たちと同様の暮らしを送っていた。そう考えることで、庶民は親しみを覚え、誇らしい気持ちにもなる。

門佑がそう説くと、栗橋の顔が、ぱっと輝いた。

「なるほど！　では、我が殿の噂も市中に広めれば、下々から崇《あが》められる名奉行になるやもしれませんね！」

「いや、そうは申さんが……そのような姑息な手は、それこそ名奉行にはふさわしくなかろう」

あいにく栗橋には、すでに門佑の言葉は届いていない。頭の中は、名奉行と賞讃される遠山の晴れ姿でいっぱいのようだ。

夢を見るのは勝手だと、門佑は栗橋をそのままにして銚子を傾けた。


たいした手間ではないと遠山は言ったが、とんでもない話だった。

「おい、鷹門、お奉行がまた、お鷹狩りをご所望のようだぞ」

十一月半ばのその日、同輩の与力が、にやにやしながら呼びにきた。遠山や内与力たちがそう呼ぶために、同輩連中は、はばかりなくその名を口にするようになった。

遠山が奉行に就いて、八月《やつき》が過ぎた。一日一度どころか、遠山は二度も三度も門佑を呼ばわる。そのたびに詰所と奥の間を、行ったり来たりせねばならない。ちょうど鷹匠の腕に戻る鷹さながらだと、『奉行のお鷹狩り』と揶揄される始末だ。

話の内容も、市井のあれこれだけに限らない。いちばん困るのは、他の吟味方与力にまわした案件について、たずねられることだった。

「のう、鷹門、喧嘩で相手を傷つけただけで遠島《えんとう》とは、ちと刑が重すぎはしまいか」

「ですから、そのお調べ書きにあるとおり、生計《たつき》のすべを持たない者を傷つけた場合は、中追放より重い罪になるのです」

「しかしな、相手の心ないひと言で、喧嘩になったとあるぞ。やはりここは、刑を減じる目安となると思わぬか？」

そんなことを問われても、はいと応えられるわけもない。他の与力が行った調べを覆すなぞ言語道断、まして門佑は、吟味方としては若輩になる。

今日はどの案件を、ひもとくつもりだろうか。門佑は重い足取りで、木枯らしが吹き抜ける廊下を奥へと進んだ。

だが、奉行の座敷に行ってみると、案に相違して先客がいた。年番方の北村である。

いったい何事だろうかと、さっきとは別の疑念が胸にわく。

「おお、門佑、そんなとこに突っ立ってないで、早く入れ」

北村が満面の笑みでさし招き、ますます薄気味悪くなる。

遠山に呼びつけられる弊害は、もうひとつある。奉行の覚えがめでたくなればなるほど、上役や同輩からの風当たりは強くなる。その中でもひときわ機嫌の悪いのが、北村だった。

もともと腹の内が、顔に出やすい性分だ。奉行と何を話したかと、最初のうちは門佑にしつこくつきまとっていたが、遠山のお鷹狩りがあまりにも頻繁では、言う方もきく方も面倒になる。自然と遠のいてしまったが、その分、目に障るようで、きこえよがしの大声で皮肉を言ったり、必要な伝達を告げなかったりと、あからさまな嫌がらせも増えていた。

上がその調子だから、与力仲間からも自ずと浮き上がる。もともと門佑は、とっつきが悪い。仕事以外で同輩と、ことさら馴れ合うのも苦手な気質《たち》だ。まわりに煙たがられていたのがさらに進んだだけだが、詰所の居心地の悪さには閉口していた。

そんなところに、上機嫌の北村だ。ひょっとして、閑職への配置替えだろうかと、その考えも浮かんだが、幸い、そうではなかった。

「ご老中からのお達しで、近々、隠売女を大がかりに取締ることになってな。二番組、四番組と、おまえたち五番組を行かせることにしたのだが」

遠山がそう切り出すと、待ち切れないように北村が後を奪いとった。

「その手配りの一切を、我ら五番組にお任せ下さるそうだ。どうだ、名誉なことだろう」

喜色ではちきれそうな顔を見て、門佑はようやく合点がいった。北村の得意は、言葉どおりのものではない。四番組をさしおいて、五番組に任せるというところが味噌なのだ。

四番組には、東丈七太夫《とうじょうしちだゆう》という年番方与力がいる。息子の七太郎《しちたろう》もまた、同じ四番組で吟味方与力を務めているが、この東丈親子がやはり、遠山から目をかけられていた。

遠山の気に入りは、己以外にはこの親子だけで、門佑にとっては有難い存在なのだが、同じ年番方の北村としては、当然面白い筈もない。東丈への嫉妬は、門佑へのそれとは比べものにならない。

つまらない見栄だと呆れながらも、上役の機嫌が良いのはやはり助かる。

「は、精一杯、務めさせていただきます」と門佑は、殊勝に畳に平伏した。

「よいか、茶屋の主や雇い人はもちろん、女どもは一匹たりとも逃してはならんぞ！」

陣笠に火事羽織姿の北村が、馬上からすこぶる気合の入った訓示をたれる。

すでに真夜中に近い刻限だったが、北町奉行所はものものしい雰囲気に包まれていた。門の内には三組の与力・同心と大勢の小者がひしめき、立錐《りっすい》の余地もない。その数は百五十人に及び、同じ数の捕手《とりて》が、南町からも出張《でば》る手筈になっていた。

吉原以外の岡場所を、幕府は認めていない。だからそこに働く私娼は、隠売女と呼ばれた。

だが、このような色街は、江戸に少なくとも三十ヶ所はある。今回はそのうち八ヶ所を、南北で分担し手入れをかける。

「なにやら、胸が躍りますなあ、鷹門殿。このような大がかりな捕物は、初めてですよ」

捕物出役《しゅつやく》の際は、与力は騎馬で出る。馬にまたがった門佑に、隣の馬から声をかけたのは、内与力の栗橋貢輔だった。

「私も吟味方ですから、出役に駆り出されることなぞ滅多にないのですが、たしかにこれだけの数をそろえた御用改めは、あまりありません」

「どうやら此度《こたび》は、老中首座の水野《みずの》様の肝煎《きもいり》のようですよ」

この頃、老中を仕切っていたのは、浜松藩主、水野越前守忠邦《えちぜんのかみただくに》だった。

「才長《た》けて志の高い御仁のようですが、なにせ上にいるのが、あの大御所様ですからね。せっかくのお志も、骨抜きにされるのが常でしたが」と栗橋が、くくっと笑いをもらす。

十一代家斉は、三年半前に将軍職を退いていたが、未だに実権は手放していない。多くの妻妾に五十人以上の子を産ませた野放図ぶりは、政《まつりごと》にも遺憾なく発揮されていた。家斉の治世は、すでに五十年にも及ぶ。まるで御上に倣うように、城下の庶民の暮らしぶりも爛熟を極め、その一角が、増え続ける隠売女だった。

「門佑、ぼやぼやするな！　わしの後に続け！」

北村に一喝されて、あわてて馬首をそちらに向ける。百五十人余の捕方は四ヶ所に分けられ、門佑や栗橋は、北村と同じ組だった。

真夜中を告げる鐘が鳴り、十一月晦日《みそか》となった。空に月はなく、捕手の携える高張り提灯《たかはりぢょうちん》だけが道を照らす。ところどころ白く光っているのは、二日前に降った雪のためだ。前を行く北村の馬が雪を蹴り上げ、風花《かざはな》のように門佑の顔に吹きつける。

そういえば、といつか見た女のことを思い出した。

行く先は、あの女を見かけた金杉橋に近い芝《しば》神明町だった。草履《ぞうり》の地を擦る音が、無人の往来に低く響く。従う小者の中には、襷《たすき》掛けに鉢巻姿の一平もいた。

「客は見逃しても構わん。後は残らず引っ括《くく》れ！」

町中に配された捕方が、北村の合図で一斉に茶屋に踏み込んだ。

屋内から男女の悲鳴があがり、あちらからもこちらからも、半裸の男たちが転がるようにとび出してくる。神明町の内はたちまち騒然となった。

馬を降りた門佑は、己が受け持つ茶屋の後方で、朱房の十手を握っていた。与力の十手は捕縛のためではなく、あくまで配下を指揮するためのものだ。

縄をかけられた女たちが、次々と茶屋から引きずり出される中、門佑の目の端で、何かが動いた。どこかに抜け道でもあったのだろう。四人の女の影が、茶屋脇から走り出た。

「おまえたち、待て！　誰か、あの連中を追え！」

声を張り上げたが、あいにく捕物が佳境に入り、手の空いた者がいない。やむなく門佑は、逃げた女たちを追って走り出した。

門佑の足なら、造作もない。すぐに追いつき、背後から一喝した。

「逃げても無駄だ、止まれ！」

四人がびくりと立ち止まった。観念したように、おそるおそるこちらを向く。

「鷹の旦那、どうしやした？」

気がついた一平が、龕灯《がんどう》提灯を手に走ってきた。

一平が灯りを向けると、中の三人は、十四、五だろうか、まだ幼さをとどめた顔立ちだ。残るひとりが灯りに浮かび上がり、門佑ははっとした。

「おまえは……！」

こちらを見詰めるきつい目に、覚えがある。前に金杉橋で会った、雪花という名の遊女だった。だがそれ以上、何を言う間もなく女がとび掛かってきた。女が体当たりしたのは、大きな門佑ではなく、傍らの一平だった。

ふいを突かれた一平が、あっ、と叫び、龕灯が地に落ちた。

「おまえたち、お逃げ！　決して止まるんじゃないよ！」

言いざま女は、灯りの消えた龕灯を拾い上げ、まっしぐらに茶屋に向かっていく。

「このアマ、やりゃあがったな！」

一平が女を追い、いったい何をするつもりかと、門佑の足もそちらに向く。女が一直線に向かったのは、先刻まで門佑がまたがっていた馬だった。

「あの女、まさか……！」

女が龕灯を持った右手を、大きくふり上げた。

「よせ！」

一平を追い越して、女にとびついたが間に合わなかった。釣鐘形の銅製の提灯は、馬の横腹に見事に命中した。驚いた馬が大きく嘶《いなな》き、前足を高く上げ、手綱を摑んでいた小者がふりとばされて倒れ伏す。暴れる馬から逃げまどい、捕方も女も一緒になって右往左往する。

茶屋の前は大混乱となった。

「馬を押さえる！　誰か手を貸せ！」

てきぱきと指図をはじめたのは、栗橋貢輔だった。栗橋の命で小者たちが、頭から布をかぶせて馬を落ち着かせ、何本もの梯子や棒でまわりを囲み、行く手をさえぎる。

「いつまで乗ってんだい。女に乗るなら、お代を払ってからにしな」

半ば呆然としていた門佑の、腹の下から声がした。とびついたときに女と一緒に倒れたことに、門佑はようやく気がついた。

「何てことをしてくれたんだ。こんな真似をして、ただではすまないぞ」

「ふん、こっちの思惑は果《はた》したんだ。あとは磔《はりつけ》でも獄門でも、好きにしな」

女の言葉どおり、先刻の三人の娘は、騒ぎに乗じて逃げ果《おお》せたようだ。門佑は苦い顔で立ち上がり、女を助け起こすつもりで腕をつかんだ。

「痛っ……」

女が顔をしかめ、よろりと地面に膝をついた。覗き込むと、左頬に小指一本くらいの赤い筋がついている。

「すまないな、十手が当たってしまったようだ」

「違う、顔じゃなくて、足だよ」

倒れた拍子に捻《ひね》った上に、門佑の重いからだに潰されて、右足を痛めたらしい。どうにか立てるが、歩くのは難しいようだ。門佑は一平を呼び、ひとまず女に縄をかけ、奉行所までは己の馬に一緒に乗せた。

東の空が白みはじめ、魚河岸《うおがし》を目指す魚売りや、江戸を旅立つ者などが、すでに往来を行き交っている。門佑の前に乗せられ、後ろ手に縄目を握られている姿は、格好の見せ物となっていたが、女は恥じるようすもなく昂然と頭を上げていた。

「鷹門殿、その女、しっかり押さえていて下さいよ。また馬を蹴られでもしたら、一大事ですからね」

隣に馬を並べた栗橋が、門佑に顔を向けた。

「小栗殿には、世話をかけた。おかげで助かりました」

「困ったときはお互いさまです。いやあ、捕物とは、面白いものですねえ」

ぐったりとした門佑とは逆に、栗橋はしごく満悦だった。


「遠山左衛門尉様、御成《おな》りぃ！」

触れ太鼓が鳴らされて、遠山景元が白洲《しらす》に姿を現した。

麻裃《あさがみしも》を身につけた恰幅《かっぷく》の良い姿からは、常のせわしなさは微塵も感じられない。こうして見ると、どこにも遜色のない立派なお方だと、奉行の背後に座した門佑は改めて思った。

白洲にずらりと連なっているのは、先日の手入れでお縄になった茶屋の主や雇い人、さらには大勢の遊女たちだった。十六から十八の歳の娘がもっとも多いが、下は十四から上は三十二までと歳はさまざまだ。

「これより、吟味をはじめる」

奉行が重々しく告げた、そのときだった。

「おや、金さん！　金さんじゃないか！」

素っ頓狂な大声に、白洲中の目がそちらに向いた。中年の女が、筵《むしろ》の上に膝立ちになっている。門佑は、女の顔を知っていた。いつか金杉橋の上で、雪花と一緒にいた女だ。『三《み》厨屋《くりや》』という茶屋の遣手だと、すでに調べはついていた。

「やっぱり間違いない、金四郎《きんしろう》様だ。お忘れですか、芳《よし》の井《い》ですよ」

金四郎は父から受け継いだ名で、四十歳で初めて左衛門尉の位を受けるまでは、遠山は金四郎景元を名乗っていた。

「ほら、深川《ふかがわ》表櫓《おもてやぐら》の重辰《しげたつ》に、毎日のように通って下さったじゃないですか。ふいにぱったりと足が途絶えて、病にでも伏せってんじゃないかと、ずいぶんと気を揉んだんですよ。それがこんなご立派におなりになって、あたしも鼻が高いですよ」

女の勝ち誇ったような顔は、ただ再会を懐かしんでいるばかりとは思えない。明らかに奉行の器量を試そうとする、嫌がらせに見えた。

「昔は貧乏旗本の冷や飯食いにしか見えませんでしたが、たいそうなご出世ぶりで。だからと言って、昔なじみを忘れちゃあ嫌ですよ」

白洲の女たちがざわめき出して、奉行の背後にいた役人たちが青くなった。あわてて小者に合図を送り、黙らせようと試みる。

遠山は少しも慌てず、女に向かって、ずい、と身を乗り出した。

「たしかに、あの頃は世話になったな」

遠山の応えに、北町の面々がさらに仰天する。年番方の北村などは、口をあんぐりとあけたままだ。門佑は、訝《いぶか》しげに眉をひそめた。若い頃の放蕩無頼の噂は、根も葉もないでまかせだと栗橋は言った。あれは主大事を旨《むね》とする、家臣の嘘だったのだろうか。

当の遠山は、丸い顔に柔和な笑みを浮かべ、諭すように続けた。

「だがな、あれから長らく年月が流れた。いまではわしも、こうして重い役目に就いた」

「どんな立派なご身分になろうとも、金さんは金さんですよ」

遣手がしゃあしゃあと言ってのける。とたんに遠山のようすが一変した。血色の良い丸顔がさらに赤味を増し、まるで達磨《だるま》のようだ。

「さればおまえはいつまで、遣手なぞを続けるつもりか！」

ひっ、と女の喉が鳴った。怯えたように身をこわばらせる。

「年月《としつき》を経て、少しはましになるのが、人というものではないのか！」

「はい、はい、そのとおりで……」

「こうして見ると、おまえもずいぶんと歳をとったようだが、中身は昔のまま、いや、いっそう下世話になり下がったようだな」

「も、申し訳、ございません」

遣手が筵に這うようにしてひれ伏すと、遠山は調子を変えた。

「せっかくこうして、昔なじみに会えたんだ。これを機に、真っ当な商いをはじめてみてはどうだ？」

遠山はなごやかな微笑をたたえ、噛んで含めるように説く。

「おまえはもとから、気働きの良い女だった。どんなところでも、立派にやってゆけるだろう。働き口なら、いくらでも世話してやるぞ」

「お奉行様……」

「なにせ、昔の好《よしみ》があるからな」

遣手は涙ぐみ、有難うございます、と深々と頭を下げた。

このお奉行は、たいした人物だ――。

遠山を賞讃する気配が、北町の役人にも、白洲に座る者たちにも広がっていた。

遣手の一件が功を奏したようで、後の吟味は滞りなく進んだ。

楼主も遊女たちも、奉行に問われたことに素直に応え、大人しく従った。楼主には手鎖や敲《たたき》の刑が言いわたされ、女たちは正業に就くか吉原に移るか、二者択一を迫られた。吉原預けの女たちには、刑として三年のただ働きが科せられる。それでも借金の額が多ければ、まともな職では返せない。六十二人の女が吉原への住み替えを承知した。

「さて、最後に、芝神明町三厨屋抱えお卯乃《うの》」

雪花と呼ばれていた遊女が、きつい目つきで遠山を見上げた。お卯乃というのが、雪花の本当の名であった。皆が一様に奉行に迎合する中、この女だけは気を抜こうとしない。

「おまえにはやはり、何らかの罰を与えねばなるまいな。誤って龕灯をぶつけてしまったにせよ、役所の馬を暴れさせ、かすり傷だが怪我をした者もおるからな」

あくまで遠山の口調はやわらかいが、お卯乃の頑《かたく》なようすは変わらない。

「とはいえ、おまえの方が、よほどひどい怪我を負ったようだ。それに免じて……」

「提灯は、わざとぶつけたんだ」

お卯乃は、はっきりとそう告げた。奉行の斜め後ろに座す門佑が、ぎくりとする。

「わざと、だと？」

「はなから馬を暴れさせるつもりで、わざと提灯を投げたのさ」

遠山は丸い赤ら顔を怪訝《けげん》そうにしかめ、ちらりと門佑をふり返った。

故意ではなく過失だと、そのような調書を作ったのは門佑だ。

あれだけの騒ぎにもかかわらず、小者ひとりがかすり傷を負っただけで済んだ。それ故刑の軽減を図ったのだが、己のせいで女に怪我をさせた、その罪の意識もあった。

倒れたときに、よほどひどく捻ったらしく、お卯乃の右足首の腱は切れていた。痛みはさほどないようだが、杖にすがらなければ未だに歩くことさえできず、今日まで小石川《こいしかわ》の養生所《ようじょうしょ》に預けられていた。

「何故、そのような真似をした」

「別に。急に踏み込まれてむかっ腹が立ったから、ちょいと意趣返しを思いついたまでさ」

それは嘘だ。あの後、お卯乃が逃した三人の娘を探してみたが、見つからなかった。

「申し訳ございません、雪花はどうも日頃から口が悪くて」

多少慌てぎみに弁解をはじめたのは、三厨屋の主人だ。

「そうなんですよ、冗談が過ぎるのが玉に瑕《きず》ですが、心根はそう悪い娘ではないんですよ」

先刻の遣手が、すぐさま楼主に続く。お卯乃に重い刑が下れば、当然、抱え主や遣手もただでは済まない。それを恐れてのことだろう。けれどお卯乃は、その助け舟さえあっさりと無駄にした。

「冗談なんかじゃない。役人にひと泡吹かせてやろうと、あたしが企んだんだ」

「雪花！」

「島流しでも獄門でも、好きにすればいいさ」

投げやりな調子で言い放つ女を、遠山はしばしじっとながめていたが、

「ところでな、お卯乃、おまえはどうして、雪花と名付けられたのだ？」

ふいに、まるで違うことをたずねた。女が目をぱちくりさせる。

「おまえは名の通り、卯の花の咲く夏に生まれたとある。それが何故、雪花なんだ？」

「それは……前の茶屋でつけられて……」

それまでのふてぶてしさが薄れ、急に歯切れが悪くなった。

「……卯の花は、おからのことだろ？　おからのことを、雪花菜《きらず》と言うからって」

「おからで……雪花？」

遠山の丸顔がひと息で真っ赤になって、こらえきれぬように吹き出した。

かっかっか、と白洲中に甲高い笑い声がひびく。底抜けに明るい高笑いに、最初は呆気にとられていた周囲の者たちも、つられたように口許をほころばせる。

「そんなに笑わなくてもいいじゃないか」

「いや、すまん。あまりに愉快な話であった故」

涙をこぼし苦しそうに腹をさすりながら、遠山はどうにか笑いを収めた。

「だが、色の白いおまえにはぴったりの、きれいな名だな」

屈託のない褒め文句に、お卯乃は照れたように下を向いた。

「咎《とが》めなしとはゆかぬから、やはり三十日の押し込めといったところか……」

遠山が手許に目を落とし、門佑が調べ書きに示した刑を読み上げる。

「その後、渡世《とせい》替え、とあるが、何か真っ当な生業につく当てはあるのか？」

「ない、けど……」

「それならやはり、新吉原に……」

「廓《くるわ》に閉じ込められるのは、嫌なんだ！」

お卯乃は門佑が詮議したときから、吉原へ行くことだけは頑迷《がんめい》に嫌がった。

明暦《めいれき》の大火の折に三谷《さんや》に移されてから、公許《こうきょ》の遊廓は新吉原と呼ばれていた。

その吉原で最下級と言われるのが、羅生門河岸《らしょうもんがし》などの局見世《つぼねみせ》であり、そこに集まる身薄《みうす》の客を当て込んで次々と増えたのが、今回手入れを受けた岡場所だった。吉原へ行っても、いまよりひどい扱いを受けるということもない。

三年のただ働きを避けたいがためでもなく、お卯乃はただ、板塀とお歯黒どぶに阻まれて、一切外へ出られない吉原遊廓を嫌がった。あの娘たちを逃したのも、まだ年端のゆかない者たちが、廓に押し込められるのが可哀相に思えたようだ。根気よく詮議を重ね、門佑はようやくそこまで辿り着いた。

「恐れながらお奉行、その女のことですが」

頃合いを見計らい、門佑は奉行の傍らへ膝を進めた。遠山の耳許で、小声で告げる。

「然るべき刑を済ませた後は、こちらで働き口の世話をいたします」

「したが、鷹門、お卯乃の足は、もとどおり歩けるようになるまで、幾月もかかるとの医者の見立てだぞ」と、やはり小声で遠山が返す。

「その辺りも鑑《かんが》みて、それなりの勤め口を見つけるつもりでおりますので」

ふいに遠山が、門佑をふり向き、にやりとした。小豆のような目は、楽しげにまたたいている。

それだけで嫌な予感に襲われて、背中に悪寒《おかん》が走った。

「芝神明町三厨屋抱えお卯乃、そちに刑を申し渡す」

門佑が下がると、遠山は重々しく告げた。

「馬を騒がせ、捕方に傷を負わせた罪により、百日の押し込めとする」

門佑の示した刑より、三倍以上も長い。思わず門佑が、腰を浮かせた。

「ただし、押し込め先は、伝馬町《てんまちょう》牢屋敷ではない。当北町奉行所吟味方与力・高安門佑方組屋敷内の座敷牢とする」

「は？」

門佑とお卯乃が、同時に間抜けな声をあげた。

当然のことながら、八丁堀の組屋敷に、座敷牢などある筈がない。

居並んだ北村や同輩たちも、ぽかんと門佑をながめている。

「これにて、一件落着」

高らかに宣すると、遠山は裃の裾をひるがえし、襖の奥へと去った。

やがて小さな波のように、失笑が広がった。口許を押さえて堪《こら》えながら、与力同心が次々と退座する中、門佑だけはぼんやりとしたまま、しばしその場を動けずにいた。


「いったい、どういうおつもりですか、お奉行」

奉行の住まう役宅は、奉行所の奥にある。吟味を終えると遠山は、さっさとそこへ引っ込んでしまった。

白洲からまっすぐに役宅に押しかけて、門佑は遠山に詰め寄った。

「何故、あの女を私の屋敷に！」

「気を利かせたつもりだが、何をそんなに怒っているんだ？　別に照れなくともよいぞ」

「どんな気をまわされたのか、皆目見当がつきませぬが」

「あのお卯乃という女を、気に入ったのだろう？」

「とんでもございません！」

どこをどう解釈すればそんな勘違いが生じるものかと、門佑は血相を変えた。

「吟味にずいぶんと手心を加えた上、後の面倒まで己が見ると、そう申したではないか。てっきりおまえの好みかと……」

「それはあくまで、身のふり方を考えてやると申したまでのこと。あのような気の強い女子《おなご》は、むしろもっとも苦手とする類です」

思わず拳を握りしめて力説したが、遠山はかえって面白そうな顔をするばかりだ。

「ひょっとして、前の妻女《さいじょ》は、気性が激しかったのか？」

「いえ、亡くなった妻は、おとなしやかな女でしたが」

と、頭には、別の顔が浮かんだ。門佑がこの世で、もっとも疎ましく思う女の顔だ。

「別に良いではないか。いまはひとり身なのだし、どうせ朴念仁《ぼくねんじん》のおまえでは、通う女のひとりもいないのだろう？」

「大きなお世話です！」

「そう、カリカリするな。おまえのところは女中も雇い人も、年のいった者ばかりだときいた。家に若い女がひとりおれば、暮らしがぐっと華やぐぞ」

何を言っても遠山には、糠《ぬか》に釘《くぎ》だ。どのみち白洲での申し渡しを、覆すことなぞできはしない。門佑は諦めて、奉行の役宅を辞した。

「何だっておれが、こんな目に」

後片付けがまだ残っていたが、何をする気も失せて、ふらりと外に出た。役所の門をくぐると、ついぼやきが口をつく。

お卯乃はもうしばらく養生所預かりとなるが、師走《しわす》の内に門佑の組屋敷に移される。気ままなひとり暮らしともおさらばかと、門佑は憂鬱なため息を吐いた。

北町奉行所は、呉服橋御門の内にある。門前の呉服町を東に抜けて、稲荷新道《いなりしんみち》にさしかかったときだった。この通りには名のとおり稲荷社がある。その鳥居の内に、門佑は見知った男女を見つけた。

男は栗橋貢輔で、女は遠山に無礼をはたらいた、あの三厨屋の遣手女だ。

この組み合わせは、どう考えても妙だ。不審に思い門佑は、ふたりに気づかれぬよう、そっと近づいた。

「あんな感じで、良かったんですかねえ」

「上々の出来だ。言った額より、少し色をつけておいたからな」

栗橋がさし出した紙包みを、遣手が有難そうに受けとる。日はだいぶ陰っていたが、まだ辺りは薄明るい。包みの具合からして、中身は小判のようだ。

「くれぐれも、このことは内密にな」

「わかっておりますとも」

ほくほく顔の遺手がその場を去ると、門佑は隠れていた木の陰から出ていった。

「栗橋殿、これはどういうわけですか」

「わっ、鷹門殿、いつからそこに！」

栗橋はびっくり仰天したものの、すぐにばつがわるそうに頭をかいた。

「とんでもないところを、見られてしまいましたな。しかし見つかったのが鷹門殿で、まだ良かった」

「もしや先刻のお白洲での一件は、すべて茶番だったのですか？」

「そのとおりです。私があの遺手に話を持ちかけました。むろん殿とは、縁もゆかりもない女です」

栗橋は悪びれもせず、あっさりと応えた。

「また、どうしてそのような……悪い噂をわざわざ真実《まこと》にするような真似を」

「それはほれ、いつか鷹門殿が話しておられた、根岸肥前様のお話がきっかけです」

若い頃は放蕩無頼の暮らしぶりだった。町奉行にそぐわないその落差が、根岸肥前への親しみとなり、名奉行の噂と相まって江戸市中に広がった。それに倣って栗橋は、遺手にひと芝居打たせたのだ。

「私は書を読むのが好きなのですが、中に『廿日草《はつかそう》』というものがありましてな」

いまからざっと百年前、享保の頃の逸話を集めた随筆集だという。

「その中に当時町奉行を務めていた方の話がありまして、それをそっくり拝借しました」

「姑息な手で名奉行と呼ばれても、本末転倒というものではありませんか」

「ご心配なく。殿にはそれだけの器量がおありですから」

栗橋の思いつきであったにせよ、遠山がまったく知らぬ筈はない。

そして遠山景元が目指すものは、名奉行の誉《ほまれ》だけではなかった。

門佑がそれを知ったのは、それから幾月も過ぎた、翌天保十二年四月末のことだった。


「鷹門、えらいことになった！」

いつにも増して扇子の動きがせわしなく、余計な風が門佑の顔にまで届く。遠山は、城から戻ってすぐに門佑を呼びつけた。

「何か、よほどの変事でも起きましたか」

「南町奉行に、矢部定謙《やべさだのり》が就くことになったのだ！」

「それはたしかに大事ですな。いまの筒井《つつい》様は、かれこれ二十年も南町にいらっしゃいますから」

同じ役目に二十年は、幕閣でもめずらしい。それがすげ替わるというのだから、町方にとっては一大事だ。しかし遠山が気にかけているのは、あくまで新任の奉行のようだ。

「ううむ、困ったことになった。まさかよりにもよって、あやつが来るとは……」

「矢部様は、評判の良い御仁と伺《うかご》うておりますが」

「だからだ！　そのような者が相方になっては、どうしても比べられてしまう。だいたい、どの奉行もふたりより多く置くのは、互いに比べて競わせる、そのためなのだからな」

遠山は相当苛《いら》ついているようすだ。扇子がばっさばっさと、派手な音を立てる。

今回の町奉行就任とともに駿河守《するがのかみ》を賜った矢部定謙は、幕閣の中でもひときわ明敏な能吏《のうり》として名が知られていた。遠山家よりさらに低い、三百俵の下級から身を起こし、堺《さかい》奉行、大坂《おおさか》町奉行時代には、吟味の旨さにも定評があった。気骨にあふれる剛の者でありながら、世情に通じ仁徳に厚い人物と、良い噂なら枚挙にいとまがない。

「そう焦ることはありますまい。お奉行のお噂も、日に日に昇り調子ですから」

栗橋の工作にもかかわらず、名奉行との噂は未だ下々には広まっていないが、城中での評判は決して悪くない。

まんざら世辞でもなく、門佑はそう言ったが、遠山は扇子をぱちんと閉じた。

「あやつはな、十年にひとりの傑物だ。あれほどの男には、わしは会《お》うたことがない」

いつも闊達《かったつ》な丸顔が、心なしかしぼんで見える。矢部にだけは敵わぬと、遠山はよく承知しているのだろう。同じ年番方の東丈を敵視する北村と、まるで同じだが、己と相手の器量の差を正確に測れるだけましというものだ。

門佑は急におかしくなって、いつもの仏頂面を少しだけゆるめた。

「何を弱気なことを。勝負はまだ、はじまったばかりでございます」

「ふん、おまえは出世や手柄争いなぞ、馬鹿にしておるからな。つまらぬことにかかずらっていると、どうせ蔑《さげす》んでおるのだろう」

「そういうわけではありませんが……何故、私にこの話を？　むしろ東丈様や内与力の方々のほうが……」

たしかに門佑は、この手の話に興味がない。相手としては、向かない筈だ。

「東丈は親子そろって情に厚い。よけいな心配をかけるだけだ。わしの家臣に至っては、さらにまずい。小栗など、矢部の通り道にまきびしでも撒《ま》きかねん」

むっつりと告げる姿は、すねた子供と一緒だ。腹の内にいっそう笑いが込み上げる。

「なるほど、私くらいがちょうど良いというわけですか。ですが、私とてお奉行が片腕。遠山様が名奉行を目指しておられるなら、いくらでもお手伝いいたします」

「鷹門、わしはそのように小さい男ではないぞ。名奉行の評判は、足がかりに過ぎん」

「と、言いますと？」

「まだまだ上が、あるではないか。寺社《じしゃ》やら奏者番《そうじゃばん》やら若年寄《わかどしより》やら」

「しかし、それは……」

町奉行は、いわば旗本が就くことのできる最高位と言える。その上の位もあるが閑職ばかりで、さらに寺社奉行より上は、大名しか就くことができない。

「大名にしかなれぬと言うなら、万石まで昇り詰めれば良いだけの話だ」

遠山が、にやりとする。いままでしょげて見えたのが、まるで嘘のようだ。

「本気でございますか？」

「あたりまえだ。かの大岡越前守《おおおかえちぜんのかみ》が、すでにやり遂げておる。大岡様は、千九百二十石の家柄だからな。わしが五百石から行き着けば、後の世まで伝わるぞ」

かっかっか、と高笑いが鳴り響く。俗物もここまで極まれば、むしろ立派だ。この御仁にはとうてい敵いそうにないと、門佑は胸の内で呟いた。

「ところで鷹門」

ふいに遠山が調子を変えた。

「雪花菜《きらず》は達者にしておるか」

「……お卯乃でございますか」

嫌なところを突《つつ》かれたと言わんばかりに、門佑は眉間を寄せた。

「そろそろ新しい働き口を、見つけてやるつもりでおります」

しかつめらしく話しながら、門佑は内心でひやひやしていた。

八丁堀の屋敷に来て四月《よつき》半、すでに百日の入牢期日も切れていた。足の怪我は医者の見立てよりずっと早く回復し、いまではまったく不自由はないのだが、肝心の働き口が未だに見つからない。それというのもお卯乃が、まるで役に立たないからだ。

炊事・洗濯・掃除・裁縫と、お卯乃は何ひとつ満足にできない。商家に女中奉公に出せば五日で戻され、それならばと小料理屋の飯運びをさせてみれば、酔客と喧嘩して三日で暇を出される始末だ。門佑は正直、頭を抱えていた。

「別にわざわざ造作をかけることもなかろう。おまえの屋敷で、女中として置いてやれば良いではないか」

仔細は一切、遠山の耳には入れていない。

なのに門佑には、すべて見通した上での助言のようにきこえた。

「お卯乃、おまえの身のふり方だがな」

夕刻、屋敷に戻った門佑は、食事の前にお卯乃を呼んだ。

門佑が次を継ぐより早く、畳に目を落としてお卯乃が言った。

「明日、出ていくよ」

「何だと」

「これ以上、厄介をかけるわけにはいかないし」

「また、もとの稼業に戻るつもりではなかろうな」

「まさか……その、国許に帰るよ。やっぱり、生まれ在所《ざいしょ》が懐かしくなっちまって……」

中途半端な笑みをのせた顔を、門佑はじろりと見遣った。

「郷里《くに》には二度と戻りたくないと、たしかそう言っていた筈だが」

白洲の前に、調書をとっていたときだ。身内に辛く当たられたのかとたずねると、そうではないとお卯乃は首を横にふった。

『ただ、悲しいことがあって……思い出すのが嫌なんだ』

調べのあいだ中、気強く瞬いていた瞳が、あのときだけはふうっと翳《かげ》った。お卯乃の郷里は越中《えっちゅう》だったが、百姓の娘というより他は、何も語ろうとはしなかった。

「お卯乃、おまえはしばらくこの屋敷に留まれ。ここで炊事洗濯から礼儀作法まで、ひととおりのことを教えてやる」

「え？」

「いわば、行儀見習いだ」

嫁入り前の町屋の娘が、武家へ行儀見習いに出るのはよくある話だ。

「けどあたしは、いいとこの町娘なんかとは違う……あたしは、女郎なんだから」

「おまえはもう、女郎なぞではない！」

お卯乃がびくりと身を弾ませる。自分でもびっくりするほどの大声だった。いつも不機嫌そうにはしているが、役目の上ですら、こんなふうに怒鳴りつけることなぞ滅多にない。

「いいか、二度とそのようなことを口にするな。おまえはもう雪花ではない。ただのお卯乃だ」

何にこんなに腹が立つのかわからない。ふつふつとわいてくる怒りを己でもてあましながら、堪えるように低く告げた。

「わかったか、お卯乃」

「はい……」と、お卯乃の口の端がかすかに上がった。

まるで猫の住処に連れてこられた子鼠のように、決して用心を解こうとはしなかった。

それは門佑が初めて見る、お卯乃の和《やわ》らいだ笑顔だった。

矢部定謙の南町奉行就任は、老中水野忠邦が打った、いわば布石だったと知れたのは、それから半月後のことだった。

非番のその日、門佑はいつものように一平を連れて、深川界隈を歩いていた。

表櫓と呼ばれる岡場所を通ったとき、きき覚えのある声が耳に届いた。

「おまえたち、八つまでには戻るんだよ！　今日は大事なお客が見えるんだからね！」

はあい、と返事をした娘たちが、門佑の脇を駆けてゆく。その顔に、門佑が目を丸くした。

大手入れのあの日、お卯乃が逃がした三人のうちのふたりだった。声をかけた方を見れば、こちらは栗橋貢輔に頼まれてひと芝居打った遣手女だ。

向こうも門佑に気づいたらしい。意味深な表情で、丁寧に腰を折った。身なりはすでに、遣手のものではない。どうやら栗橋からせしめた金を元手に、表櫓で茶屋の女将に収まっていると、後日一平の調べでわかった。

「女というものは、たくましいものだな」

「まったくっすよ。うちの嬶《かかあ》なんぞ、赤ん坊が産まれてからは、ふてぶてしくなる一方で」

永代橋《えいたいばし》を渡りながら、一平の愚痴につきあってやる。霊岸島《れいがんじま》を越えて八丁堀に入り、途中で一平と別れた。一平はその先、新橋の近くに住まいがある。

組屋敷に帰り着くと、すぐに奥から騒々しい足音が響く。

「お帰り、門さん」

顔を出したのは、お卯乃だった。

あの日以来、お卯乃は張り巡らしていた垣根を、すっかり取っ払ったようだ。逆に度が過ぎるほどになれなれしくなったが、何故だかそれも不快ではなかった。

「門さん、ほら、今日は浴衣を洗濯したんだ。袖を通してみておくれな」

「お卯乃、これでは袖の通しようがないぞ」

さし出された浴衣は、糊《のり》が利き過ぎてぱりぱりになっている。

「ちょいと引っ張れば大丈夫だよ。ほら、洗いたてはさっぱりして気持ちいいだろ？」

張りついた袖と前身頃を無理やり剝がし、門佑に着せかける。麻裃を直《じか》に身につけたようで、気持ち悪いことこの上ない。

お卯乃の躾は高安家の女中頭に任せてあるが、覚えははかばかしくない。女中頭たる婆やの、心痛の種を増やすばかりだ。

「今日はどの辺りをまわったんだい？」

「大川の向こうをぶらりとな。そういえば、土産話があるぞ」

口のきき方も礼儀知らずも相変わらずだが、それでも話し相手としてはそう悪くないと、最近は思うようになっていた。

水野忠邦が天保の改革を発布したのは、この翌日のことだった。

中でも隠売女の手入れは熾烈《しれつ》を極め、翌年の八月には、品川・内藤新宿《ないとう》・千住《せんじゅ》・板橋《いたばし》の、いわゆる四宿を除く、すべての岡場所がとり潰された。

雛の風

奢侈《しゃし》禁止令

十月に入ると、江戸の町には木枯らしが吹きつける。

だが、天保十二年のこの年、城下を覆った寒々しさは、それまでの比ではなかった。

「こうもあちこち風通しが良くなると、何やら侘《わび》しくってかないやせんねえ」

賑《にぎ》わいのめっきり減った日本橋の大通りを前にして、一平が寒そうに首をすくめた。やけにだだっ広く見えるのは、屋台や葭簀《よしず》張りの出店がすべてとり払われたためだ。

日本橋本町と本石町《ほんこくちよう》に挟まれたこの辺りは、十軒店町と呼ばれる。毎年三月には雛人形の市が立ち、たいそうな賑わいになるのだが、それもこの先は難しくなろう。門佑は内心のため息を堪えて、小者に言った。

「連中を追い払ったのはおれたちだ。愚痴をこぼすのは筋違いってもんだろう」

「そりゃあ、お役目とあれば仕方ありやせんや」

一平は門佑を見上げ、案外あっさりと言ってのける。このくらい割り切りが早ければもっと楽だろうにと、半ばうらやましい思いで、門佑は己の手先をながめた。

五ヶ月前の五月十五日、天保の改革令が発布されて以来、世情は一変した。

享保と寛政の改革を持ち出して、これをいっそう徹底させたこの改革は、見る間に江戸の生気を奪いとっていった。

高安門佑が属する北町奉行所には、改革が達せられて早々、市中取締掛が、後には風俗取締掛も置かれ、町人の奢侈《しゃし》風俗を改めさせて、一方の南町ではこれを諸色《しょしき》調掛と称し、市中の物価なども併せて取締っている。

効果はすぐに現れて、発布からわずかふた月後の七月に入ると、すでに市中をまわる三《さん》廻《まわり》同心らから、商いの不振や盛り場の衰退ぶりが報告されるようになった。

それでも改革の先陣を切る老中首座・水野忠邦は、少しの躊躇もなく断固として改革を推しすすめ、ついに半月前の十月十一日には、駄目押しとも言える十カ条にわたる奢侈禁止令が下った。

そしてその頃から、改革の先手を担う同心や小者のあいだで、奇妙な事件が起こるようになった。

「旦那、あの女の小袖、かなりの上物ですぜ。代銀三百匁《もんめ》を間違《まちげ》えなく超えてやす。ちっと締めておきやしょうか」

「やめておけ。着物の類の取締りは来年からだ。整える間くらい与えてやらんと、誰しも困るだろう」

ちぇっ、と舌打ちし、一平は抜いた萌黄房の十手を、また帯にはさみ直した。

「あまりしつこく十手をふりまわすと、またこの前みたく怪我をするぞ」

「こんなかすり傷、舐めときゃ治りやすぜ」

右手の甲に長く走る赤い筋を、一平がぺろりと舐める。

「やられたのが早いうちで、幸いだったな。昨日襲われた名主は、腿を二寸ほども深く刺されたらしいぞ」

二寸といえば、人差し指ほどにもなる。さすがに一平がぎょっとした。

「まあ、得物がごく細かったから、大事には至らなかったが。どうやら千枚通しのような錐《きり》に近い道具で、切ったり刺したりできるもののようだ」

「けど、それじゃあすでに、『かまいたち』なんて言えねえじゃねえですか」

「そうだな。回を重ねるごとに段々と手荒になるのは、この手の下手人《げしゅにん》にはよくあることだ。おまえを含め、昨日の名主でちょうど十人目だからな」

「やっぱり、ご改革に抗《あらが》う輩《やから》の仕業ですかね」

「だろうな」と、門佑は、眉間に皺を寄せてうなずいた。

今月十一日の奢侈禁止令が出された、二日後のことだった。

北町の定廻《じょうまわり》同心が、浅草の見廻り中に、右手の甲に痛みを覚えた。荷を積み過ぎた荷車を諫《いさ》めていた最中のことで、往来は人通りが多く、薄暗くなってきた時分でもあった。ふり向いたが誰がやったともわからず、傷もごく小さなひっかき傷であったから、誰かの荷か刀尻でも当たったか、あるいは鎌風《かまいたち》の仕業と考えて気にも留めなかった。

しかし奉行所に帰ってみると、別の定廻同心にも同様の傷を見つけた。きけば浅草とは目と鼻の先の上野で、こちらはすれ違いざまやられたという。そして翌日には、やはり北町が十手を預けた岡っ引きが、まったく同じ傷をつけられた。

その五人目となったのが、一平だった。

標的は北町だけにとどまらず、南町の同心やその手先、さらには町名主《まちなぬし》もふたり犠牲となった。

「おれたちを怨むのは仕方ねえとして、町名主まで手にかけるのはやり過ぎだ」

「そりゃねえや、旦那。名主連中だって、しっかりご改革の片棒担いでるんだ。それこそ怨まれたって文句は言えねえ」

町々の名主にもまた市中取締りが課せられて、絵草紙掛名主や書物掛名主と称して、与力同心の指示のもと諸色の統制に当たっていた。

「そろそろお城にも、噂が届く頃じゃあねえですかい？」

「ああ、その通りだ。ご改革に弓を引く行いだと、水野様はことの他お怒りだそうだ。明日はおそらくこの件が重くとり上げられるだろう」

「明日って……ああ、月に三度の寄合ですかい」

非番の奉行が当番月の奉行所へ赴き、懸案の事項を話し合うことを内寄合といった。

御用の筋によって掛の与力や内与力、さらに囚獄石出帯刀《いしでたてわき》と町年寄も同席し、所内や牢の費《つい》えから市中の諸色相場や普請《ふしん》まで、あらゆることが相談される。明日二十七日は十月最後の内寄合で、南町奉行矢部定謙と与力数名が、当番の北町に来ることになっていた。

「ふたりのお奉行様の仲は、どうなんです。たまには喧嘩なんぞもするんですかい？」

「いいや、これがことのほか仲が良くてな。手を携えて、ご老中に喧嘩を売る始末だ」

高い鼻梁の下の唇を、門佑はおかしそうにゆがめた。


「やはり先の十一日の触れを、快く思わぬ者の仕業でありましょう」

翌日の内寄合の席では、かまいたちの事件がまず第一に話し合われた。

奉行の遠山景元に呼ばれ、門佑も同席していたが、この件の掛は別の与力だ。門佑はあまり口を挟まず、後ろの方に控えて話の成り行きを見守っていた。

「この触れに関わる生業の者を、片端から調べていくより他に探しようもないが……それでは下手人の絞りようがない」

「さよう。これだけ繁多に、奢侈の禁令が出ていてはな」

南北の与力が言って、互いに困り顔をつき合わせる。

高価な料理と菓子、能装束、羽子板に雛人形、鉢植に煙管《きせる》、髪飾りと、禁令はあらゆるものに下されて、髪飾りは金はまかりならず代銀百匁までだの、雛人形は八寸より大きくてはならぬだの、ことさら細かく且つしみったれた内容だった。市中での不評ぶりは甚だしく、商う側も買う側も含めれば、江戸中の町人が下手人となり得る。

「要は下手人に繋がる手掛かりは、なしということか」

遠山が太いため息をついた。このところ城中で顔を合わせるたびに、一日も早く不逞の輩を捕えよと水野老中からせっつかれている。手の打ちようがないでは済まされぬと、丸い赤ら顔がげんなりとしぼむ。

「このかまいたちこそが下々の声だと、水野様も耳を傾けて下されば良いのだが」

矢部定謙が、生真面目な顔で憂いを口にした。

十年にひとりの傑物と、遠山は矢部をそう評した。気骨にあふれる剛の者との噂も耳にしていたが、一見したところ矢部定謙は、そのような豪気な男にはとても見えない。

中肉中背の、すこぶる温厚な人物で、ぱっと人目を引く闊達さを持つ遠山に比べれば、決して目立つ男ではない。だが、矢部は、外見に似合わぬ強情さを内に秘めていた。芯がまっすぐに通った矢部の主張は、どんなときにも揺らぐことがない。信念に裏打ちされたそのぶれのない持論を、決して声高に力説するのではなく筋道立てて相手に説く。

まるで年輪のみっしりと詰まった、杉の木のようだ。

遠山は、いつか門佑の前で、矢部をそうなぞらえた。天に向かってまっすぐにそびえ立ち、どこから斧を入れようとも歯が立たない。無闇に育った柔らかい層がなく、一年一年着実に幹を太らせていった固く締まった木のような男だ。

己にはない、清々《すがすが》しいまでに曲がりのない気性を、遠山は羨望と嫉妬を感じながらも高く買っているのだろう。矢部が奉行に決まったときには、己の地位を脅かす相手として大いに危ぶんでいたくせに、同役という立場以上に信頼を寄せ、結局手をとり合って事に当たっているのは、遠山の人の好さと度量の大きさ故でもあった。

「箍《たが》を締めつけるだけでは、先のご改革の二の舞になる」と、矢部が言い、「まったくだ。あのしくじりこそを、手本にせねばならぬというのに」と、遠山が受ける。

ふたりの奉行がもっとも熱心に論じ合い、また意見を同じくしているのが、この改革の有り方だった。ある意味、改革の難儀さこそが、遠山と矢部を結びつけている所以《ゆえん》でもあり、また、老中水野忠邦は、ふたりの能吏が手を携えて挑んでも、容易には崩せぬ堅牢な砦《とりで》だった。

水野越前守忠邦は、唐津《からつ》藩水野家の次男として誕生し、若い頃からその明敏さは際立っていたという。やがて長兄の死により家督を継ぐが、藩主になってわずか五年後、忠邦は世間をあっと言わせることをやってのけた。

唐津から浜松への、所替えを申し出たのである。

唐津に比べて浜松は、実質の石高は十万石も低い。そんな国替えなど、まず誰も言い出さない。加えて藩と領民とのあいだには、長年にわたる深い絆が結ばれており、土地に根づいた暮らしを送る藩士たちもまた同様だ。領民をあっさりと捨て、家臣に犠牲を払わせる、考えられない暴挙と言えた。忠邦はそれを、己の出世欲のために断行した。

唐津藩には、長崎警護という重い役目が課せられている。これに障りがないようにとの配慮から、藩主は幕閣の中枢には昇れないという決まりがあった。つまり忠邦は、幕政に深く関与せんとして、藩士の暮らしも領民もかえりみず浜松に移ったのである。

以後は順調に出世の階段を駆け上がり、ついに二年前、老中首座に昇り詰めた。

だが、人心をおもんぱかることのできぬその気性は、やがては忠邦自身を凋落《ちょうらく》させる深い落とし穴となる。

遠山景元が、熾《おこ》った炭火のように、いまにも爆《は》ぜんばかりの形相で城から戻ってきたのは、ついひと月ほど前のことだ。

「越前様の本意が、改めてようわかったわ。あれではまったく話にならん」

表情とは逆に、門佑に告げる声は低い。怒りだけではない、望みの絶えた深い悲しみを感じとり、門佑は用心深くたずねた。

「ひょっとして、この前矢部様と連名で出された、伺書《うかがいがき》のことでしょうか」

「ああ、そうだ。越前様は大いに立腹し、上様へのお伺いで、甚だ辛辣な調子で我らを厳しく責められたそうだ」

南北町奉行が老中宛に伺書を提出したのは、九月二十日のことだった。

奢侈にならない程度の暮らしを町人に求めるのはやぶさかではないが、同時に江戸がいまの賑わいを失わぬよう留意せねばならない。遠山と矢部はそろって、その旨を訴えた伺書を上げ、これに触書《ふれがき》案を添えた。あまり事細かな項目をあげつらうことをせず、分をわきまえて風俗を改めるようにと、触れるに留まるものだった。

これに水野忠邦は、烈火のごとく憤った。

改革の先鋒となるべき町奉行自らが、下々の世情に感化され、町人に手心を加えようとは何事かと、将軍宛の書面にて激しく罵《ののし》ったのである。

「つまりは、江戸が立ち行かぬほど衰えても構わぬと、越前様はそう申しておられるのだ。その揚句《あげく》に町人が暮らしに詰まり、一家離散の憂き目に遭っても何ら構わぬと、あの方は公言しておられるのだぞ」

ふっくらとした手の甲に太い筋が浮かぶほど、遠山が拳を握り締める。

「何という馬鹿な真似を……万が一にもあのような騒ぎが江戸で起きれば、幕府そのものを脅かすことにもなりかねんというのに」

丸い横顔に浮かぶのは、明らかな焦燥だった。

遠山は情に厚い男だが、決して下々の暮らしばかりを案じているのではない。

ふたりの奉行の不安の本質は、門佑にもよくわかっていた。

四年半前、大坂で起きた大塩平八郎《おおしおへいはちろう》の乱だ。

同じ暴動が幕府のお膝元で起きれば、その波紋は計り知れなかった。


この日の内寄合は長引いて、終わったときには昼をだいぶ過ぎていた。

蕎麦でも食べようかと門佑が役所を出ようとすると、栗橋貢輔に声をかけられた。

「鷹門殿、うまい鰻屋を見つけたのですが、いかがです？」

「小栗殿も、昼飯を済ませていなかったのですか」

「鷹門殿とご一緒しようと、寄合が終わるのを待っていました」

日によっては同席することもあるのだが、今日の内寄合には栗橋は入っていない。相談の内容を知りたいのだろうと門佑は合点した。

「寄合の話なら、加わってらしたお父上にきいた方が早かろう」

「奉行所でも役宅でも、ずっと親父と面《つら》つき合わせているんですよ。昼飯時くらい、別の顔を拝んでも罰は当たりません。私は東丈殿のように、孝行息子ではありませんから」

いかにも嫌そうに、栗橋が顔をしかめる。東丈親子の息子、七太郎は、まじめで熱心な仕事ぶりで評判のいい与力だ。

与力同心は表向き一代限りとなっているが、実質は世襲が常で、見習いがてら親子二代で勤めることは多い。東丈親子の他にも、いまの北町には、与力だけでも三組の親子がいた。

「別の顔といっても、拝むのがおれの面じゃ仕方あるまいに」

「まあ、不足は認めますが、なにせこのご時世です。贅を口にするわけにはいきません」

「違いない」

栗橋が北町に来てから、もうすぐ一年と八月《やつき》になる。図々しいまでに物怖じしない気性は、ときに鬱陶しくもあるのだが、たまに邪険にしても、へこたれないだけの図太さが栗橋にはある。門佑のような無愛想な男にはちょうどいいようで、たまに冗談を言えるほどの間柄になっていた。

「南槙町の奥まったところにありましてね、他所《よそ》に比べてたれがあっさりしてるんですよ」

外堀沿いを行きながら、栗橋が道の左手を示す。鰻は少々重過ぎるような腹具合だったが、それでもついていったのは、こと食い物に関しては、栗橋の目利きはまず外れないからだ。

奉行所に近いこの辺りの飯屋も、すでに栗橋の方がよほど詳しくなっていた。

「親父、鰻をふたつ頼む。それから銚子も二本だ」

「へ、へい……」

「昼間から酒は、まずくないか？」

「鰻は酒でもないと間がもちませんよ」銚子一本くらいなら、顔にも出ませんよ」

栗橋は勝手知ったるようすで奥へ通ったが、門佑に向けた。恐がっているのは、己の大きな図体《ずうたい》と鋭い顔ばかりではないのだろう。そうと察して門佑は、親父に言った。

「飯を食いに来ただけだ。ここのたれはあっさり目で、美味《うま》いときいてな」

親父は小さく頭を下げたが、やはり用心は解いていない。改革がはじまって以来、よくこのような目を向けられるようになった。名のある料理屋が、何軒も商売替えを余儀なくされているのだから無理もない。門佑も栗橋も、ともに風俗取締掛に籍を置いていた。

「こんな質素な構えなら、取締りようもない。そう、びくびくするな」

「そうだぞ、親父。まだ江戸には贅を尽くした料理屋が、星の数ほどもあるからな。ここまではなかなか手がまわらんよ」

気づいた栗橋がおどけた調子で言い添えると、ようやく店主は表情をゆるめた。

「それでは、これまで通りの市中見廻りを通すということですか」

店の奥の座敷に落ち着くと、栗橋はまず、かまいたちについてたずねた。

「あくまで表向きはな。あからさまに用心しては、向こうも手を出し辛い。常の通りを装って、おびき出すより手はあるまいと」

「つまりは、囮《おとり》というわけですね」

町名主たちには用心棒を兼ねて、外出時には小者ふたりをつけることにしたが、与力同心やその配下の十手持ちにまでは、見張りのための人員は割《さ》けない。かまいたちを早々に捕えよと厳命する一方で、市中取締りもまた手を抜かぬようにと、老中がそう命じているからだ。

「それで非番の者たちまで、駆り出されることになったのですか」

「まあ、これもいつものことだ」

「まったく町方というのは、気の休まらないお役目ですね」

奉行所の月番・非番は、あくまで訴えを受ける当番月を交互に行う取り決めであり、非番月でも休みというわけではない。与力同心は二日行って一日非番と決められていたが、もともとの御用繁多に加え、改革がはじまってからはいっそう仕事が増えた。近頃では休み返上も、そうめずらしいことではない。

「でも、鷹門殿はご吟味方で、私は殿の側仕《そばづか》えです。見張りの数には入らないのでしょう？」

共に役目上は、町廻りとは縁がない。だが門佑は、暇さえあれば江戸を歩きまわっているような男だ。自ら買って出ると、遠山もすぐに許しをくれた。

「相変わらず酔狂なお方ですね」

「どのみち非番の日は、町をうろつくより他にやることもない。一石二鳥というものだ」

「近頃は、そうでもありますまい。お手先からきいてますよ」

栗に似た下ぶくれの顔が、にんまりと広がった。

「非番のたびに、あのお卯乃という女と、あちこちそぞろ歩いているそうじゃないですか」

糖蜜をたっぷりと口に含んでいるような、甘ったるい物言いだ。

一平か、と思わず舌打ちが出た。話が大げさになるのも、一平のいつもの癖だ。

「せいぜい、月に一、二度です。何よりあの女のためではなく、当家の女中頭を休ませるためで」

「またまた、いまさら私相手に照れなくてもよろしいですよ」

何を言っても栗橋には無駄なようだが、本当の話だ。お卯乃の仕込みは、高安家の女中頭に任せてある。門佑が生まれる前から奉公しているから、もう結構な年の婆やだが、よく気のつく一方で口はそううるさくない。おかげで気ままに暮らしてこられたが、ことお卯乃に関しては、この気働きのよさが仇となった。

竈《かまど》に湿った枝を大量にくべ、屋敷中を煙でいぶしてしまったり、水の滴るような雑巾で拭いて、替えたばかりの畳を腐らせてしまったりと、ちょっと目を離した隙に、お卯乃はとんでもない粗相《そそう》をやらかす。自ずと目が離せなくなり、お卯乃が屋敷にいる限り、婆やは気の休まる暇がない。ふくよかなからだつきが、三月《みつき》もすると目に見えてやつれてきた。

とにかく婆やに非番を与えるしかあるまいと、お卯乃を外に連れ出すことにした。

だが、ひとりで遊びに行かせようと小遣銭を与えても、お卯乃には拒まれる。どうやら屋敷の厄介でいることを、お卯乃なりにひどく済まながっているようで、給金はもちろん一文銭さえ受けとろうとしない。

一度だけ、一平に供を頼んだこともあったが、出会いのときの諍《いさか》いが尾を引いているものか、このふたりは甚だ馬が合わない。

「いくら旦那の頼みでも、この女に従うのだけは金輪際ご免ですぜ」

「従うがきいて呆れる。偉そうに威張りちらした揚句に、人を女郎呼ばわりしやがって」

「女郎を女郎と言って、何が悪い！　てめえはそれより他に、何もできねえじゃねえか」

「そっちこそ、旦那の威を笠にきるしか能がない、ほんのひよっこじゃないか」

互いに正直な上、口が悪い。寄れば触ればこの調子となる。

仕方なく門佑が、非番の日の町廻りの折に、お卯乃を連れていくことになった。月に一、二度だが、お卯乃は楽しみなようすで、何より婆やが心待ちにしている。

だが近頃は、奢侈禁止令やかまいたちのおかげで、ろくに休みをとれていない。

今月はまだ、行ってなかったな――。

ふとそんなことを思いついたとき、向かい側の栗橋が言った。

「それほど情がわいたなら、いっそ別に家を持たせてはいかがです？」

「いったい何の話だ、小栗殿？」

「あの女のことですよ。いつまでも、このままというわけにもいきますまい。妾とした方が、世間の通りも良いでしょうに」

「勘違いしないでいただきたい。お卯乃には、指一本触れたことはない」

え、と栗橋が目を剝いて、まさか、と呟いた。

「一年近くも屋敷に置くわけは他にはないと……とっくに懇《ねんご》ろになっているものと、そう思うていました」

「気の強い女子《おなご》は苦手だと、前にも申した筈ですが」

「ですが、相手は女郎ですよ。同じ屋根の下に手軽な女がいれば、男なら誰だって……」

「いまは足を洗っています。女郎ではありません」

ぴしりと告げると、栗橋が黙り込んだ。

「それに曲がりなりにも、お奉行からの預かりものですし、滅多な真似はできません」

「殿もはなからそのおつもりで、鷹門殿に預けたのではないのですか？」

それは門佑も、よく承知していた。正直、酒を過ごした宵などに、そんな気になることもある。お卯乃は見目が悪いわけでもなく、粗忽《そこつ》な分、隙《すき》が多く、案外可愛げもある。しかしそのたびに、遠山の顔がちらついた。

『鷹門、お卯乃は達者にしておるか』

思い出したように、遠山はそうたずねることがある。明らかに面白がっている丸顔を見るにつけ、思う壺に嵌《はま》るものかと意地が出る。瓦版並みに俗な遠山の興味を、満たしてやるつもりはさらさらない。そう告げると、栗橋は不思議そうに言った。

「本当に、それだけですか？」

もともと童顔な栗橋だが、常よりいっそう頑是《がんぜ》なく見える。邪気のない子供のような目に、何故だかきまりが悪くなる。だが、ちょうどそのとき鰻が運ばれて、栗橋の興はたちまちそちらに向いた。

「これがね、美味いんですよ。ささ、鷹門殿も熱いうちにどうぞ」

控え目な甘辛さが魚の脂を引き立てている。栗橋が推《お》すだけあって、鰻は美味かった。

明りとりの向こうに、赤く葉の色づいた梢が見える。

そういえば、ちょうどいい時節かと、鰻を頰張りながら門佑は考えていた。


「紅葉狩なんてごたいそうなもの、あたしには縁がないと思っていたよ」

翌日、門佑は、お卯乃を連れて品川東海寺に出かけた。この寺は紅葉の名所として名高く、舟を使い、昼前には品川についた。

東海寺は、他所《よそ》より紅葉が早いという。少し見頃は過ぎていたが、それでもお卯乃はたいそうな喜びようだった。

「大げさな奴だな。紅葉なら、郷里《くに》でもたんと拝めたろうに」

「あたしの田舎は、秋の過ぎるのが早くてね。あっという間に冬になっちまう。薪取りのついでに目に入ったくらいで、のんびりながめてる暇もなかった」

雪にはしゃいでいた姿を、門佑はふっと思い出した。南国の生まれかと見当していたが、お卯乃の田舎は越中だった。雪国ではそれなりに雪害もこうむるから、たいして有難そうにはしないものだが、お卯乃には雪への特別な思い入れがあるようだ。

「今日は本当に楽しかったよ。ありがとうね、門さん」

こちらを見上げるお卯乃の頬が、いつもより上気している。こんなに喜ぶのなら、今度は雪見の名所にでも出かけようかと、ついそんな気になった。

「けど、大丈夫なのかい？　今日は何かお役目があるんだろ？」

「まだ日が高いからな、案じることはない」

夏よりわずかに色のさめた、それでも抜けるような冬晴れの空を仰いだ。

かまいたちが出るのは日の暮れどきか、あるいは見通しの悪い雨天に限られる。張り番もやはり、日暮れの半刻前、夕の七つ半からとされていた。

茶屋でひと休みして、門前町を散策してから昼餉《ひるげ》を食べた。

まだ時は十分にあると踏んでいたが、帰りの舟に揺られているあいだに、雲行きがあやしくなってきた。芝の手前で日差しは途切れ、冴えていた空はみるみる厚い雲に覆われた。

雨となれば、日の高さに関わりなくかまいたちは出る。

「すまない、お卯乃。どうやら急がねばならんようだ」

屋敷にいても、急な呼び出しがかかることはあり、お卯乃の方も慣れている。門佑は新橋に近い船着場で、舟を降りることにした。

ここから八丁堀までなら歩いた方が早いと、お卯乃も身軽に陸《おか》に上がる。

「あ、門さん、あそこ……あれはたしか、北の旦那だろ？」

行こうとしたとき、袖を引かれた。

見ると、小者ふたりを従えた黒羽織の同心が、石工の店で品を改めている。門佑の屋敷にも、何度か立ち寄ったことのある定廻だ。お卯乃は顔を覚えていたのだろう。

「声をかけなくていいのかい？　荒木《あらき》さんて言ったっけ」

「ああ、こっちは非番だし。仕事の邪魔をしては、向こうも迷惑だろ」

お卯乃にはそう言ったが、実は苦手な相手だった。位は低くとも、歳はあちらが上だ。加えて居丈高な振舞は、上役の年番方与力、北村弦左衛門を彷彿とさせる。

「これほど大きな灯籠が、十両で済む筈がなかろう。注文したのは誰だ。客の名を言え」

きこえよがしの大声は、門佑のところまで筒抜けだ。灯籠や手水鉢《ちょうずばち》、踏石の類は、十両以上は法度《はっと》とされていた。

あれではかまいたちに、狙って下さいと言っているようなものだ。

門佑は顔をしかめ、早々にその場を離れることにした。お卯乃と一緒のところを、わざわざ見せるのも具合が悪い。まだ、降ってはいないとの油断もあった。

だが、道を越えたところで、とうとう雨が降り出した。ぽつぽつと、大きな粒が頭に当たる。たいしたことはないが、冬の雨だ。からだを冷やすと、風邪を引きかねない。

たしか傘屋があった筈だと、首を巡らせたときだった。いま来た道の辺りが、急にざわつき出した。門佑がふり向いたと同時に、

「かまいたちだ！」

男の叫び声がした。たちまち辺りが騒然となる。

「お卯乃、先に屋敷に戻っていろ！」

叫びざま、先刻の石屋へと走った。見当どおり、石屋の前には同心がうずくまっていた。

「しっかりしろ、荒木！」

「あ……高安様……」

同心は苦しげな表情で、肩で息をしている。

「刺されたのか？　どこだ、どこをやられた」

「脇腹を……刺されて……」

先日襲われた名主は腿の上寄りを刺されたが、荒木は背が小さい。下手人が手を降ろした

高さが、ちょうど荒木の脇腹にあたるのだろう。

同心に張りついていた片方の小者が、申し訳なさそうに首の裏に手をやった。

「石屋を出たところでちょうど雨が降り出して、そっちに気をとられちまって」

「賊は！　下手人は見なかったのか？」

「あっしらが先に店を出て、ふり返ったときにはもう……旦那がしゃがみ込んでやした」

咄嗟《とっさ》に辺りを見回したが、こちらに集まる野次馬が増える一方で、逆に逃げ去る姿は見なかったという。門佑が思わず舌打ちし、小者が身をすくませる。

小者を責めたのではなしに、己の見通しの甘さにただ腹が立っていた。

あのまま荒木を見張っていれば、かまいたちを捕まえることができた。千載一遇の機会を失したことが、悔やまれてならない。せめてあのとき声をかけていれば、少なくとも荒木は傷つかずに済んだろう。

門佑はひとまず石屋の座敷を借りて、荒木を横にした。店の親父に近くの町医者を呼びにやらせ、そのあいだに傷を見る。右の脇腹に、小さな穴があいていた。血はわずかしか流れておらず、中年らしい腹まわりの厚みが幸いしたようだ。内臓《なか》までは達していないと判ぜられ、駆けつけた医者も同じ見立てを述べた。

やがて賊を追いかけたもうひとりの小者が、空手で戻ってきた。

「野次馬の中から、めぼしい奴を探して改めてみたんですが……」

野次馬の数が多過ぎる上に、下手人が男とは限らない。女かもしれないし、年寄りや子供にさえ可能なやり口だ。門佑は小者を責めなかった。

「気にするな、おめえらのせいじゃねえ。上にはおれから話しておく。おめえたちは荒木を八丁堀まで届けてくれ」

からだの大きな方が同心に肩を貸し、もうひとりには傘を持たせて送り出した。

気づけば、結構な降りになっている。しかし門佑は、石屋の親父がさし出した傘を断って外に出た。後悔は、未だに胸を塞いでいる。年番方の北村に事の仔細を正直に話して、一喝された方がいっそすっきりするだろう。

濡れるのも構わずに、門佑は足早に呉服橋御門内の奉行所を目指した。

「門さん、何やってんだい！　そんなに濡れて！」

お卯乃の頓狂な声がきこえたのは、京橋のたもとだった。

「おまえ、まだこんなところにいたのか」

「たまたま知り合いに行き合ってさ。雨宿りがてら、そこの軒先で話し込んでたんだ」

駆け寄ってきたお卯乃が、すぐ傍の油屋を示した。

門佑と同じ年恰好の男がひとり、油屋の軒下で丁寧に腰を折った。

「いくら急いでるからって、こんな濡れ鼠じゃ、あっという間に風邪を引いちまうよ」

門佑を無理やり軒下に引っ張り込むと、お卯乃は甲斐甲斐しく手拭を出した。

「門さん、拭いてあげるから、頭をちょいと下げておくれな」

「いい、おれがやる」

「そう言わずにさ。ほら、髷がすっかり潰れてるじゃないか」

人前で気恥かしいと、門佑はお卯乃から手拭をとり上げた。職人風の男は別段照れもせず、ぼんやりとこちらをながめている。何か大事なものが欠けているような、表情の乏しい顔だ。

お卯乃が気がついて、男を門佑に紹介した。

「この人はね、市介《いちすけ》さんといって、芝源助町で人形師をしているんだ」

「人形師？」

「はい、雛人形を手掛けています」

表情ばかりでなく、声にも張りがない。それも道理かと、門佑は合点がいった。

雛人形はこの改革で、もっとも槍玉にあげられたもののひとつだからだ。

「市介さんは、すごく腕のいい人形師なんだよ。ほら、何て言ったっけ、今風の雛人形とは顔が違うんだろ？」

「享保雛《きょうほびな》ですよ」

「享保の頃に流行《はや》ったという、あれか？」

門佑がたずねると、男はうなずいた。

昨今の雛人形は、浮世絵に描かれる今風の美人を写した、くっきりとした顔立ちが好まれる。対して享保雛は、能面に似た面立ちだった。

「いまはだいぶすたれてしまいましたが、それなりに贔屓《ひいき》がおりまして。いままではどうにか、やって来れたんですが……」

屈託ありげに下を向いた。やはり改革で、痛手をこうむっているのだろう。そうと察したが、取締る側の門佑には、下手な慰めさえ口にするのははばかられた。

気詰まりを感じたものか、お卯乃が明るい調子で話を変えた。

「市介さんはね、あたしが神明町にいた頃、よく店に来てくれたんだ」

きいたとたん、ちり、と胸の中で何かが焦げた。

「おまえの、客か？」

知らずに声が尖っていたが、お卯乃は気づいていないようだ。

「あたしだけじゃなく、店にいた皆のお客だったんだ。市介さんは人形作りのために、店に通っていたんだよ」

女のからだに触れながら人形を作るというのは、どうも良い気持ちがしない。それより先をたずねる気にはなれなかった。奇異な話のためばかりでなく、市介という男には、得体の知れないものを感じる。この男の方こそ、能面に似た人形の頭《かしら》を乗せているような気がしてならない。人形なぞを手掛けていると、だんだんと作り手もそれに似てくるのだろうか。顔と所作がどこか噛み合わないような、そんな違和感が市介にはあった。

「そういえば、市介さん、たしか祝言《しゅうげん》をあげるって言ってたろ？」

思い出したように、お卯乃が言った。

「え！　あ、ああ……」

「相手はずっと思いを寄せていた、お嬢さんだったよね。それこそ雛壇に飾るように、大事にしなさるに違いないって、あの頃から皆でうらやましがってたんだ」

市介の口許に、仄《ほの》かな笑みがゆっくりと立ちのぼった。しかし笑っているのは口許だけで、それまで感じていたちぐはぐなずれが、いっそう亀裂を深める。

さっき濡れた着物が、ぺたりと肌に貼りついたような、冷たい感触に肌が粟立った。

「雪花さんこそ、いい旦那様を持てて、良かったじゃないか」

「門さんとは、そんな仲じゃないんだよ」と、お卯乃が一笑する。「たしかに世話にはなってるけどね。去年の大手入れのことは、さっき話したろう？　その後の面倒を見てくれている、お役人さ」

「それじゃあ、まさか八丁堀の……！」

市介がはっとなって門佑を仰ぐ。その表情が、初めて大きく動いた。

生気に似たものが目の中に宿り、それを隠そうとするように顔を伏せた。

「それは、気づきませんで……ご無礼致しました」

朽葉色の羽織に、髷も八丁堀風に結っていない。今日は見張りに立つつもりであったから、あえて町与力だとわからぬ格好をしてきた。市介もいままで気づかなかったのだろう。

雨が小降りになったのを言い訳にして、市介は逃げるように軒下から立ち去った。その後ろ姿をながめて、お卯乃が呟いた。

「お役人だと、言っちゃまずかったかな……」

「まずくはないが、このご時世だからな。少しは慎まねえと、おまえまでよけいな怨みを買うぞ」

「顔のわりに、門さんはやさしいのにね」

割に合わないね、と気の毒そうな顔をする。やさしいなどと言われたのは初めてで、

「怖い面相で悪かったたな」

つい憎まれ口しか返せなかったが、雨で冷えていたからだが、ほんのりと温もってくる。

『本当に、それだけですか？』

栗橋貢輔の童顔が頭に浮かび、門佑はあわててそれを追い払った。


それから二日のあいだ、かまいたちは出なかった。

同心の荒木が襲われた件は、門佑の口から報告されて、上役の北村からは案の定こってりと絞られた。

一平が真っ青になって奉行所にとび込んできたのは、その二日目の夕刻だった。

「だだだ、旦那、一大事でさ！」

あまりの慌てように、詰所にいた他の与力までもがぞろぞろと顔を出す。

「どうした、一平。まさか、またかまいたちか？」

「いや、そうじゃねえんですが……旦那にとっては、かまいたちよりたちの悪い相手で」

与力たちをはばかって、一平がこそりと耳打ちする。

「何だと！　それは本当か！」

顔色さえ滅多に変えない門佑が、同輩たちがぎょっとするほどの大声で叫んだ。

「へい、前に婆やさんに頼まれていた下り酒が手に入ったもんで、お屋敷にお届けにあがったんでさ。そうしたら……」

お化けを見たときのように、一平がぶるりと身を震わせる。

「どうした、騒々しいな。なんだ門佑か、いったい何があった」

騒ぎに気がついたらしく、年番方の北村が出てきた。その北村に、噛みつくような勢いで早退を願い出て、門佑は駆けるように八丁堀の組屋敷へと急いだ。

履物を脱ぐのももどかしく、玄関から奥へ通る。

「おや、門佑、ずいぶんと早いお戻りですね」

居間にきっちりと端坐《たんざ》した女が、門佑をふり返った。

「姉上……いったいどうして……いつ江戸に戻られたのですか」

「もちろん、今日ですよ」

「盆でも正月でもなく、父上や母上の法事もないというのに、何故このような折に……」

「私が急に訪ねては、何か具合の悪いことでもあるのですか？」

「いいえ、そういうわけでは……ですが、駿府《すんぷ》からわざわざいらっしゃるのですから、便りのひとつも寄越して下されば、相応のもてなしの仕度もできたかと……」

このふたつ上の姉に、門佑はまったく頭が上がらない。

姉の園江《そのえ》は、子供の頃から才長けて、花道・茶道はもちろん舞《まい》や謡《うたい》にも秀で、行儀作法にも非の打ちどころがない。また、母を早くに亡くしてからは、父と門佑の世話をすべて引き受けて、高安家の内をとり仕切ってもいた。

そのしっかり者の気性を買われ、二百石の旗本石見《いわみ》家に嫁《とつ》ぎ、そこでもやはり申し分のない嫁として周囲からは褒めそやされている。それというのも夫となった旗本が、姉を娶《めと》ったのを機に、とんとん拍子に出世を遂げたからだ。三百石、四百石と、役目替えのたびに順調に加増され、二年前には石高五百の駿府勤番組頭となった。

姉は以来、夫とその両親とともに、駿府に暮らしていた。

「別に客ではないのですから、そう気を遣うことはありませんよ」

「ですが姉上はすでに、石見家に嫁いだ身ですから。兄上や舅姑《きゆうこ》殿は、息災ですか」

「ええ、おかげさまで、駿府で達者にしておられます」

「と、言いますと、此度は姉上ひとりで戻られたのですか？」

「その通りです。私、石見とは離縁致しましたので」

一瞬、頭が真っ白になった。姉の言葉の主旨がつかめず、ただただ混乱する。

「姉上、いま、離縁と申されましたか？」

「門佑、おまえはその歳で、もう耳が遠くなったのですか」

まるで嫌味を重ねるごとく、園江はもう一度噛んで含めるように門佑に言った。

「嫁として肝心な役目を果せぬままでは、あまりに申し訳が立ちませぬ故、石見の家からお暇をいただきました」

ちっとも済まなそうには見えず、むしろ誇らしげに胸を張って、園江は告げた。

門佑は姉の言葉の意味をしばし考えて、おそるおそるたずねた。

「それはもしや……お子ができない、そのためにございますか」

「さようです。跡継ぎの授からぬことは私の不徳と、かねがね心苦しゅう思うておりました」

「ですが、たしか養子をとることで、話がついていたと……」

「石見の舅姑《ちちはは》はそのように仰《おつしや》って下さいましたが、それでは私の立つ瀬がありません。私が家を出て、子の産める若い後添いを迎えることこそ最良の策と、私からお願いして去り状をいただきました」

何故、姉の言葉は、こうも空々しくきこえるのだろう。額面通りに受けとるつもりは、門佑には毛頭ない。おそらく何かあったのだろうが、理由など二の次だ。

嫌々ながら門佑は、もっとも大事なことを確かめた。

「つまり、姉上は……これからここに、住まわれるということですか」

「むろんです。他にどこに行けというのですか。何です、門佑、その不承不承な顔は。私が戻ると、何か不都合なことでもあるのですか」

「いいえ、ここは姉上の家でもあるのですから、どうぞお好きなだけいて下さい」

門佑には、すでに反論する気力もない。頭がぐらぐらし、からだ中の力が抜ける。

「ところで、門佑。あのお卯乃とかいう端女《はしため》は、いったい何です？」

びくん、と肩がはね上がった。園江は、意地の悪い笑みを浮かべている。

「あの者に、お会いになったのですか？」

「ええ、たっぷりと己の身の上を話してくれましたよ。よもや高安家が、遊女《あそびめ》を女中にせねばならないほどに落ちぶれていたとは、思いもよりませんでした」

万事休すと門佑は、がっくりと肩を落とした。

「いつまでも後添いを娶らぬから、つまらぬ女子と抜き差しならなくなるのです。せめて他所に囲うなりすれば、少しは格好がつくというのに」

「お卯乃とは、そのような間柄ではございません！」

先日、栗橋に言われたのと、まるで同じ台詞《せりふ》をくり返されて、思わずかっとなった。

「あの者は、いまお仕えしているお奉行からの預かりものです」

「いまの北町のお奉行は、たしか遠山様でしたか。遠山様のお手つきなのですか」

「下衆《げす》な勘繰りは、慎んでいただきたい。お卯乃は身を改めて、真っ当な暮らしに立ち戻るつもりでいます。そのための行儀見習に、当家の預かりとしたのです」

姉に口応えするなど、かつての門佑には考えられなかったことだ。園江はよほど驚いたらしく、しばし目を見張ったが、ゆっくりともとの意地の悪い笑みをのぼらせた。

「ようわかりました、門佑。ではこれからは、この私が仕込んであげましょう」

「え、いや、姉上のお手を煩わせるわけには……あの者の躾は、婆やに任せておりますし……」

「遠慮は要りません。どこに出しても恥ずかしゅうない女子にすべく、みっちりと手ほどき致します。門佑、これでお奉行様にも顔向けできますね」

園江は勝ち誇ったように、女中いびりを宣告した。


「じゃあ、園江様はこの先ずっと、お屋敷に留まるおつもりなんですかい」

一平が、同情めいた視線を送る。

「ああ、正直、おれの方が家を出たい」

「お察ししやす。あっしも当分、お屋敷には足を向けたかありやせん。まだガキの時分でしたが、園江様には毎度叱られ通しでしたから」

まだ園江が、嫁に行く前の話だ。一平は、老目明しの手先になったばかりの頃で、親分にくっついて屋敷に来ては、やることなすこと園江に咎《とが》められていた。おそらくお卯乃も、同じ苦労をさせられるのだろう。

暮れ行く空が、まるで己の先行きのようだ。門佑は、重いため息をもらした。

この日、非番の門佑は、夕刻からかまいたちに備えて、定廻同心の警護についていた。

三日前と同じ朽葉色の羽織だが、今日は袴もつけ、深めの笠で顔を隠している。傍目《はため》には、御家人か大名の家来に見える筈だ。

「いくら姿を変えても、背丈だけは縮めようがねえ。やはり隠密には、向きやせんねえ」

「うるさい、だからわざわざこんな物陰から、張り番をしてるんじゃねえか」

路地から顔をつき出して、小者をひとり伴った定廻同心に目を走らせる。半丁ほど離れているが、門佑は人より視線が高い。人垣の頭の上から、同心の姿ははっきりと見えた。

「旦那、あの小間物売りの男、いましがた行ったばかりなのに、また引き返してきやしたぜ。怪しくねえですかい？」

一平は、あいた木箱に乗って、丈を稼いでいる。試しに一、二丁、追いかけてみろと命じると、一平は路地を出て、素早く往来の人波に紛れた。

菓子屋の店先にいた同心と小者が、その場を離れて往来に出た。この同心は、料理屋と菓子屋を取締る掛りだ。次の店へと足を向け、それを認めて門佑も路地を出た。

あいだが詰まらぬように気をつけながら、数歩踏み出したときだった。

右足に、鋭い痛みが走った。

前を行く同心と小者と、その周囲だけを注視していたから、何が起きたのかすぐにはわからなかった。続いて、う、と呻《うめ》くほどの、さらに激しい痛みを覚え、腿の中ほどを刺され、その得物が抜かれたのだとようやく気づいた。

咄嗟に無事な左足を軸にして、半身をひねって後ろに左手を伸ばした。

賊を捕まえようとしたのか、すがるものが欲しかっただけなのか、門佑にもわからない。

だが、門佑の長い腕の先は、たしかに一瞬、相手の手を捕えた。

ふり向きざま、力任せに引っ張ると、大きな門佑の手の中で、ずるりとその手がすべった。

汗ではなく、何か粉っぽい感触がある。相手の指先が、門佑の手から無情に抜けた。

手拭で頰かぶりをした男の姿が一瞬見えたが、薄暗くなった通りに立つ人群れが、黒い影のように周囲をさえぎる。その中に賊が消えるまで、門佑は声を上げることさえ失念していた。

「誰か、あいつを追え！　かまいたちだ！」

はっとして怒鳴ると、道の先にいた同心と小者が駆けつけて、一平もすぐさま戻ってきた。

賊の逃げた方角へ三人が走り去り、門佑は己の左手を凝視した。

気になっているのは、手の平や指先にまとわりついた粉状のものだった。

穀物の粉のような粘りはなく、もっと硬質で乾いた感じがする。

これは、なんだろう――。

どこかで触れたような気がするが、どうしても思い出せない。

門佑がその正体に気がついたのは、翌日のことだった。


袴をつけていたのが幸いし、得物は骨にはまっすぐ向かわず、腿の中ほどの肉を細く抉《えぐ》っただけに留まった。遠山からは大事をとって、数日休むよう達しがあったが、あいにくと屋敷には長居できない理由がある。

「お卯乃！　いったいこの味噌汁は何です！　こんな泥のような汁、いったいどれだけの味噌を入れたのですか」

「門さんが濃い目が好きだから、たっぷりと使った方がいいと思って」

「門さんではなく、旦那様とおっしゃい！」

園江の叱責もやかましいが、お卯乃の粗忽ぶりも負けてはいない。

朝っぱらからこの調子では、身がもたない。明日はたとえ這ってでも勤めに出ようと心に決めて、頭から布団をかぶってやり過ごした。

ひときわ甲高い園江の金切り声が届いたのは、昼餉《ひるげ》の少し前だった。

姉の声の気配から、お卯乃が何やら大事をしでかしたと知れて、仕方なく門佑は右足をかばいながら寝間を出た。声は中庭をはさんだ反対側の、屋敷の奥からきこえる。

どうやら納戸《なんど》の辺りだと見当をつけ、その隣座敷の前で姉を見つけた。

「姉上、どうなされた」

「おお、門佑、お卯乃が納戸から、雛人形を引っ張り出して……」

果して座敷には、箱から出された雛人形や道具の類が所狭しと並べられ、その真ん中にお卯乃が座り込んでいた。

「いったいどうしてこのような……桃の節句でもないのに、無闇に雛人形を出すものではありません」

「この家にも享保雛があると、婆やさんにきいたんだ。どんなものか見てみたくて、ついでに虫干しもやっちまおうと思って……」

この前、人形師の市介に会った件を、お卯乃は婆やに話したようだ。高安家に代々伝わる雛人形が、やはり享保雛だときいて、納戸をかき回して探し出したという。

「お卯乃、その人形を見せてくれるか」

膝にある雛人形を示すと、叱られてしゅんとしていたお卯乃が、ぱっと顔を輝かせた。女雛を持ち上げて、門佑の前にさし出す。

「正直、あんまり可愛くないけど、でも不思議な顔だろう？　市介さんがこさえてるのは、こういうお雛様なんだね」

笑いとも怒りとも悲しみともつかない曖昧な表情が、じっと門佑を見詰めている。

あ！　と喉から声が出た。

門佑は崩れるように膝をつき、お卯乃が手にした女雛の頰に触れた。

硬く肌理《きめ》の細かな感触が、指に伝わってくる。門佑は、お卯乃にたずねた。

「おまえは人形師と言っていたが、市介は人形の頭《かしら》だけを作る頭師《かしらし》ではないのか？」

人形師は分業が当り前となっており、頭師が頭を作り、髪付師が絹糸を黒く染めた髪を付け、さらに着付師が色柄を工夫しながら着物を着せる。門佑の問いに、お卯乃はあっさりとうなずいた。

「そうだよ。だからあたしたちの茶屋にも、女の顔を触りに来ていたんだ」

「顔、だと？」

「女の顔をね、触らせて欲しいって。それだけのために店に通っていたんだよ」

市介が何よりこだわっていたのは、唇だった。触ってみなければ、ふくらみやほころび具合がわからない。市介は常々、そう語っていたという。

「人形は唇が命だってのが、市介さんの口癖でね」

享保雛は殊に、口許のわずかな開き具合で顔がまるで違って見える。その話を思い出し、ぜひとも見てみたくなったのだとお卯乃は言った。

「お卯乃、でかしたぞ！　これでかまいたちを、捕えることができるかもしれん」

下手人の手についていた粉状のものは、胡粉《ごふん》に違いない。門佑は、そう気がついた。

胡粉は貝殻を焼いて粉にしたもので、白の顔料として使われるが、人形の頭もまた、胡粉を塗り固めたものだった。

頭師は、白い胡粉の塊から目鼻を彫り出し、その手は削られた胡粉にまみれている。あの鋭く細い得物もまた、顔を彫り出すための道具ではないかと、門佑は見当をつけた。

読みは、外れていなかった。その二日後、かまいたちは捕縛された。


「やはり、おまえだったのか、市介」

市介は、十手持ちを襲おうとしていたところを、取り押さえられた。門佑の進言で、市介には見張りがつけられていた。

市介を疑った理由はふたつある。ひとつは同心の荒木が襲われたあの日、そう離れていない京橋のたもとに市介がいたことだ。本当は、あの日お卯乃に出会わなければ、もうひとりくらいやるつもりだったたと、後に市介は語った。

もうひとつは、わざわざ非番の門佑を襲ったことだ。一平が言ったように、背の高さではたしかに目立つが、あの日は笠で顔を隠していた。おそらく門佑が見張っていた同心をつけていて、羽織の色と背格好で、逆に門佑の姿に気づいたのだろう。

わざわざ門佑のような大きな男を襲うのも、得策とは思えない。だが、油屋の軒下で会ったあの日、市介の目に灯ったのは、凄まじいまでの憎しみだった。門佑はあの目を思い出したのだ。

「旦那でしたか……傷の具合は、いかがですか」

門佑を見上げた市介は、やはり能面のような顔でそう言っただけだった。

縄を打たれて地面に引き据えられても、己の作る人形に似た市介の表情は崩れない。門佑は、市介の前に膝をついた。

「おまえが……いや、おまえの許嫁《いいなずけ》が、ご改革のためにどんな身の上に陥ったか、察してあまりある。それでもやはり、おまえの咎《とが》は許されるものではない」

お卯乃のためには、違う頭師であってほしいと願っていたが、北町総出で市介の調べが進むにつれて、その頼みも潰《つい》えた。市介には、改革の役目を担う役人や目明しを、逆恨みするだけの理由があった。

市介は日本橋の雛人形店を通して、仕事を請け負っていた。構えは小さいながらも、質の良い人形をあつかう店で、その分値は張るが、大店の商人などに贔屓客が多かった。

けれど改革の触れが出たとたん、翌年の節句のためにすでに受けていた注文に、次々と断りが入った。その頃には材料も調達し、人形師はもちろん、蒔絵師《まきえし》などにも雛道具を作らせる手配がすっかり済んでいた。店はたちまち金に詰まり、わずか四月《よつき》で駄目になった。主人は心労で倒れ、娘は借金の形《かた》に吉原に売られた。それが市介の許嫁だった。

市介にとっては、いわば雇い主のお嬢さんにあたる。それでも思いが通じて恋仲となった。下に弟がいるから婿養子をとる必要もなく、店主も市介の腕の良さとまじめな気性を買っていた。

市介はお卯乃のいた茶屋に通っていた頃も、決して誰とも閨《ねや》を共にしなかったという。お嬢さんと一緒になることを夢見て、市介はひたすら頭師として精進してきたのである。

だが、ご改革のために仕事も許嫁も失い、さらに市介を打ちのめしたのは、その娘の死だった。妓楼の内で首を括って死んだと、そう知らされたのは、折しも奢侈禁止令が触れられたその日、十月十一日だった。

「おれたち役人や、十手持ちを怨むのも当り前だ。それしか気持ちの持って行き場が、なかったんだろうさ。だがな、名主連中だけは許してやっちゃくれねえか。あいつらもおまえと同じに、大事なものを失ったんだ」

町名主は、いわば江戸市政の下からの担い手であり、公儀に対して下々の楯となる存在だった。それが市中取締掛となって、町奉行の配下に置かれ、町人を守る自由を失った。彼らは町人としての誇りを、根こそぎ奪いとられたのである。

「この改革で喘《あえ》いでいるのは、決しておまえばかりじゃないんだ。ちっと目を向けさえすれば、同じ痛みを持った仲間はいくらもいたろう」

残念だ、と言い置いて、門佑は立ち上がった。

「お卯乃に、何か言伝《ことづて》はねえかい」

市介はやはり顔色ひとつ変えなかったが、門佑に応えた。

「ありがとうと、そう言ってください。思えば、あの茶屋に通っていた頃が、いちばん幸せでした。夢や望みがいくらでもあった。人ってのは、それがないと、生きるのも億劫《おっくう》になるものですね」

口許だけの薄い笑みを残して、市介は小者に引っ張られていった。

「あいつ、やっぱり死罪ですかねえ」と、めずらしく感傷交じりに一平が呟いた。

門佑の手の中には、市介が得物に使った、刃のついた細い道具がある。キサゲと呼ばれるもので、ヤスリがけの後を、さらにきれいに仕上げるための道具だった。

許嫁の死後も、この道具を手に、市介は人形の首を彫り続けていたのだろう。

「まだ、わからん。望みの綱が、ひとつだけあるからな」

しかし門佑の願いは届かず、その細い綱は容赦なく断ち切られた。


「やはり、市介は助けられませんでしたか」

評定所《ひょうじょうしょ》から戻ってきた遠山の顔を見て、門佑はすぐに察した。評定所は、老中や三奉行などによる、幕府でもっとも権威のある裁定の場で、重い案件はすべてここで合議される。

「市中引き廻しの上、打首獄門と相なった」

「そこまで……！」

「ご改革に唾を吐けばこうなると、水野様は下々への見せしめにするおつもりだ」

日頃、満月のようにはちきれんばかりの顔が、雲がかかったように張りを失っている。

遠山は老中相手に、市介の罪を軽減せんと努力したのだろう。それが無駄に終わったときいても、門佑は責める気にはなれなかった。

「もとより災難に遭うたのは、我らの配下だ。それを町奉行自らが命乞いとは何事かと、水野様は尋常ではないお怒りようでな」

遠山が気落ちしているのは、市介のことばかりではないと、門佑は気がついた。その顔には、憂いが色濃く浮いている。おそらく遠山は、先の心配をしているのだろう。

「しばらくは大人しくなされた方が、よろしいのでは。いまやお奉行こそが、下々にとっての楯なのですから。ご老中の不興を買うようなやり方は、しばしお控えなされませ」

「わしはまだいい。上様の覚えもあるからな。だが、矢部は危うい」

己の身ではなく、矢部を案じていたのかと、少なからず門佑は驚いた。

遠山はかつて、西丸小納戸頭取《にしのまるこなんどとうどり》を務めていた。当時の西の丸の主は、現将軍の家慶《いえよし》である。側仕えをしていた遠山は、家慶からの信頼が厚かった。

一方の矢部には頼りになる者がいないばかりか、逆の気がかりがあった。

お上にひと泡吹かせて鬱憤を晴らしてくれたと、かまいたちは市中で評判を呼んでいる。門佑が一平に語った望みの綱とは、まさにそのことだった。

これをいたずらに刺激しては、第二の大塩の乱が起こりかねないと粘り強く説いたのは、他ならぬ矢部定謙であった。

「その最中、目付《めつけ》の鳥居《とりい》から横槍が入ってな。おまえは知っているか？」

「はい。たいそうな切れ者と、伺《うかご》うております」

目付は旗本を監察する役職で、幕臣の中でもよりすぐりの者が選ばれる。

鳥居耀蔵《ようぞう》は、その目付十人衆の中でも稀に見る逸材と、噂の高い人物だ。

「あれは矢部に匹敵するほどの男だ。しかし矢部とは逆に、ただのひとりも褒める者はいないがな」

むっつりと、遠山は告げた。

「鳥居はな、かつて矢部が大塩と見知っていたことを持ち出して、矢部こそが下々を焚きつけるつもりではないのかと、あらぬ言いがかりをつけおった。あろうことか水野様までこれに乗じて、ことさらに矢部を責められてな」

大坂町奉行所は東西の二ヶ所ある。大塩平八郎は、東町奉行所の与力だった。一方の矢部定謙は、西町奉行を務めていたことがあり、大塩とも面識がある。とはいえ矢部が大坂に赴任した頃には、大塩はすでに与力の役目を退いており、さらに大塩が決起したのは、矢部が役目を退いた半年後のことだ。当然ながら乱には、まったく関与していない。

それでも鳥居は、両者に関わりがあるような含みを持たせ、矢部への信用を貶《おとし》めて、水野もまた、日頃の矢部の行状と重ね合わせ疑いの目を向けた。

「何事も、なければ良いが……」

冬枯れの庭に目をやって、遠山は深く嘆息した。

吹きつけた一陣の風が、まるで不安を煽るように、障子戸を大きく揺らした。

茂弥《しげや》・勢登菊《せとぎく》

寄席取払申付

番町《ばんちょう》を南に抜けて麴町《こうじまち》にかかると、門佑はほっと息をついた。

半蔵門《はんぞうもん》から田安門《たやすもん》にかけて、その外側に広がる番町は、うっとうしいほどに武家屋敷ばかりが立ちならぶ。己の組屋敷のある八丁堀も似たようなものなのに、どうも足を運ぶたびに門佑は息苦しさを感じる。

番町には、門佑の母方の叔母が住んでいた。

「せっかく姉上が駿府から戻られたというのに、逆に叔母上が江戸を離れるとは、うまくゆかぬものですな」

門佑は、傍らの姉に話しかけた。叔母の夫は支配勘定役を務めていたが、このほど代官として下野《しもつけ》の真岡《もおか》陣屋に配された。叔母も同行するとき、姉と一緒に挨拶に出向いた帰り道だった。

姉の園江は、この叔母とは馬が合う。稲取《いなとり》家に嫁いだ叔母は穏やかな人柄だから、気性の激しい園江ともぶつかることがないのだろう。

姉も内心は寂しいだろうと気を遣ってみたのだが、余計な節介だったようだ。

「叔父上にとっては良いお話なのですから、喜んでしかるべきですよ、門佑」

にべもなく返されて、門佑は口をつぐんだ。

たしかに代官は、百五十俵と身分こそ軽いものの、その土地の差配《さはい》の腕が試される重い役目であった。少しでも悪い風評が立てば、すぐに罷免《ひめん》されかねないが、一方で能のある者にとっては見せ場とも足掛かりともなる。

姉にかかれば、一事が万事この調子だ。ちょうど背後に広がる番町のように、窮屈で隙がなく、その分堅苦しくて肩がこる。

少しは座持ちになろうかと、今日は一平も連れてきて、園江の後ろには供のお女中としてお卯乃も従っている。しかし園江の前では、そろって借りてきた猫同然で、何の賑やかしにもならない。ひとときでも目を離し、気を抜かせてはならないとばかりに、園江は外出の際にもお卯乃を連れ歩くことが多くなった。

「それよりも門佑、稲取の娘御をどう思いましたか」

「は？」

「しばらく見ぬ間にたいそう大人びて、物腰も落ち着いています。あれなら高安家の嫁として、何の不足もないと思いませぬか」

「姉上、あの娘御はまだ十七ではありませぬか。私とは倍近くも歳が離れておりまする」

「ひとまわり以上歳の違う夫婦など、世間にはいくらもおりますよ、門佑」

稲取家の娘は、表向き従妹の間柄になるが、血は繋がっていない。叔母は後妻に入り二男を儲けたが、長男と娘は先妻の子供だった。姉が勧めるだけあって、たしかに不足はないのだが、せめて連れ合いくらいはこの姉にくちばしを挟まれたくない。

「ですが、まだ先妻を亡くして日も浅く……」

「五年も経てば、十分です」

「いまは御用繁多故、嫁取りどころではございませんし」

「別におまえがかかずらわることは、何もありません。縁談とは、周囲《まわり》が段取りするものですからね。おまえは紋付を着て、屏風の前に座るだけで良いのですよ」

「しかし……」

と、思わず門佑は後ろをふり向いた。何故そうしたのか自分でもわからない。ただ、背中のようすが気になってならなかった。姉の背中にいるお卯乃は、門佑をじっと見上げていたようだ。まともに目が合って、門佑は狼狽《ろうばい》した。

その表情はひどく幼く見えて、大人の事情がわからぬままに成り行きを見守っている子供に似ている。何かとても悪いことをしてしまったような、罪の意識に苛《さいな》まれ、それをふり払うように門佑は姉にきっぱりと告げた。

「ともかく、妻は当分娶《めと》りません。勝手に縁談話など、進めないでいただきたい」

「勝手はおまえの方ですよ、門佑。高安家に跡取りができなければ、それこそ……」

「姉上、杵屋《きねや》がありますよ。あの店の鹿の子餅を食べたいと、仰《おつしや》っていた筈では」

ちょうど麴町の本通りに出て、菓子屋の看板が目にとまった。これ幸いと門佑が水を向けると、あら、そうでしたわね、と姉はいそいそと菓子屋に向かった。

その姿が紺暖簾《のれん》の内に消えると、かぶせられていた大風呂敷がとり払われたように、やれやれと三人が息をつく。

「あっ、旦那、ご覧なせえ！」

さっそく一平がいつもの調子をとり戻し、大きな声を張りあげた。

一平は四ツ谷御門《よつやごもん》の方角をさし、そちらから歩いてくる五、六人の男女のかたまりが見えた。真ん中に粋な姿の女がひとりいて、それを囲むように男たちが団子になっている。

「ありゃあ、勢登菊《せとぎく》ですぜ。ほら、この前お話ししたでやんしょ、いまいちばん売れっ子の女浄瑠璃《じようるり》語りでさ。寄席の外で拝めるなんて、今日はついてらあ」

ああ、と門佑は、数日前の一平とのやりとりを思い出した。

一平は嬉々として、人気の女浄瑠璃人を次々とあげていったが、やはり当代随一は勢登菊だと太鼓判を押した。一方の門佑は、いわばまったく逆の思惑から女浄瑠璃についてあれこれと問うたのだが、一平は気づかなかったようだ。

「へえ、あれが勢登菊かい。噂以上にきれいな子だねえ」

たちまちお卯乃がとびついて、声をあげた。身なりは女浄瑠璃らしく粋なのに、顔立ちは愛らしい。それがまたたまらないと、一平もやに下がる。

「それにしても、うっとうしい連中だな。あれじゃあ、歩くのにも邪魔になるじゃねえか」

「あれがみんな、贔屓《ひいき》筋なんだろ。お武家から職人、お店者《たなもの》まで、よりどりみどりだねえ」

「寄席への送り迎えと称して、ああして毎日のように、金魚の糞のようにつきまとってるんだぜ。あれじゃあ、勢登菊もいい迷惑だと思わねえか」

一平とお卯乃の会話に花が咲く。以前は寄れば触れば喧嘩ばかりだったのに、このふたりは最近めっきり気が合うようになった。怪我の功名とでも言うべきか、原因は園江で、お互いやり込められるばかりだから、自ずと同類相哀れむ始末となったのだろう。

門佑は話に興じるふたりを、おかしそうにながめた。

女浄瑠璃は寄席の花として、庶民のあいだで人気を博していた。

その過熱ぶりはすさまじいもので、吉原の花魁《おいらん》や芝居の千両役者にもひけをとらない。浄瑠璃は三味線の節に合わせ、唄と語りを交えたもので、義太夫《ぎだゆう》、富本《とみもと》、清元《きよもと》、新内《しんない》など数十にものぼる流派がある。人形を使ったものが人形浄瑠璃で、やはり寄席の演目のひとつであり、また芝居にもとり入れられて、歌舞伎にはなくてはならないものとなっていた。

だが、女浄瑠璃の場合は、芸だけでなく容姿や声が人気を左右する。

四年前の天保八年には、『娘浄瑠璃芸品定』と称し、江戸市中、百八十九人の番付が出版されて、男たちの興を大いに引いた。

いまや職人や商人はもちろん、江戸勤番の藩士までもがはばかりなく入れ込んで、妾にすることも珍しくはなかった。当然、風儀《ふうぎ》の上での障りとなり、ことにご改革にとっては、隠売女《かくしばいた》とならぶ大問題とされていた。

門佑が女浄瑠璃について、一平にたずねたのもそのためだ。とはいえ楽しげに語らう目の前のふたりに、水をさすつもりはない。ふいにお卯乃が、おや、と目を凝らした。

「あれも贔屓のひとりかね？　それにしては、ずいぶんと奥ゆかしいようすだけれど」

贔屓衆のしんがりに、少し離れて男がひとり従っていた。歩調を合わせているから同じ一団なのだろうが、しきりに勢登菊にまとわりついている他の男たちとは異なり、背中を丸め申し訳なさそうに歩いている。

「ああ、あれは違わあ。勢登菊の箱持ちをしてる男だ。ほら、三味線を抱えているだろ」

三味線の箱を抱えて芸者につき従う者を、箱屋、あるいは箱持ちと称する。人気の浄瑠璃語りにも、同様につけられているのだろう。

「あいつも同じ寄席に出ている芸人なんだが、あのとおりさえねえ奴でよ、ああして勢登菊の箱持ちをさせられてるんだ」

「一平、ずいぶんと詳しいな」

半ばあきれて門佑が口を出すと、一平は悪びれることなくあっさりと応えた。

「そりゃあ、平河町の浮喜亭《うきてい》と言や、勢登菊をはじめ、きれいどころの娘浄瑠璃を幾人も抱えた評判の寄席ですからねえ。あっしもまだ五、六度しか行ったことはありやせんが」

それだけ通えば十分だと門佑は鼻白んだが、一平の調子は上がる一方だ。

「あの男は手妻遣《てづま》いでしてね、たしか、茂弥《しげや》とか言いやしたが」

「へえ、どんな芸を見せてるんだい？」と、お卯乃は興味津々のようすだ。

「手妻といっても軽業に近いな。あいつは縄抜けができるんだ」

縄で括って箱に入り、からだの節を外して縄を抜け、箱から脱するという芸だ。

寄席にはさまざまな出し物があり、手品にあたる手妻、落とし咄《ばなし》と呼ばれる落語をはじめ、影絵、講釈、小唄。あるいは、顔の上半分を覆う目鬘《めかつら》をつけて百面相をする百眼《ひゃくまなこ》や、幾通りもの声色を演じる八人芸《はちにんげい》などがあった。

「縄抜けとは面白そうじゃないか。いっぺん見てみたいねえ」

「まあ、芸は悪くないんだが、なにせあのとおり華がねえ。それで勢登菊の箱持ちなんぞをやらされてるんだ」

ちょうど勢登菊の一行が三人の前にさしかかり、一平はしばし口をつぐんだ。

間近で見る勢登菊は、まさにほころびはじめた可憐な菊の花のようで、邪《よこしま》な思いを胸に周囲にはべる男たちの中でも、汚れることなくすっきりと咲いていた。

「よっ、勢登菊！　また浮喜亭に寄るからよ、自慢の喉をきかせてくれよ」

我慢ができなくなったようで、一平が声をかける。勢登菊は足をとめ、一平をふり返り小さくお辞儀した。かわいいなぁ、とにやける一平に、贔屓衆は面白くなさそうな顔をしたが、さすがに十手持ちにいちゃもんをつける手合いはいない。ちらとにらむだけに留め、前を行き過ぎていったが、終《しま》いにいた男だけが、一平に向かって有難そうに腰を折った。門佑は意外な思いで、茂弥という手妻遣いをながめた。

勢登菊は十八だと一平からきいているが、目の前の男はすでに三十に近いだろう。己も芸人だというのに、十ほども下の女の箱持ちをさせられては、腐っていてもおかしくない。

だが、三味線の箱を大事そうに抱える茂弥には、そんな風情は微塵も見えない。むしろ勢登菊が褒めたたえられるのが、うれしくてならないようすで、幸せそうに目尻を下げてその背中を見守っている。

「あの人にとっちゃ、勢登菊さんは観音様みたいなものなんだね」

まるで門佑の胸中を見透かしたように、傍らでお卯乃が言った。

そうだな、と笑顔で返した門佑が、背後の嫌な気配にようやく気がついた。まなじりを吊り上げた、険しい姉の顔がそこにあった。

「一平！　おまえはいったい、どういう了見でいるのですか！」

幸か不幸か雷は、門佑を通り越して一平に落ちた。ひゃっ、と一平が、地面から一尺ほどもとび上がる。

「お上の御用を預かる身でありながら、よりにもよって女浄瑠璃をもてはやすとは。お上がたびたび禁令を出していることを、おまえは知らないとでも言うのですか！」

「いや、あの、そいつは存じておりやすが、そのう、なくなるどころか盛んになる一方なもんで……」

「それを取締るのが、おまえの役目です！」

一平はしおらしく詫びを入れたが、姉の叱責はまるで、己にぶつけられたように門佑には思えた。

寄席と女浄瑠璃は、他ならぬ北町奉行の遠山景元が、いまもっとも頭を悩ませている事案だった。

遠山が浮かぬ顔で城から戻ったのは、五日前のことだ。

この日、遠山は、南町奉行の矢部定謙と連名で、すでに何度目かになる伺書を老中宛に提出していた。おそらくその件だろうと、門佑には察しがついた。しかし今回は風俗についての伺書であり、風儀を乱すものとして、ごくあたりまえのことが列記されているだけだ。ごろつき、博奕《ばくち》、入墨、好色や情死を主題にした人情本、さらには隠売女や女浄瑠璃もこれに含まれる。

つまりはふたりの町奉行は、古くからの慣例に則《のっと》った例を伺い立てしたに過ぎない。いったい何が老中の、おそらくは水野忠邦の気に障ったのだろうか。門佑も判じかねていたが、その二日後、やはり城から退出してきた遠山は、いっそう難しい顔になり、年番方をはじめとする主だった与力を呼んだ。

「実は伺書の中の、女浄瑠璃が引っかかった」と、重いため息とともに遠山は告げた。

園江が口にしたとおり、公儀は女浄瑠璃を五十年も前からたびたび禁じているのだが、数も人気も勝るばかりで、これもまた一平が語ったとおりだ。

「幾度《いくたび》禁じてもいっこう減るようすがないのは、演じる舞台があるためだろうと水野様は申されてな。寄席を廃せばよいとのお考えだ」

「廃すると申しても、いま江戸には、二百を超える寄席がございます。まさかそのすべてをとり払うわけにも参りますまい」

年番方の北村弦左衛門が、とまどいぎみに申し上げる。

「ところが、その、まさかだ」

六人の与力から、いっせいにどよめきがあがった。

「それればかりは、断じていけません！」

思わず門佑は、声を大に叫んでいた。

「いまのこのご時世に、下々のつましい楽しみを奪えば、いたずらに鬱憤が増すばかりでございます。もしもそれが弾ければ、ご城下で大きな騒ぎが起こりかねません」

寄席は、江戸に暮らす最下層の者たちのための娯楽だった。娯楽といえば吉原や芝居がまずあげられるが、裏店《うらだな》住まいの者たちにはとても手が届かない。

たとえば、歌舞伎を桟敷《さじき》で見物するには一両二分が相場とされる。

対して寄席は、銭五十文もあればいい。ざっと二百分の一で済むから、店借人《たながり》や、番頭や手代といった商家の奉公人、江戸に出てきた百姓や地方の藩士など、老若男女を問わず広い層に親しまれていた。

改革によって、日々の暮らしはいっそう味気ないものになっている。仕事の後の一杯の酒に等しい寄席さえ奪えば、庶民の不満は抑えがたいほどにふくらむかもしれない。

その懸念を、門佑は一気にまくし立て、与力の誰もがこれに同《どう》じた。

「相わかった。つまりは寄席は、市井の者たちにとってはなくてはならない、潰してはいけない場だということだな」

遠山がそう結論づけると、年番方与力の東丈七太夫が、もうひとつつけ加えた。

「見る側ばかりではございません。寄席を生計《たつき》にしている数多《あまた》の芸人たちが職を失い、無頼の者と化すやもしれませぬ。風儀のためには、誠によろしからずと存じます」

東丈らしい行き届いた考えに、遠山は大きくうなずいて、

「水野様には、そのように申し上げよう。鷹門、ご老中へのお答書《こたえがき》はおまえに頼む。三日のうちに仕上げよ」

は、と門佑が畳に手をつくと、遠山は別の議案をおもむろに切り出した。

「もうひとつ、おまえたちに頼みたいことがある。さる件を調べてほしいのだが、これは北町の内でもごくごく限られた者だけに明かし、決して外へ漏らしてはならぬ。ことに南町には、くれぐれも気取られぬように」

「南町をはばかってとは、どういうことにございますか？」

北村が、途方に暮れた顔をする。南北の町奉行所は、いわば同じ役所の別棟のようなものだ。あつかう事件や訴訟にも差はなく、互いに密に連絡をとり合い、一緒に事に当たることもある。遠山と矢部が奉行についてからは、むしろ仲の良さに拍車がかかり、ふたりそろって水野老中に楯突くさまは、長年の盟友のように息が合っている。

日頃、そのようすをまのあたりにしているだけに、北村が納得ゆかぬのも無理はない。やはり同じ表情の与力たちを見回して、遠山は低く告げた。

「改《あらた》めてもらいたいのは、五年前、南町の内で起きた一件だ」

「五年前というと……もしや……」

北村の目が、大きく広がった。同じ動揺が、与力たちにさざ波のように広がる。

「しかしあの件はすでに南町が落着させて、咎人《とがにん》はひと月前に牢屋送りになっております」

東丈が厳《おごそ》かに申し述べた。重々承知していると、遠山はうなずいた。

「だが、この件をもう一度、今度は北町の手で改めよと、水野様の仰せだ」

「いったい、何故、水野様はそのような……」

「わからぬ」

門佑の問いを、むっつりとさえぎって、遠山はその段取りを北村と東丈に託して、与力たちを下がらせた。

「この二、三日、お顔の色が優れなかったのは、このためでございましたか」

寄席に関する答書のために、座敷に残った門佑は、そっと遠山を窺った。

「いったい、何故、とわしも同じことを問うた。裁きに納得がゆかぬと、水野様はもっともらしいことを申しておられたが、おそらく狙いは他にある」

脇息《きょうそく》に肘をつき、扇子を使いながら、遠山はあさっての方を向いている。

「鷹門、おまえも本当は、心当たりがあるのではないか？」

心当たりというよりも、疑念に近い。水野忠邦からわきあがった黒雲が、日をさえぎり、暗い影を落とす。だが、黒い雲に包まれようとしているのは、遠山や北町ではない。それがなおいっそう、遠山を焦燥せしめるのだろう。

「実は今日、上様からお呼び出しを受けてな」

「お上からの、格別の肝煎でございますか？」

「いや、この件には触れたが、上様はただ、『気をつけよ』とわしを案じて下さった」

これは良からぬ企みだ。巻き込まれてはならないと、深く信頼を寄せる遠山に、家慶は忠告を与えたのだろう。裏を返せばそれは、事の深刻さを物語ると同時に、将軍の権限をもってしても、もはや止められないということだ。

「ですが、いわば袂《たもと》を連ねる南町には、どうしても調べの手もゆるみがちになりましょう。それを承知で北町に託されるとは、やはり水野様のお考えが読めません」

「その辺りも抜かりなく、ひときわ大きな楔《くさび》を打ってきたわ……目付の鳥居耀蔵だ」

北町が調べを怠らぬようにと、これを見張る監察役に鳥居がつけられた。

これでは手の抜きようがない。この先ひと月のあいだ、探索役に選ばれた与力同心は、昼夜を分かたず調べに当たることとなる。

三日のうちに門佑は、頼まれた答書を仕上げ、それを持って遠山は老中に目通りした。

『寄席の儀は、勘弁仕り候』

答書はこの主旨のもと、寄席の有益性、撤廃への危惧、さらには講釈などの出し物は、町人の教化に役立っていると説いていた。

遠山はこの件にあたっては断固とした姿勢をつらぬき、これまで以上に真っ向から老中と争った。同じ頃、やはり懸案としてあがっていた、株仲間解散や芝居小屋所替えとともに、遠山はまるで立ち込める黒雲を払うように、必死とも言える抵抗を示した。

もちろん南町の矢部も遠山と姿勢を同じくし、この頃は水野とふたりの町奉行の対立が、もっとも激化した時期となった。

一方の門佑ら、北町抱えの役人たちもまた、この年の十一月から師走にかけて、かつてないほどの激務に忙殺されていた。

水野忠邦が新たな改革案を持ち出すたびに、現状をつぶさに調べ上げ、報告するのは町方役人だ。加えて先日呼ばれた六人の与力と、その配下の同心たちには、南町で五年前に起きた事件の調べもある。

組屋敷にも満足に帰れぬ日々が続き、六人の中では若手にあたる門佑でさえ、半月もせぬうちに、まぶたを持ち上げることさえ難儀な有様となった。

ふらつきそうになるからだをどうにか支え、三日ぶりに組屋敷に戻ると、出迎えてくれたお卯乃は、門佑の哀れな姿に仰天した。

「目の下が真っ黒じゃないか。少しは休まないと、本当にからだを壊しちまうよ」

「いっそあの世に行った方が、墓の下で休めるかもしれんな」

「冗談でも、そんなこと口にしないどくれよ。言葉には魂と力があるんだから」

まるで遠くに行くのを引き止めるように、お卯乃は着物ごと、門佑の腕を両手で握りしめた。唇を真一文字に結んだ真剣な顔に、ふっと思わず笑みがわいた。

「おまえの言うとおりだな、お卯乃。滅多なことは、もう言わねえよ」

町人調子で応じると、お卯乃はほっとしたように手を外した。

台所へととって返し、婆やの仕度した膳を抱えて座敷に戻る。おぼつかない手つきながら、お卯乃は門佑の傍らで食事の世話をしてくれた。

「姉上は、いないのか」

「つい今し方、はす向かいのお屋敷に行っちまった……じゃない、お出かけてお行きなすったんだ。あそこの奥方とは、お仲がおよろしくておらっしゃるから」

「『お』が多過ぎだ。それじゃ、何を言っているのかわからんぞ」

「お武家言葉は、もとからまわりくどいじゃないか。どうしてわざわざわかりづらくしゃべるのか、まるで合点がいかないよ」

お卯乃は、女中としての礼儀や言葉遣いさえ身についていない。園江が躍起《やっき》になって仕込んでいるが、これまた覚えはすこぶる悪く、姉の青筋は増える一方だった。

「姉上はきついからな。おまえも大変だろう」

遅い昼餉が済むと、門佑は畳にごろりと横になった。夕方には、また役所に戻らねばならない。少し仮眠をとるだけのつもりで、床を敷くというお卯乃の申し出は断った。

「姉上には弱い者をいたぶる癖があってな。おれも昔は、始終いじめられ通しだった。おかげでいまでも、姉上を前にするとからだがすくむ」

疲れているせいか、つい本音が出た。門佑はお卯乃に背を向けている。ひとつこぼれるとずるずると、まるで独り言のように愚痴めいた怨み言が流れ出した。

「厠《かわや》にお化けが出ると、もっともらしい作り話で脅したり、剣の稽古をつけるといっては竹箒《たけぼうき》で追い回されたり、おれは毎日泣かされてばかりだった」

「門さんが泣きながら箒で追われる姿なんて、ちょっと思い浮かばないね」

「幼い頃は、おれはひ弱でからだも小さくてな。力でも姉上にはまるで敵わなかった」

なまじ知恵がまわるだけに、園江の意地悪は手が込んでいた。門佑がもっとも応《こた》えたのは、寝小便をからかわれたことだ。朝になると、腰の下が濡れていて、布団に黄色い染みが残っている。門佑が十歳のときで、そんな歳にもなってと、姉からは散々笑いものにされた。寝る前に水を我慢したり、寝小便に効くと友達にきいて、苦い木の実を嚙んでみたりと、あらゆる手立てを講じてみたが、やはり毎朝のように布団には粗相の跡がある。

「ひと月くらいも続いたろうか。あれほど情けない思いをしたことはなかった。それがある日の明け方、人の気配で目を覚ましてな。寝小便の正体が、姉上だったと気づいた。姉上がおれの布団に、茶をこぼしていたんだ」

このときばかりは門佑も、怒り心頭のあまり父親に訴えると泣きわめいた。だが、それさえ園江は、あっさりと封じた。門佑の弱みや隠し事なら、両手の指に余るほど抱えている。それをばらされてもいいのかと脅されて、泣き寝入りをするより他になかった。

「あの人の根性は、子供の頃からねじ曲がっているんだ。それを親や大人たちには一切見せず、おそらくはそのはね返りで、手近にいたおれで鬱憤《うっぷん》晴らしをしていたんだろう」

「弟をそこまでいじめ抜くなんて、あたしには信じられないよ。あたしにとっちゃ弟は、誰より大事なものだったから、うんと可愛がっていたけどね」

門佑の背中から、お卯乃が言った。

「弟が、いたのか」

「うん、六人兄弟でね、あたしと弟が真ん中なんだ。ふたつ下で、いちばん仲が良かった」

思い出したくないことがあるからと、お卯乃はこれまで郷里や家族の話をしたがらなかった。めずらしいこともあるものだと、門佑は黙って先を促した。

ずっと答書に向かっていたせいか、からだはくたくたなのに、頭が冴えて眠れない。お卯乃の声をききながら、眠りが訪れるのを待った。

「あたしと違って、本当に賢い子でさ。うちみたいな貧しい水呑百姓の家に生まれなけりゃ、きっと偉い学者にもなったろうにって、庄屋さんも惜しんでたくらいなんだ」

「そうか、自慢の弟だったんだな」

「足さえ悪くなかったら、隣村の寺子屋に通って、いっぱい学問をしたかったって言っていた……小さい頃に怪我をして、両足がほとんど動かなくてね」

四つのときに、薪拾いの折に崖から落ちた。背中をしたたかに打って、以来歩けなくなったという。

「そんなからだになったのを、弟はひどく済まながっていてさ、野良仕事ができない代わりに、家のことをみんな引き受けてくれたんだ……おかげであたしは、畑仕事よりほかは、何も覚えなかったけどね」

手製の松葉杖を作り、家の中だけは不自由なからだでも動きまわれるようにして、炊事も洗濯も裁縫も、一切をその弟がこなしていたようだ。お卯乃が家事のいろはを知らぬのはそのためか、と門佑は胸の内で合点した。

「賢いだけじゃなく、人一倍やさしい子でね。いつも己のことは後回しで、あたしや周囲《まわり》のことばかり考えていて……」

身内自慢というよりも、ただ大好きなものを愛おしむような調子だった。ことさらやさしい語り口が、耳に心地よく届く。

ふうっと気持ちよく睡魔に襲われて、知らぬ間に眠りについていた。

わずかなあいだだが、充足した眠りだったようだ。夕刻に奉行所に戻る足取りは、ことのほか軽かった。

しかし待っていたのは、輪をかけて機嫌の悪い遠山だった。

「二百余もある寄席を、たった十数軒に減じよとは、あまりに無体な……」

指図書《さしずがき》に目を落とした門佑は、しばし言葉を失った。指図書は、水野から直《じか》に遠山に手渡されたものだった。

水野の指示はそれだけではない。取り潰しを免れた小屋ですらも、演者はもちろん茶汲み女や寄席内での行商を含め、女は一切法度とすること。三味線や太鼓などの鳴り物を入れぬこと。そして極めつきは、演目を四業に限ることだった。

四業とは、神道および心学の講話、軍事講釈、昔咄《むかしばなし》のことで、この四つだけは町人の教化に有用とされて存続が許された。

「女浄瑠璃は言うに及ばず、落とし咄も手妻も人形浄瑠璃もだめですか。よくもまあ、面白くないものだけを上手に抜き出したものですねえ」

あきれた顔で公然と言ってのけたのは、内与力の栗橋貢輔だった。先日と同じ顔ぶれの六人の与力に加え、今日は栗橋親子も同席していた。

「わしの力が及ばなかった。かえすがえすも不甲斐ないわ」

遠山が悔しげに漏らしたが、誰も責める者はいない。この奉行が寄席の存続のためにどれほど力を尽くしたか、誰よりも知っていたからだ。まるでからだごとぶつかるように、遠山はなりふり構わず抵抗したが、水野忠邦という壁は堅牢きわまりない代物だった。

「こうなってしまっては仕方がない。残す寄席をどのように選び出すか、決めねばならない」

人気の小屋、構えの大きな順、席亭《せきてい》と呼ばれる寄席の主の力加減など、与力たちからいくつかの案が出されたが、最後に東丈七太夫が申し述べた。

「後々の遺恨にならぬよう、下々が納得のいくように計らわなくてはなりません。生業をはじめた古い順に選り出すのが、いちばんよろしいかと存じます」

江戸に寄席ができはじめたのは、百年ほど前だと言われているが、雨後の筍《たけのこ》のように次から次へと増えたのは、この三十年ほどのあいだだった。流行《はや》りに乗じて営業をはじめたものをとり払い、伝統のある小屋だけを残すという方法は理にかなっている。

遠山や他の与力たちも同意して、この案で進めることにした。とはいえ、二百余の寄席をひとつひとつ調べてまとめあげ、小屋をはじめた年代順に並べていくのだから大仕事だ。だが、それ以上に厄介なのは、席亭や芸人たち、そして市井の反応だった。

「理にかなうといっても、それはこちらの道理。下々の者たちは、おいそれと納得しますまい。余計な騒ぎにならぬよう、何か手立てを講じた方が良いかもしれません」

門佑が告げると、同じ憂慮が皆の顔に浮かんだ。

「しかし、手立てを講じると言ってもな、これまで通りお上のご威光をもって断じるより他にないのではないか」と北村が、いかつい顔をしかめた。

その肝心要《かなめ》のご威光が、いつまで保《も》つか。それこそが町方役人が、ひいては遠山と矢部がもっとも恐れ、案じていることだった。

きれいに磨いた器の中に、民衆を放り込み、上から蓋をして押さえつける。この改革をたとえるなら、ちょうどそんな按配《あんばい》だ。器からこぼれ落ちた者には刑罰を与え、はみ出した者を無理やり詰め込み、お上という重石で押さえつける。これまではどうにか凌《しの》いできたが、もしも下々が頭の上の重石を本気でどかそうと決起したら——。

大塩の乱どころではない、大暴動が起きる。

それだけは避けなければならないと、彼らが町人を擁護してきたのはそれ故だ。

「私にひとつ、考えがございます」

重苦しい空気を払うような、明瞭な声だった。申し出たのは、栗橋貢輔だった。

「ご威光をもって押さえつけてきたのなら、それをさらに見せつけてはいかがでしょう。つまりは力を倍にして下々に示す、荒療治というわけです」

「栗橋殿、何をするおつもりか」

荒療治という言葉が不安をあおり、門佑は思わず問うていた。

「女浄瑠璃を、江戸から一掃するのです」

「それはつまり、寄席の手入れということか」

たずねた東丈に、栗橋はうなずいた。

「さようです。『娘浄瑠璃芸品定』は、皆様もご存じでしょう。あれに名を連ねているような、人気の女浄瑠璃語りを召し捕るのです」

「そのようなことをすれば、それこそ火に油を注ぐことに……」

「鷹門殿、女浄瑠璃に関しては、五十年も前からくり返し禁令が出されています。寄席が風儀を乱す、その大本は女浄瑠璃ではないのですか」

「それは、そうだが……」

「現にお奉行も、南町の矢部様も、こと女浄瑠璃についてはけしからぬものとして、伺書にあげています」

ふうむ、と遠山が、丸い顔を己の内与力に向けた。その顔は、悪くないと言っている。

寄席の人気を支えているのは、他ならぬ女浄瑠璃だ。これを根こそぎ刈ってしまえば、おそらくはそれだけで興行が立ち行かなくなる寄席もあろう。

「先に羽をもいでしまい、地に落ちて弱ったところを叩き潰すというわけですか」

門佑の脳裏には、一年前の隠売女の手入れがあった。世間から唾を吐かれる生業の女たちは、それでも必死で生きていた。お卯乃を見ていれば、それはよくわかる。

ましてや浄瑠璃語りは、己の芸に誇りを持っている。勢登菊のように若さと美貌で人気を博す者も多いが、それだけではやってゆけない。やはり芸と技がなければ生き残れない渡世であり、現に女浄瑠璃語りには、三十代、ときには四十過ぎの者さえいる。

そんな女たちを見せしめにして、公儀の威信を守ろうとするのは、あまりにも卑怯だ。

門佑の腸《はらわた》が煮えくりかえったが、座はすでに栗橋の案に傾いている。

「相わかった。小栗、おまえが手筈を整えよ」

遠山が言いわたし、寄席の手入れはその場で決まった。

「日取りはいつにするつもりだ？」

「できるだけ早い方がようございます。遅くとも、四、五日のうちに」

急な話ではあるが、北村や東丈も了承し、手入れは四日後に行われることとなった。

話が済んで、いつも以上に不機嫌な顔で廊下に出た門佑を、栗橋が呼び止めた。

「鷹門殿、どうしても気に染まぬなら、私を殴ってくれてかまいませんよ」

小さなからだで、まっすぐに門佑を見上げる。栗橋は笑っていなかった。

「小栗殿の殿様大事は、重々承知しています。手入れを急いだのも、そのためでしょう」

「さすが鷹門殿、お見通しでしたか」

このところの水野と遠山の不仲を、栗橋は案じているのだった。率先して改革の片棒を担っているとしらしめて、少しでも遠山の立場を良くしたい。栗橋の真意はそこにあった。

十一月晦日に近い夜半、北町は寄席に不意の手入れをかけて、三十四人の女浄瑠璃語りと、七人の席亭がお縄となった。七人の中には、平河町浮喜亭の主《あるじ》も混じっていた。

だが、栗橋があらかじめ目星をつけた数には、ひとり足りなかった。

当世一とうたわれる勢登菊を、とり逃がしてしまったからだ。


「勢登菊を逃したとあっては、北町の面目にかかわる。何としても見つけ出せ」

配下の同心と小者に、北村が強い調子で発破《はっぱ》をかける。

「居所は、捕えた席亭にたずねろ。心当たりを片端から当たれ」

浮喜亭の主は、五十がらみの男だ。勢登菊の芸の師匠でもあり、また幼い頃に引き取って手塩にかけて育て上げた親代わりでもあった。情が勝《まさ》っていたものか、主は知らぬ存ぜぬを通し、北町総出の必死の捜索にもかかわらず、勢登菊の行方は杳《よう》として知れなかった。

だが、十日ばかりが過ぎた頃、一平が息せききって奉行所に現れた。

「旦那、見つけやした！　旦那の仰ったとおり、茂弥って手妻遣いの見知りを当たり、つきとめることができやした」

「そうか、よくやった、一平。で、ふたりはどこにいた？」

「茂弥は平河町の浮喜亭に来る前は、深川永代寺《えいたいじ》門前の寄席にいたんでさ。茶飯《ちゃめし》のとっつぁんに探らせたところ、勢登菊と茂弥らしきふたりがいやしてね、小屋の裏方を手伝っているそうですぜ」

茶飯のとっつぁんとは、茶飯売りをしながら、一平の手先を務める壮年の男だった。他にも風呂屋と、老いた鋳掛屋《いかけや》が、やはり手先として折々に一平を助けている。三人は、一平に十手を任せた老目明しの頃から、御用に携わっている。若く経験のない一平が、どうにか役目をこなしているのは、探索の玄人たるこの三人のおかげだった。

門佑は一平を連れて、すぐさま深川に向かった。

一平の言った永代寺門前の寄席は、噺家《はなしか》が席亭をしており、女浄瑠璃は出していない。先日の手入れの際も、目当てから外されていた。

「旦那、捕方を手配りしなくていいんですかい？」

大股の急ぎ足でいく門佑に、小走りで従いながら一平がきいてきた。

「人を出して、違いましたでは格好がつかない。やはり一度は己の目で、確かめてみぬことにはな」

一平にはそう告げたが、捕方どころか、上に報告さえしないまま役所を出てきた。北村にばれたら、おそらく大雷だろうが、門佑の中にはまだ迷いがあった。

「旦那、あれでさ。ほら、木戸脇の一軒に提灯が下がっている。まだ火は入ってねえから、夜の席ははじまっちゃいねえようですね」

西の空が赤々と燃えて、粗末な長屋を染め上げている。表店だから二階はあるが、間口がひどく狭く、数軒並んだ長屋の中に、申し訳なさそうに挟まっていた。

「また、えらく小さいな。まあ、大方の寄席は似たようなものか」

「この前出張った手合いは、女浄瑠璃のおかげで羽振りの良かった席ですからね。構えもそれなりってことでさ」

寄席を営む者は、ほとんどが店借層だ。寄席渡世一方と呼ばれる専業の者もいるが、兼業も多く、鳶《とび》の頭《かしら》、風呂屋、地所や小屋の番人と、職業もさまざまだった。場所もそれなりにささやかで、この深川の寄席のように、長屋に設けられることも多かった。

「どうしやす、旦那、踏み込みやすかい？」

「まあ、待て」

気負う一平を制し、門佑は木戸の内を覗き込んだ。夕餉《ゆうげ》の仕度でもしているのか、中から女たちの笑い声が響く。日は残り少ないが、まだ見通しはきく。井戸端には、三人の女の姿があった。

ひとりが釣瓶《つるべ》を引いていて、目をとめた門佑がはっとなった。

一平を小声で呼んで、だまって女を顎で示す。

「あ、あれは、勢登菊じゃねえか！」

門佑は先に麹町で、ちらりと一度見ただけだが、一平は何度か勢登菊を拝んでいる。この前とは違い化粧もしておらず粗末な身なりだが、間違いないと一平は断じた。

勢登菊は長屋のかみさん連中と、楽しそうに話に興じている。その姿は、江戸でいちばん人気の女浄瑠璃語りとはあまりにもかけ離れていて、まるでこの裏店に生まれ育った、ごくごくふつうの娘のようだ。

門佑の肩から、急速に力が抜けた。

「一平、帰るか」

「へ？　帰るって……捕方を連れて出直すんですかい？」

「いや、おれたちは何も見ていない。勢登菊も深川になぞいなかった。そういうことだ」

「旦那……」

「当代一の語り手が捕まらないんじゃ、面目が立たねえ。それくらいでちょうどいいさ。それともおまえは、どうしても勢登菊をお縄にしたいか」

「め、滅相もねえ。おれだって正直、あの娘だけは捕えたくねえと願ってやした」

「それなら決まりだ」

張りついていた木戸から離れ、踵《きびす》を返したときだった。ふたりの行く手を塞ぐように、男がひとり立っていた。

「おまえは……あのときの……」

勢登菊と一緒にいた、手妻遣いの茂弥だった。

ひとたびにらみ合い、次の瞬間、男が叫んだ。

「御師匠《おっしょ》さん、逃げろ！　役人だ！」

「おい、待て、早まるな」

門佑はあわてて制したが、相手は懐から小刀を出し、鞘《さや》を払った。匕首《あいくち》のような刃の長いものでなく、道具を削るようなごく小さな代物だ。茂弥はこれを腹の前に両手で握り、目を血走らせて突進してきた。思わず門佑と一平は、道をあけるように両脇にからだをかわし、茂弥はできた隙間にとび込むように木戸の内にからだを入れて、くるりとふり返った。

「御師匠さん、早く！　頼むから、逃げのびてくだせえ！」

役人と小者を小刀で牽制しながら、背後の勢登菊に向けて声を張り上げる。

井戸の傍らでは、一緒にいたふたりの女房が腰を抜かしたように地面に尻をつき、勢登菊は井戸に張りついたまま、呆然と立ち尽くしている。

騒ぎをききつけたらしく、裏店からいくつもの頭がのぞき、表店と往来からも人が集まり出した。こうなっては隠しようがない。門佑は舌打ちし、小者に小声で命じた。

「一平、勢登菊を捕えろ」

「えっ!」

「早くしろ、男はおれが押さえる」

一平は悲しそうに顔をゆがめ、だが、すぐに口許を引き締めた。

門佑は腰から朱房の十手を抜きながら、じりじりと茂弥に近づいた。

与力の十手は指揮十手だ。捕物に使うことなどまずないが、相手は小柄な町人だ。門佑は、用心深く間合いを詰めた。

あと一歩で十手が届こうというところで、茂弥の背後で小さな悲鳴がきこえた。門佑が男を引きつけている隙に、一平がすばやく勢登菊の腕を捕えていた。

「茂さん、茂さん!」

「御師匠さん!」

茂弥が勢登菊をふり向いた。その機を逃さず門佑は、小刀を握りしめていた相手の小手を、十手で強く打った。うっ、と相手がうめき、小刀が地に落ちた。小柄なからだを両腕ごと羽交締めにして、ようやく息をつく。だが、その油断が仇となった。

あ、と思ったときには、茂弥のからだはするりと門佑の腕から抜けていた。まるで骨と肉が、急に形を失ったような、からだが一気に縮んだような、ひどく妙な感覚だった。

「しまった、縄抜けか！」

茂弥は門佑の縛《いまし》めから抜け出しながら、小刀を拾い上げ、そして躊躇《ためら》うことなく一平と勢登菊のところへ突っ込んだ。

「御師匠さんを離せ！」

「一平、よけろ！」

茂弥と門佑の声が重なって、一平がはっとして向きを変えた。

勢登菊を捕えていたから、一平の十手は腰にささったままだ。抜く暇もなく、腹につけた小刀ごと茂弥が突っ込んだ。

「一平！」

思わず門佑は叫んだが、身軽さだけがこの小者の身上だ。一平は咄嗟につかんでいた勢登菊を離し、小刀ごとぶつかってきた茂弥を、からだを斜《はす》にしてかわした。そして背中を見せた格好になった相手に、かぶさるようにしてからだごと押しつぶした。

だが、またもや茂弥は、まさに手妻のように一平の腹の下から抜け出した。

「この野郎、気味の悪い技を使いやがって。いい加減、諦めやがれ」

一平と茂弥は、地面の上でじたばたと、組んずほぐれつしている。加勢に行こうとすると、今度は門佑の背や腰に、後ろから誰かがしがみついた。

「お役人様、どうか見逃してやって下さい！」

「勢登菊さんはもう、浄瑠璃はやらないと言ってるんだよ、だから！」

「やめろ、おまえたち、離せ！」

勢登菊と一緒に井戸端にいた、ふたりの女だった。事情をきいているか、あるいはこの寄席にいる芸人の女房なのかもしれない。十手は右手に握ったままだが、女を打ちすえるわけにもいかない。

「いい加減にしろ！　てめえらまでしょっぴかれてえのか！」

伝法《でんぽう》に怒鳴りつけたそのとき、門佑の腰をつかんでいた女が、鋭い悲鳴をあげた。

ぎょっとして首だけまわして見ると、女は門佑の腰にしがみついたまま口をあいている。

「せ、勢登菊さん……」

女の視線の先には、一平と茂弥、そして勢登菊の姿があった。

一平が茂弥に馬乗りになり、途中でとり上げたのだろう、小刀は一平が握っていたが、その手首を茂弥が握りしめている。まるで時が止まったかのように、男ふたりはその形のまま石像みたいに固まっていた。

そしてふたりの傍らに、顔をおおった勢登菊が座り込んでいた。

「お……っしょう……さん……」

茂弥の喉から、か細い声が漏れた。

顔に当てられた勢登菊の指のあいだから、吹き出すように赤いものが幾筋も流れ、地面にしたたり落ちた。

一平は呆然と、己の手の中にある、血に染まった小刀を見詰めていた。


勢登菊の顔の傷は、大きく、深いものだった。

ふっくらとした白い頬を真ん中で裂くように、左の目尻から口許にかけて、まるで戒めのように醜い跡がついた。

勢登菊と茂弥は捕縛され、浮喜亭の主とともに白洲に引き出された。

その裁きの場には、殊勝な顔でうつむく一平の姿もあった。

「一平、おまえがふたりをお縄にする際、誤って勢登菊の顔を傷つけた。そういうことか」

「へい、間違いありやせん」と、遠山に向かって神妙に応える。

左頰に白布が当てられた勢登菊を、遠山は痛ましそうに見遣った。遠山は勢登菊に、他の女浄瑠璃語りと同じ手鎖を申し渡した。茂弥も役人に刃物を向けた罪で敲《たたき》の刑を受け、浮喜亭の主は、やはり他の席亭と同様、家財没収の上、江戸所払いとされた。

逃げて隠れていた上に、役人に抵抗したのだから罪は重くなる筈だが、遠山はそうしなかった。寄席の手入れは抜き打ちで行われ、勢登菊はこれを知らずにたまたま深川に滞在していた。門佑が調書にあげた方便をそのまま使ったのは、勢登菊の傷に免じてということだろう。

その代わり門佑の行いについては、北村を上まわる勢いで叱りつけた。

「おまえの考えなど、はなからわかっておる。どうせ勢登菊を、見逃すつもりであったのだろう。されどいつまでも、逃げおおせられる筈もない。遅かれ早かれ勢登菊は捕えられていた。おまえはただ、己の手を汚したくなかっただけだ！」

遠山の言い分はもっともで、門佑はひと言も返せなかった。

だが、門佑よりいっそう気落ちしていたのは、一平だった。

「そう、しょげるな。おまえたちがやり合っていたところに、急に勢登菊がとび出してきたんだろう？　避けきれなくても仕方がねえさ」

いつまでも引きずっているようすの一平に、常のごとくふたりで町廻りをしながら、門佑はそう声をかけた。

「しょげてるだけじゃねえんでさ、旦那。あれからずっと、考えていたことがあって」

「何だ？」

「おれはひょっとしたら、あの茂弥って野郎の思惑に、嵌《はま》っちまったんじゃねえかって」

「どういうことだ、一平？」

「あのとき……奴から小刀をとり上げたおれの腕に、勢登菊がしがみついてきたんでさ。同じくらいに茂弥の手もおれの腕をつかんで……とたんに腕に力がかかって、刀が勢登菊の顔に当たっちまった……」

茂弥を押さえるのに、躍起になっていた矢先のことだ。はっきりとは覚えていないようだが、後ろに向かって腕が押されたような気がしたと一平は言った。

「もしかすると、あれは茂弥がわざと狙って、勢登菊の顔を傷つけたんじゃねえかと……どうにもその考えが頭から離れなくて」

「だが、あの男は、それこそ神を拝むように勢登菊を崇めていた。おれにはそう見えたが」

「けど、あいつだって男だ。ずっと傍にいたならなおさら、勢登菊を手放したくはなかった筈だ。旦那もきいたでしょ、勢登菊が妾になるって話があったと」

ああ、と門佑はうなずいた。手入れで捕縛された中には、勢登菊の同輩にあたる浮喜亭の女浄瑠璃語りが何人かいた。その女たちからきいて、後で小屋の主にも確かめた。

勢登菊は、さる大商人《おおあきんど》の妾になることが決まっていた。

妾になってもそれまで通り寄席に立つ者も多いが、商人は勢登菊を他人の目に触れさせることさえ嫌がり、浄瑠璃語りもやめさせるつもりだった。

このこともあってか、席亭は最初、娘同様の勢登菊を妾に出すことを拒んだ。

だが、この商人は浮喜亭のある平河町の名主にあたり、他にもあちこちに土地を持ち、浮喜亭だけでなく多くの寄席に土地を貸していた。断れば平河町を追い出されるばかりか、他所《よそ》の土地での興行も難しくなり、抱え芸人が別の寄席に移ることさえ阻まれる恐れもある。半ば脅しのように強要されて、席亭は承服するより仕方なかった。

たとえお縄になっても、いずれは放免される。浮喜亭という拠り所さえ失った勢登菊を、商人は喜んで迎え入れてくれただろう。

「勢登菊が妾になれば、傍に仕えるのはおろか、顔を拝むことさえできなくなる。茂弥はそれが、我慢ならなかったんじゃねえかと……そう思えてならねえんでさ」

麹町で見かけたときのようすや、先日の後先考えない抗いを鑑みれば、茂弥が勢登菊に惚れ込んでいたのは明白だ。男女の情愛というよりも、忠実な家臣が主を慕うさまに近いようにも思えるが、勢登菊への気持ちの強さだけは確かなところだ。

「勢登菊の顔に傷をつければ、商人も妾話を引っ込めるだろうと、そういうことか」

実際、件《くだん》の商人は、勢登菊の傷の話をきくと、我関せずとばかりに知らぬ存ぜぬを押し通した。

門佑はしばし考えて、それから一平にたずねた。

「いまの話を、何故、白洲で言わなかった」

「あいつと……茂弥とやり合っていたとき感じたんでさ。ああ、こいつは本当に勢登菊と離されたくねえんだなって」

「あの男に、情けをかけたのか」

「いや……どういう経緯《いきさつ》にしろ、おれが手にしていた刃物で勢登菊があんな目に……あんなきれいな顔に、二度と消えない傷をこさえた。そいつばかりは変わらねえです」

肩を落としてうなだれている一平をながめ、門佑の頬にゆるりとした笑みが浮かんだ。

「一平、新しい十手の房を買ってやろうか」

「へ？」

「萌黄より、もうちっと趣のある色がいいだろう。深い青か、山吹も悪くないな」

若草色の十手が似合うひよっこだと思っていたが、一平もそれなりに場数を踏んで、他人《ひと》の痛みを斟酌《しんしゃく》できる目明しに、一歩近づいていたようだ。

「この先に、馴染みの糸組屋がある。どうせなら、これから頼みに行こう」

わけがわからずぼんやりしている一平の肩をぽんと叩き、門佑は先に立って歩を速めた。

翌年の二月、水野忠邦は寄席についての触書《ふれがき》を出した。

二百十一ヶ所にも及ぶ寄席を、北町の調べに沿って、開業の古いものから順に十五軒に減じ、女、鳴り物、四業以外の一切の芸を禁じる厳しいものだった。

勢登菊たち女浄瑠璃語りは、そのふた月後、四月半ばに手鎖を解かれた。

女たちが使っていた三味線は、町奉行所にて焼却されて、この派手な演出もまた、栗橋貢輔の手によるものだった。

門佑がふたたび茂弥と勢登菊に会ったのは、それから一年以上も経った初夏の頃だった。

深川をぶらぶらと歩いていると、永代寺に近い空地に人群れができている。のぞいてみると、陽気な口上がきこえた。

「さあ、お次は縄抜けにございます。ご覧ください、まるで団子虫のようでございましょ」

見物人から笑いとどよめきが起こり、その視線の先にいたのは縄で括られた茂弥だった。

両手両足はもちろん、膝を胸につけた状態でぐるぐる巻きにされている。その格好で箱に入れられると、客の待ち時間を潰すように、三味線が賑やかにかき鳴らされた。

三味線弾きは深編笠をかぶった女で、笠から垣間見える横顔に、思わず門佑は声をあげた。

女の左頰には、赤黒い大きな傷があった。

「久しぶりだな、勢登菊。達者そうで何よりだ」

ひとくさりの芸が終わり、客が引けると、門佑は深編笠の女に声をかけた。

門佑は着流しで、一平も連れていない。思い出すのに多少暇はかかったが、相手も門佑を覚えていた。その顔が、不安そうにかすかに曇る。

「今日は非番で、ただの通りすがりだ。どのみち席もねえんじゃ、払いようがねえさ」

門佑がそう告げると、勢登菊は安堵したように微笑んだ。

寄席の撤廃を受けてから、芸人たちは町々の辻やこのような空地で各々の芸を見せ、あるいは夜中に三味線を弾きながら流し歩く、噺家や浄瑠璃語りも多くなった。公儀がどんなに咎めたところで、芸人の魂とそれを求める人々の気持ちまでは縛りようがなかった。

「一平が、おれの小者が、ひどく済まながっていた。その……おまえの顔を傷つけたことを……おれからも詫びさせてくれ。本当に済まなかった」

なまじ顔がきれいなだけに、傷痕がいっそう痛々しく映る。門佑は頭を下げて、殊勝に詫びた。勢登菊はしばしぽかんとしていたが、やがて整った口許をほころばせた。

「そんなに気に病んでいらしたなんて、ちっとも知りませんでした。あたしの方こそ、お詫びしないといけませんね……この傷は、あたしがつけたんですす」

「……なんだと？」

「あたしが己で、この顔を切った。そういうことです」

驚きのあまり、咄嗟に言葉も出ない。己を見詰める門佑に、勢登菊は理由を明かした。

「あたしはどうしても、茂さんの傍にいたかったんです。お縄にされても、刑を終えればそのまま妾にされて、二度と茂さんに会えなくなる。あたしはそれが嫌だったんです」

一平の話をそっくりひっくり返したようで、まるで騙し絵を見せられていたような心地がする。己の腕には茂弥と勢登菊、両方の手がかかっていたと一平は言った。茂弥が押したのではなく、勢登菊が一平の腕を引いたということだ。

「勢登菊は、そんなにあの男に惚れていたのか」

茂弥は仲間とともに、次の出し物の仕度に追われている。ながめながら、門佑は呟いた。

「いまは勢登菊じゃありません、ただのお勢《せい》です。勢登菊を贔屓にしてくれた方はたくさんいます。でも、お勢のままのあたしを大事にしてくれるのは、茂さんだけじゃないかって、あたしはあの頃からそう思ってました」

怖くはなかったのだろうか――。己の顔を傷つける痛みだけではない。万一その傷のために相手が心変わりをしたら……その考えは浮かばなかったのだろうか――。門佑がそうたずねると、あのときは気が動顚《どうてん》していて、そこまで深い考えには及ばなかったと勢登菊は応えた。

「からだが勝手に動いてた……それが正直なところです。でも、あのときあたしは、賭けたんだと思います。茂さんを信じる方に」

「その賭けに、勝ったというわけか」

はい、と門佑を見上げたその顔は、頭上に広がる空のように澄んで晴れやかだった。

「お勢、どうした。知ったお方かい？」

こちらに気づいた茂弥が、声をかけてきた。遠目だから、門佑があのときの役人だとは気づいていないようだ。多めの見料《けんりょう》を白い手に握らせて、門佑は向きを変えた。

「邪魔したな、果報者の亭主によろしく言ってくれ」

「お役人様、深川にお越しの際は、またお立ち寄りくださいな」

「いや、もう二度と来ねえよ。これでも独り身なもんでな、当てられるのはかなわねえよ」

町役人の己がうろついても、ふたりにとって良いことはないと、門佑は承知していた。

空地を出て往来を行くと、やがて次の演目を告げる口上が、門佑の背中を追ってきた。

明るい調子の三味の音が、さわやかな初夏の空に高らかに響いた。

山葵《わさび》景気

株仲間解散令

詰所に呼びにきた内与力の顔を見たときから、門佑は嫌な予感におそわれた。

「城から戻られた殿が、鷹門殿をお待ちにございます」

「ひょっとして、また何か良からぬ触れが出されたのですか」

「おそらくは……それはもうお怒りで、頭の上で土瓶の湯が沸きそうな勢いで」

はあっ、と門佑は、ことのほか大きなため息をついて腰を上げた。

「何だっておればかり、こんな貧乏くじを引かされるのか」

栗橋とともに廊下を行きながら、ついぶつくさと文句が出る。

「それだけ鷹門殿に、気を許しておられるのでしょう」

遠山家の忠実な家臣たる栗橋貢輔は、半ばうらやましそうに門佑を見上げた。

「できれば小栗殿に、ぜひ代わっていただきたい」

「私では主《あるじ》大事が過ぎて、どうしても口うるそうなりますから、滅多なことは言えないのでしょう。かと言って東丈様のようなできたお方に、当たるわけにも参りませんし」

「出来物でないおれに、八つ当たり係がまわるというわけか」

途中で栗橋と別れ、奉行の居室に赴くと、果して遠山は、紅い顔料でも塗りつけたような、真っ赤に染まった顔を門佑にふり向けた。

「見ろ、鷹門！　あれほど口をきわめて諫《いさ》めたというに、あの石頭がまたやりおったわ」

ぱしりと音を立て、畳に書付を叩きつける。融通がきかぬ上に小うるさい。老中首座・水野忠邦の気性をあげつらい、石頭だの小姑だのと散々な言いようだ。およそ幕臣にははばかられる口の悪さで、栗橋がきいたらたちまち説教をはじめるだろう。

「これは……株仲間とり潰しの令が、ついに出されてしまいましたか」

天保十二年十二月九日、水野から遠山に、いわゆる株仲間解散令が渡された。

遠山は、南町奉行の矢部定謙とともに、最後までこれに抗った。その骨折りが無駄に終わったのだから、遠山が憤懣やる方ないのも無理からぬことだ。

「ここ数年の諸色高は、株仲間のせいではないと、何十遍も申したと言うに」

水野忠邦と両町奉行の衝突は、日を経るにつれてひどくなる一方だった。床見世《とこみせ》の撤廃から芝居小屋の所替えまで、ありとあらゆるところで互いに折り合わず、株仲間解散もそのひとつだった。

「ですが、この触ればかりは、喜んで受け入れる者の方が多いでしょう」

「馬鹿者が。それもおそらくは一時のことだ。肝心要《かなめ》の諸色高が収まらねば、すべて下々にはね返るのだからな」

文化文政《ぶんかぶんせい》期を通じて、じりじりと上昇していた物価は、先の天保の飢饉をきっかけに一気に高騰した。そして飢饉が終息した後も、物の値段は一向に下がらなかった。

この諸色引下げこそが、今回の改革の要であり、水野忠邦は何よりもまず株仲間解散を言い立てた。

江戸十組問屋《とくみどいや》、大坂二十四組問屋をはじめとし、ありとあらゆる商い物には問屋仲間や組合が作られて、価格から市中に流す量まで仲間内でとり決めが行われている。少しでも利鞘が稼げるよう、己に都合よく操るのも当然で、株仲間の不正を快しとせぬものは、武家のみならず庶民にも多かった。

「一万両の冥加金《みようがきん》と引き替えに、十組問屋を認めたのは、他ならぬご公儀だというのに」

遠山が、呻くように呟いて歯噛みする。

江戸十組問屋の歴史は、ざっと百五十年前、元禄期にさかのぼる。江戸・大坂間の廻船《かいせん》が盛んになって、難破による損失を助けあう目的で、荷受問屋が作った組合だった。

荷主を繊維・塗物・薬種・酒など、十組に分けたことからこの名が残っているが、時代が下るにつれて次第に増え、文化の頃には六十五組となっていた。

この六十五組、約二千人の商人に株札を交付し、市場の独占や特権を与えたのは、いまから二十八年前、文化十年のことだ。遠山の言うとおり、毎年一万両という莫大な上納金を目当てにしたもので、財政逼迫《ひっぱく》にあえぐ幕府の窮乏対策だった。

「それをいまさら奸商《かんしょう》なぞと商人ばかりを責めるのは、偏りが過ぎるというものだ。罪は十組ではなく、ひっきょう我々官府にある」

「もしや水野様にもいまの話を……」

「むろんじゃ、腹に力をこめて、申し上げた」

恐れ多くも幕臣が、あからさまに幕府を批判すれば、相手が水野でなくとも角が立つ。

思わずため息が漏れそうになるが、遠山の意気は上がる一方だ。

「株仲間より何よりも、まず手をつけるべきは、金銀の吹き替えをやめることだ」

諸物価高騰の原因をどこに求めるか、老中と町奉行の対立の大本はここにあった。

貨幣改鋳《かいちゅう》こそが諸悪の根源だと、両町奉行はそう主張した。

この頃、幕府の支出は、入る金子のほぼ倍にも及んでいた。そして新たな歳入の方途として用いられたのが、貨幣改鋳である。いまから二十三年前、文政元年にはじめられ、さらに天保に入るといっそう盛んになった。

いずれも貨幣に混ぜる金銀を減らす「改悪」であり、浮いた金銀が幕府の収入となる。最初はこれを「出目《でめ》」と呼び、あくまで臨時の蔵の役割であったものが、近年では「益納」と称し、初めから赤字を埋めるために行われ、いまや幕府財政になくてはならないものになっていた。

混ぜられる金や銀が減じれば、同じ一両小判でも、それまでの価値を失う。一両としてあつかえと、公儀がいくら命じたところで、利に聡《さと》い商人は実質の金銀の目方で量《はか》ろうとする。それまで一両で売っていた品も、一両二分でなければ売らぬということで、つまりは貨幣価値が下がれば、これに逆行して物価は上がる仕組みとなる。

かつては八割強も含有していた金は、文政・天保小判に至っては五割強にまで落ちている。それは銭相場に直接響き、一両を四千文と定めた公定相場は、市井では有名無実となっており、いまでは六千五百文で取引されていた。

「武家・町人を問わず、誰もが金銀吹き替えには異を唱えておる。金銀さえもとの質に戻せば、諸色高はたちまち収まる」

「ですが、他に金子の当てがなければ、それもままなりません。ことに御勘定方が、黙ってはいますまい」

「そんなことは、いまさら言われんでもわかっておるわ！」

八つ当たり係が板につき、怒鳴られたところで応《こた》えはしない。何より門佑は、己の役目をわきまえていた。お追従《ついしょう》なら栗橋が、賛同なら東丈の方が適任だ。遠山はただ、老中にぶつけられない憤りを、門佑を身代わりにして晴らしたいだけだ。

「金銀吹き替えは、贋金《にせがね》造りよりさらにあくどい。株仲間を認めた以上に重い、官府の罪だ」

「よもやそれも、そのままご老中にお伝えしたのですか」

「むろんだ。つまりは諸色高の一切の責めは、幕府にある」

――と、矢部様が申されていたのですね。

思わず口から出そうになった言葉を、門佑はのみ込んだ。

こうまで真っ向から異を唱えるのは、出世大事の遠山には似つかわしくない。無謀とも言える抵抗をやめぬのは、ひとえに南町の矢部の存在が大きいのだろう。遠山がさも持論のように語るのは、ほとんどが南町奉行の受け売りだと、門佑はよくわかっていた。

わざわざ市井に詳しい門佑を、傍に置いているほどだ。元来の俗な気性も手伝って、下々の暮らしや風俗についてなら、遠山が矢部より一枚上手だ。しかしそれらが何故そのように至ったか、もとをたどり考察するのは、矢部の方が数段勝《まさ》っていた。

ことに政《まつりごと》や金の巡りに関しては、矢部はことさら詳しく、さらにはしっかりとした持論をも確立していた。

遠山には、他人の長所に嫉妬しつつも、素直に認める度量がある。そして何よりも、矢部への信頼が厚かった。日々共闘してくれる矢部が諦めない限り、遠山もまた、意地でも引き下がらない心構えでいるのだろう。

「しかし、触れが出てしまった上は、仕方がありません。明日にでも町名主を呼んで……」

「いいや、それには及ばん。触れはしばらく捨て置くこととする」

今月の月番に当たる北町から、下々に達するようにと、触書はそのために遠山に渡された。それを勝手に町奉行のところでさし止めては、厳しい処罰を受けかねない。

さすがに門佑が仰天し、無茶をするなと諌めたが、今日ばかりはよほど腹に据えかねたのだろう、遠山は頑としてきき入れない。

「ご老中から糺《ただ》されでもしたら、何とお応えするおつもりですか」

「ちと調べ物がある故、日延べした。そのように申しておくわ」

くさいものから逃れるように、遠山はぷいと触書から顔を逸らせた。

触書は北町に据え置かれ、そのまま三日が過ぎた。

この日、ひとりの商人が、奉行所に門佑を訪ねてきた。

「お初にお目にかかります。駿府で乾物商いをしとります青田屋伍兵衛《あおたやごへえ》と申します」

四十前くらいだろうか。上方訛りの商人は、勤め先にまで押しかけたことをまず詫びた。

「実は、石見の殿様からお言伝を預かりまして、足を運ばせていただきました」

「石見の兄上から……」

「へえ。ぜひご新造様にお戻りいただきたいと、殿様は切に願っとられます」

姉の夫であった石見の兄は、駿府城で勤番組頭を務めている。青田屋伍兵衛は商いのために石見家に出入りしていて、昵懇《じっこん》の間柄だという。

「先ほど八丁堀のお屋敷へ伺うて、ご新造様にお目にかかりましたが、芳《かんば》しいお返事はいただけまへん。できれば弟御の旦那様から、お口添えをお願いしとうて参りました」

復縁を乞う文なら、駿府から何度も届いている。しかし園江がまったく応じぬために、石見の家は商用で江戸へ出るこの男に、姉の説得を頼んだようだ。夫が妻を迎えにくるのは体面も悪いし、何より口下手な義兄では、園江を説き伏せることなどできはしない。そこで如才のなさそうなこの商人に、説得役を頼んだのだろう。

「石見様とは家も近《ちこ》うおますし、干物なんぞを届けさせていただいとります。ご新造様にもえらいお世話になりましてな」

ひとまず奉行所を出て、近くの蕎麦屋に落ち着くと、商人は少しくだけた調子になった。

「せやのに恩を仇で返すような真似をして、ほんまに申し訳あらへんと思うとります」

「いったい、何の話だ？　いつまでも子ができぬのが心苦しく、石見の家を出ることにしたと、おれはそうきいているが」

ちっとも心苦しくなさそうなようすで、姉はそう語った。他に何かあると、門佑も見当だけはしていたが、商人は仔細を知っているようだ。

「はあ、その通りやおますけど……ご新造様に不憫な思いをさせてもうた、その大本にはわても一枚噛んどりましてな」

三十路を越えても姉には子ができず、石見の家では養子話がもち上がった。それでも舅と姑は諦めがつかなかったのだろう。嫁の園江に内緒で、妾をとるよう息子にもちかけた。

「その娘を世話したのが、わてでしてな」

町屋の若い娘を探させて、妾宅を仕度したのもこの商人だった。

園江に知られぬよう、石見の家では重々気をつけていたようだが、狭い城下ではやはり噂は広まる。園江に同情したのだろう、同じ勤番方の妻女が耳に入れたようだ。

「ご新造様は気丈なお方ですさかい、騒ぎ立てる真似もなさりまへんでしたけど、ある朝いきなり暇乞《いとまご》いを申し出られましてな」

園江は気が強いが、気位はさらに高い。妾のところに押しかけることも、夫やその親に文句をつけることもしなかった。そして、もっとも相手が応える仕打ちに踏み切った。

妻に内緒で、身分の低い若い女のもとへと息子を通わせた舅姑《きゅうこ》にも、唯々諾々と従った夫にも、おそらく腹の内では殺しても飽き足らぬというほどに憤っていたに違いない。仔細を教えてくれた同輩の妻女の憐れみさえも、園江には我慢がならなかったろう。

「なるほど、そういうわけか。おかげでようやく合点がいった」

門佑は、思わず膝を打ちそうになった。

園江にぜひにと乞われ、義兄は去り状だけはしたためたものの、公儀へは離縁の届けを出してておらず、公には未だに縁は切れていない。石見の兄も両親も、園江の妻としての才覚は高く買っており、復縁を望んでいるという。

「ご新造様がおられへんと、盆暮れの付届けを選ぶにも難儀なごようすで」

そつなくこなすだけでなく、進物ひとつとっても園江は気が利いている。弟の上役である遠山へも、好物のカステラなどを折に触れて届けさせていた。

「殿様は妾の女子とも別れて、ご新造様をお待ちしとります。お屋敷でそないに申し上げたんですが……」

『子ができぬのは己の不徳。それだけでも申し訳なく、二度と石見の敷居はまたげませぬ』

園江はにっこり笑って、そう言ったという。

「それはさぞかし、怖かったろう」

つい本音をもらすと、やはり園江の気性を知っているらしい商人は、

「そらもう、膝が震えそうになりましたわ」と応じた。

「おれも駿府から便りが届くたび、それとなく言ってはいるのだが」

「いけまへんか」

「姉上はいったん決めたら、てこでも動かぬ性分だからな」

一日でも早く高安家を出ていってほしいのは門佑とて同じだが、園江の気性ではまず戻ることはあるまいと、商人に向かって正直に告げた。

「こればかりはどうにもならしまへんな。石見の殿様には、さように申し伝えます」

頼む、と腰を上げようとした門佑を、青田屋が引き止めた。

「実は旦那様にもうひとつ、おたずねしとうて参りました……株仲間がおとりやめになるいうのは、ほんまでっか？」

「青田屋、おまえ、何故それを！」

肝心の触れは、北町奉行所で止まったままだ。江戸市中にさえ触れられていないのに、どうして駿河の商人が知っているのか。

「いやあ、ほんまやったんですなあ。有難うて涙が出そうですわ。おかげさんで、新しい商

いをはじめられます」

目を丸くする門佑の前で、商人がたちまち笑み崩れた。

「なるほど、話の出所は、石見の舅殿というわけか」

門佑がふたたび腰を落ち着けると、青田屋は代わりの酒と蕎麦を頼んだ。

「へえ、大殿様から伺うて、矢も楯もたまらんようになりましてな。これはひとまず江戸に出て、確かめなあかん思いましたんや」

石見家の園江の舅は、もとは勘定方にいた。とうに役目は退いているが、商人の話では、昔の同輩から便りが届き、株仲間解散を知ったという。株仲間の上納金は、幕府の大事な財源だった。これをなくしてもどうにかやりくりせよと、早くに老中から達しを受けていて、石見の舅の同輩はその無茶を嘆き、愚痴を交えて伝えたようだ。

「江戸・大坂ばかりでなく、国中の問屋仲間が崩されるいうんも、ほんまでっしゃろか？」

ああ、と仏頂面で門佑が応じると、提灯を三つもぶら下げたように、商人の顔がさらに明るさを増した。

「いやあ、ご改革さまさまですわ。前々から手掛けたい思うとった商い物がありましてな」

「何だ？」

「駿州名物、寿司には欠かせぬものでございます」

「ああ、山葵《わさび》か」

古くは山に自生するものを採っていたが、神君家康公の頃、駿河国、安倍川《あべかわ》上流の村で、初めて山葵が栽培された。これが家康に献じられると、その味は大いに賞讃されて、さらに山葵の葉が徳川家家紋の葵に似ていることから、家康の庇護を受けることとなり、駿河を代表する産物となった。

「辛みのきついのは秋冬ですが、年中採れますから商いも容易《たやす》うおます。せやけど山葵にもやはり、駿州に問屋仲間がありましてな、手の出しようがあらしまへんでした」

株札の恩恵を受けていない多くの商人にとっては、株仲間解散は何よりの朗報だろう。素人直売《しろうとじきうり》勝手次第、つまり誰もがどの品でも勝手に商えるとなれば、そこには自由な競争が生まれる。それが物価を下げる何よりの早道と、水野忠邦は考えていた。

「まだ江戸市中にさえ触れられていないのだからな、くれぐれも口には気をつけろよ」

「案ずるには及びまへん。明日からは噂話をする暇ものうなりますさかいな。山葵と言えば、やはり江戸や。寿司屋をまわって、仰山《ぎょうさん》の客を集めんとなりまへん」

江戸前の寿司に使われたことから、山葵は一気に庶民のあいだに広まった。たとえご改革でひと頃より勢いが失せても、江戸の山葵の売れ行きはやはり桁外れだ。

「いまは商いするなら、何というても江戸ですわ。大坂はもうあきまへん」

青田屋はため息をひとつこぼしてから、銚子をとり上げた。

「わても四年前までは、大坂の乾物問屋で奉公しとりましてな」

十三で駿河から大坂に出て、足かけ二十年も向こうにいたという。すっかり上方言葉が板についてしまったと、商人は苦笑いした。

「大坂二十四組問屋の株札を持つ大きなお店でおましたが、それでもあきまへんでした。わてはそれで、大坂に見切りをつけましたんや」

「大坂は押しも押されもせぬ、天下の台所だろう」

それもひと昔前の話だと、商人は首を横にふった。

かつては国中の産物が大坂に集められ、江戸をはじめとする各地に運ばれていった。しかし諸大名は大坂問屋の手数料をおしみ、自国の産物の江戸直送を願い出た。幕府はこれを認め、大坂問屋があつかう品は、種類も量もどんどん減っているという。

「駿府に戻って乾物の小売をはじめたもんの、地元の株仲間がうるそうて、たいした儲けにはなりまへん。その目の上のたんこぶがとれたんや。わてにとって、こないな僥倖《ぎょうこう》はあらしまへんわ。これはその、ほんのおすそわけということで……」

商人が紙に包んだものを、卓の脇から目立たぬようにさし出した。

「よけいな気遣いは要らん。話がそれだけなら、おれは戻るぞ」

門佑は袖の下には一瞥もくれず、店の親父に勘定を頼んだ。


商人と別れてまた奉行所に戻ると、件《くだん》の触れが、ようやく動き出そうとしていた。

「鷹門、明日、町名主たちを呼び集めろ」

「では、株仲間とりやめの旨を……」

「ああ、小姑殿に知れてしまってな、城でさんざん騒がれたわ。まあ、怒り心頭の顔を見られただけでも、此度はよしとするか」と、遠山は、むっつりと言った。

翌日の十二月十三日、北町奉行所に町名主が呼ばれ、株仲間解散の触れが達せられた。

そして翌十四日、城から戻った遠山は、内与力を含めた主だった与力を呼んだ。

「お、お、お、御目見《おめみえ》差控えとは、いったいどういうことにございまするか！」

いまにも卒倒しそうなほど青ざめて、栗橋貢輔が遠山ににじり寄る。

触れの達しを日延べしたのは心得不束《こころえふつつか》だとされて、遠山はしばらくのあいだ、将軍への拝謁を禁じられた。処分としては妥当なもので、遠山もそのくらいの覚悟はできていたのだろう。たいして応えているようすもない。

「役目には差し支えぬし、御目通りもそのうち叶おう。そうめくじらを立てるでないわ」

「ここで立てなくて、どこで立てろというのですか！」

遠山がなだめても、主大事の栗橋は収まりがつかないようだ。

「せめてこれに懲りて、これからは無茶な振舞をお慎み下さいませんと」

わかったわかったと、遠山はひらひらと扇子をふった。

与力たちが退室しはじめると、遠山が門佑を呼び止めた。

「明日の晩、役宅に客がくる。気晴らしに酒を酌み交わすだけだが、おまえもどうだ」

「どなたがお見えになられるのですか」

「おまえもよう知っている男だから、気兼ねはいらん。日が落ちたら、役宅に来い」

遠山はそう告げて、最近にしてはめずらしく、丸い顔をほころばせた。


「お客人とは、矢部様でございましたか」

遠山の役宅の玄関で出迎えた門佑に、南町奉行はにこやかな笑みを投げた。

「高安と呑むのは初めてだな。招きを受けて、楽しみにしておった」

矢部を招じ入れると、後ろにいた黒羽織が一礼した。南町の吟味方与力で、矢部の片腕と称される坂出《さかいで》輸一《ゆいち》だった。

「妻と姉君ばかりが昵懇《じっこん》で、近づきになるきっかけがございませんでしたな」

坂出は生真面目にうつる細面《ほそおもて》を、照れくさそうにゆがめた。門佑より三つ年嵩で、妻は園江と幼なじみだ。同じ八丁堀で屋敷もごく近く、女たちは三日にあげず行き来しているが、門佑と坂出は互いに挨拶を交わす程度のつきあいだった。決して疎んじていたわけではなく、どちらも人と馴染むのが苦手な性分で、歩み寄るすべが見つからなかったためだ。

「ご両人ともよう来られた。今宵は無礼講だ。役目のことは忘れて存分にやってくれ」

食道楽な遠山が用意させただけあって、華やかな膳がしつらえられて、ふたりの客も門佑も、しばらくは酒と料理に舌鼓を打った。しかし町方役人の性《さが》で、やはり改革の話題は避けられない。自ずと株仲間解散令に話が向くと、遠山が笑いながら言った。

「達しを日延べしたのは、わしばかりではないぞ。御納戸役《おなんどやく》も同様でな、仲良く小姑殿から小言をもらった」

怒るより先に、役人の諫言《かんげん》と受け止めるべきだと、矢部はまず老中の狭量《きょうりょう》を嘆いた。

「諸色高の大本は、やはり金銀吹き替えにあるが、大坂問屋を軽んじたことも見逃せない」

矢部の言葉をきいて、門佑は青田屋伍兵衛を思い出した。

「そういえば、大坂に集まる品が目減りする一方だと、さる商人からききましたが、それが諸色高に関わりがあるのですか？」

大坂問屋を経なければ、口銭《こうせん》と呼ばれる手数料がかからない。それだけ値が落ちてもいい筈だと、門佑が首をひねる。

「ああ、それはな……輸一、おまえから話してあげなさい」

矢部に言われて、坂出がうなずいた。

あつかう量が減れば、大坂問屋の利は薄くなる。薄利を補うためには口銭を上げる他なく、これに準じて物の値段も上がったと、坂出はその仕組みを要領よく述べた。

「ですが、大坂を経ずに諸国から直《じか》に送る仕組みが、諸藩によって作られた。そちらの品は、安く入るのではありませんか？」

もともとはその目的で諸大名が願い出て、幕府もこれを認めた筈だと門佑は重ねてたずねた。

「先には諸藩も大坂問屋の口銭分、値を下げていましたが、しだいにそれを己の懐に納めるようになってしまった。いまでは大坂問屋を経る品と、ほとんど変わらぬ始末です」

「つまりは大坂問屋を狭むるほどに、諸色は上がるというわけですか」

大名自ら大坂を軽んじれば、諸国の商人もこれに倣うのは当然で、いまや大坂問屋の衰退は歯止めがきかなくなっている。

青田屋が大坂に見切りをつけたのもなるほどだと、門佑は大きくうなずいた。

「お主の懐刀は、たいしたものだな。これほど諸色に明るい者がおれば、奉行も楽ができるというものだ」

矢部に向かって遠山が手放しで褒めると、坂出はあわて気味に否定した。

「滅相もない。すべてお奉行からの受け売りで、私など手習いをはじめた小僧のようなものです」

「これがことのほか熱心なものだから、いつのまにか師匠を超えてしまってな」

矢部もまたにこにこと配下をながめ、その精進ぶりを評価する。

「わしもそのような、頼りになる配下に恵まれたいものだ。のう、鷹門」

「弟子は師匠に似るものでございますから、致し方ありません」

「まったくおまえは可愛げがないな。面《つら》が怖いのだから、せめて愛想のひとつも覚えんか」

遠山と門佑の応酬に、座がひとしきり賑わった。

やがて笑いを収めた矢部は、ため息のように告げた。

「わしの覚えとて人の受け売りだ。ことに大坂商いのあれこれは、皆、大塩からきき知った」

矢部はかつて大坂西町奉行を務めていた折に、大塩平八郎と親交があった。大塩は東町奉行所の与力であったが、矢部が大坂に入る三年前に役目を退き、陽明学派の学者として一門を築いていた。陽明学は実践を重んじる学派で、大塩も常に政に関心を持ち、与力を辞めた後も、折りにふれて東西の町奉行に意見を申し立てた。

そのような噂はきいていたが、矢部からその名を耳にしたのは初めてだ。

「大塩殿とは、どのようなお方だったのですか」と、門佑はついたずねていた。

清廉潔白で辣腕の与力だったと、矢部はまず応えた。

「だが何よりも、ひどく気短《きみじか》な男でな、とかくよく怒っていた。金頭《かながしら》という骨の硬い魚があって、一度この吸物を出したことがある。それを大塩は、気持ちが高ぶるあまり硬い骨を頭からバリバリと嚙み砕いてしまった」

あれには驚いたと、矢部が笑う。

「だが、その憤りはすべて、世の中のためであってな。真《まこと》の剛の者とは、あやつのことだ。四十半ばで死なせるには、実に惜しい男だった」

矢部は眉根を寄せて、辛そうに瞼《まぶた》を伏せた。

「お主がもう半年大坂に留まっていれば、あの乱は起きなかった。さように言う者たちもおるな」

遠山は、当時囁《ささや》かれていた噂を口にした。

大塩の乱は、矢部が勘定奉行に任ぜられ、大坂を離れてから半年後に起きた。当時の東西町奉行は、いずれも大塩の建言に耳を貸さなかった。それが大塩の決起を促した一因だと言う者は、幕閣の中にも少なくなかった。だが矢部は、ゆるゆると首を横にふった。

「たとえ留まったにせよ、同じだったろう。わしは大塩に、見限られたのだからな」

どういう意味かと問いたそうな遠山と門佑に、矢部は言った。

「大塩はわしを、裏切者と呼んだ。話のわかるふりをして、大塩の説に耳を傾けながら、その実、己では何も事を成そうとしないと」

「これはまた、きついな」

遠山は己が叱られたように、酒で血色のよくなった頬をぽりぽりと掻く。

「だが、本当《まこと》のことだ。それがどうも心に刺さっていてな。ご老中への進言をやめぬのも、それ故かもしれん。死んだ者は、裏切れんからな」

気持ちが折れそうになるたびに、怒りに満ちた大塩の目が、どこかで見ているような気がすると、矢部はため息交じりに告げた。

「私は……私は、そうは思いません」

ふいに坂出が口を開いた。

「お奉行は決して、裏切ってなぞおりません。大塩の話に耳を傾け、その怒りを汲み上げた。それだけでも、余人には決して真似のできることではありません」

大塩の意見は、いわば極論だった。幕府の失政をあげつらい、これをあからさまに罵るものだ。その中枢を担う奉行たちが、耳を貸す筈もない。大塩を擁護したのは、矢部より他には、大塩が与力を務めていた頃の東町奉行だけだった。

「そのような者を許し、幾度も屋敷に招いて教えを乞うた。お奉行のお心の広さこそ、大塩の何よりの救いとなっていた筈です。たとえ激したあまり、そのような無礼を口にしたとしても、本当は大塩も、わかっていたに相違なく……」

懸命に語っていた坂出が、はっと我に返った。己を見詰める三人の目に気がついて、避けるようにあわてて平伏した。

「も、申し訳ありませぬ。勝手な憶測を並べ立ててしまい……」

「よいよい、配下にここまで思われて、うらやましい限りだ」

遠山が扇子をひらひらさせて、坂出の頭を上げさせた。

よほど矢部に心酔しているのだろう。顔を赤らめながらも、矢部を見る坂出の目には、深い信頼の色があった。

「わしもやはり、このような清々しい片腕が欲しいものだ。のう、鷹門」

「ですから、清い水のもとでは、清々しい姿の魚が育つということでございましょう」

「まったくもって、食えん男だ。金頭とは、おまえのような魚に違いないぞ」

にこりともせずに門佑が応じ、遠山がまた返す。座は賑やかさをとり戻し、その夜、四人の男たちは、身分や役目の垣根を越えて、あらゆることに忌憚《きたん》のない意見を述べた。

この夜は門佑にとって、忘れられない晩となった。


矢部定謙が、南町奉行を罷免されたのは、そのわずか六日後だった。

「いったい、何故！　あの矢部様に、どのような落度があるというのですか！」

役目替えではなく御役御免であり、つまりは重い処分に値するほどの不届が責められたということだ。いつになく血相を変えて詰め寄る門佑に、遠山は低く告げた。

「……五年前の、御救米《おすくいまい》の件だ」

え、と門佑はしばし言葉を失った。

「我ら北町が調べ直した、五年前のその儀について、良からぬ取り計らいをしたと……」

「馬鹿な！」

遠山の言う一件は、天保七年、大飢饉の頃にさかのぼる。

幕府は町人に金を立て替えさせて米を買い、御救小屋で飢民に粥を施した。この米の調達に当たったのが、当時南町で年番方を務めていた、仁杉五郎左衛門《ひとすぎごろうざえもん》という与力だった。

仁杉はこのとき米屋と謀り、三百両以上の賂《まいない》を懐に納めた。この賂が罪に問われたが、正直なところ、この程度の与力の不正はめずらしいことではない。賂の額に多少はあれど、南北を問わず与力同心のあいだでは頻々《ひんぴん》と行われ、門佑のように袖の下を受けとらぬ者の方が、むしろ稀だった。

「……しかし仁杉の不正を暴いたのは、他ならぬ矢部様ではございませぬか」

「そうだ。だが、それもまた、責められるべき材のひとつにあげられておる」

「どういうことか、まるで見当がつきませぬ」

「わしもだ」

硬い声で、遠山が応じた。ふくよかな頬は、粗く糊でも塗ったようにこわばっていた。

矢部は大坂西町奉行から勘定奉行に昇進したが、その後、閑職の小普請支配《こぶしんしはい》を賜った。

今年の初め、五年前の仁杉の一件を矢部が告発し、これがきっかけで南町奉行に抜擢されたと言われている。仁杉は矢部の裁きを受けて、十月に伝馬町牢屋敷に投獄された。

先月、遠山が老中から命ぜられたのは、この件の洗い直しだった。

門佑ら北町の与力同心は密かに調べにあたったが、結果、何ら不審な点は浮かばなかった。

仁杉が賂を受けとったのは事実であり、矢部の裁きも穏当なものだった。そのように調書を作り、その中には矢部を追い落とすような材料は、ただのひとつもなかった筈だ。

「あの頃の奉行は、前任の筒井様です。なのに何故、矢部様が……」

「ひとつには、小普請支配の頃に仁杉を訴えた、支配違いの罪。さらにはその仁杉に、甘い裁きを施した罪。そして、評定所の糺しに対し、曖昧な申し開きをした罪で……」

「お待ちください！　それらのどこが、罪なのですか！」

「だから！　でっちあげだと申しておる！」

バキリと鈍い音がして、遠山の扇子がまっぷたつに折れた。扇子の骨をにぎりしめる両手は、ぶるぶると震えている。

頭の中に蚊がわくように、さまざまな考えがとび交って、やがてそれはひとつの答えを導き出した。

「……水野様は本腰を入れて、ご改革の邪魔者を払うおつもりなのですか」

年輪の詰まった杉の木のようだと、いつか遠山は、矢部をそう評したことがある。

矢部の身辺をいくらつついたところで、罷免させるだけの落度は見当たらない。それはちょうど腕のいい大工が鉋《かんな》を施した、杉板のようなものだ。滑らかなその木肌に鑿《のみ》で孔《あな》をうがち、太い楔を打ちこんで無理に裂いた。

「しかし、ここまで無茶な真似をなさるとは、とうてい……」

たとえ水野がいくら意図したところで、決して容易いことではない。火のないところに煙を立たせるのは、老中とて難しい。策を実行する手足が必要となるが、並の者にはできぬし、何よりもまず尻込みをするだろう。

「このような無体をやり果《おお》せる男は、幕閣にはひとりしかいない」

「それは……」

「すぐにわかる。次の南町奉行が誰なのか、よう見ておれ」

名を口にするのも厭《いと》わしいように、遠山は歯を食いしばった。

その七日後、暮れも押し迫った十二月二十八日、新しい南町奉行が着任した。

目付役であった、鳥居耀蔵だった。


年が明け、季節は春を迎えたが、南北の町奉行所は冷え込みが増す一方だった。

遠山は引き続き孤軍奮闘してはいたが、やはり矢部の抜けた穴は大きく、何より水野はあからさまに鳥居ばかりを頼るようになった。大事な案件はほとんど南町にまわされて、門佑ら北町役人のやる気を大いに削いだ。

一方の南町も、それまで貫かれていた町人擁護の方針が覆されて、鳥居からはことさら厳しい取締りを命ぜられる。当然とまどいは大きく、桜の咲く時期になっても、奉行所の内は落ち着かないようすだった。

天保十三年三月末、藤が盛りを迎えた頃だった。その日、非番の門佑は、昨日の自棄酒《やけざけ》が応え、昼過ぎまで畳の上でごろごろしていた。縁の外にはさわやかな初夏の空が広がっているが、胸の内はいっこうに晴れない。

「旦那様、お客様が見えてますよ」

襖があいて、門佑の背中に向かい、お卯乃が声をかけた。

酒はだいぶ抜けていたが、寝返りを打つことさえ面倒で、そのままで誰かと問う。

「駿府の青田屋伍兵衛さんです。ほら、去年の暮れに園江様を訪ねて見えた。その後お役所にも、門さんを訪ねていったんだろう？」

園江の仕込みの成果が現れて、お卯乃もようやく門佑を旦那様と呼ぶようになり、言葉遣いもだいぶ改まったが、油断をするとすぐに忘れてしまう。つい「門さん」が口をつき、相変わらず毎日園江に小言を食らっていた。

それでもお卯乃には、ひとつだけ取柄があった。町方与力の屋敷は、ことさら客が多い。玄関で応対するのは園江や若党なのだが、廊下ですれ違い、あるいは耳にしただけで、ひとりひとりの顔と名をお卯乃はたった一度で覚えてしまう。どうしてこの覚えの良さが、他には生かされないのかと、園江はしきりと不思議がった。

園江の手前、顔を出さぬわけにもいかず、門佑は大儀そうに起き上がった。

「とうに駿府へ帰ったと思うていましたが、まだ江戸にいたのですか」

姉の隣で商人と向き合うと、園江は皮肉たっぷりにまず言った。

当の青田屋伍兵衛はいっこう気にする風もなく、型通りの挨拶を述べた。

「また石見の家からの使いですか？　ご公儀へのお届けは、もう済んだ筈ですが」

ようやく復縁を諦めた石見家は、今年の正月に離縁の届けを出した。その知らせは、すでに園江も受けとって、最後の望みを断たれた門佑を、大いにがっかりさせた。

「ここんとこは、駿府と江戸を行ったり来たりしとりましてな。ようやく商いの目処《めど》が立ちましたさかい、ぜひお味見をと、寄らせていただきました」

仰々しい平たい桐箱を、門佑の前にさし出した。ふたをあけると、鼻に抜ける清涼な香りが立つ。重苦しい二日酔いのからだに、さわやかな風が吹き過ぎるようだ。

「そうか、山葵商いがうまくまわり出したか」

桐箱の中には、立派な山葵が数本、並べられていた。

「へえ、おかげさんで。ほんまを言いますと、二月までは難儀しましてな。駿府の山葵仲間がお触れに抗うてましたんや。せやけど三月の念押しで、ようよう仲間商いを諦めましてな」

株仲間解散は江戸・大坂に限らず、国中のあらゆる仲間や組合を禁ずると、三月二日付けの触れにて、改めて諸国に流された。むろん、狙いは諸色安にある。水野忠邦の熱の入れようは大変なもので、そのための梃子入れ策を四月に入ると頻々と打ち出した。

諸色値下げを触れるだけでは飽き足らず、毎年べらぼうな値がつけられる野菜の初物は、菜の種類をいちいちあげつらい、さらには江戸の地代や店賃、職人の日雇賃金や、果ては風呂屋から床見世まで、うるさいほどに細かく値下げを命じた。

「おかげでここんとこ、江戸の景気は上向いとるようで、誠に結構でございますなあ」

お追従のように商人が述べ、山葵のおかげで一時ゆるんだ門佑の眉間が、また険しくなった。たしかに青田屋の言うとおり、諸色の値下げは江戸の町人に喜んで迎えられた。しかし、果してそれがいつまでもつか、遠山はすでに危ぶんでいる。

物の値とは、世間のあらゆる相場が反映されて、自ずと決まってくるものだ。闇雲に安値を押しつければ、餅を上から押さえるごとく、横から不格好にはみ出してくる。そしてはじき出されるのは往々にして、弱い身薄《みうす》の者たちだ。

門佑の考えをよそに、商人の舌はさらになめらかにまわる。

「南のお奉行様がすげ替わってからこっち、お触れに従わん不届者《もん》は、次から次へとお縄になっとるそうですなあ。まあ、御上のご威光あっての商いですさかい、阿漕《あこぎ》な商人はどんどん罰してもろてかましまへんけど、万一とばちりでも蒙《こうむ》ってはかなん思いましてな」

青田屋はよく光る目で、門佑を上目遣いに見遣った。

鳥居耀蔵の市中取締りは、熾烈を極めている。奢侈・風俗・商いと、法度《はっと》に触れた者は容赦なく捕縛され、言い訳すら許されずただちに罰せられた。まるで地引網のごとくだと、それまで一本釣りで咎人を挙げていた役人たちは、鳥居のやり方をそう評した。

「つまりは万一おまえが捕まったあかつきには、おれに目こぼしをしろとそういうことか」

「いえ、滅相もおまへん。そないな不埒な根性ではあらしまへん」

「御法に触れるような無茶な商いをしない限り、そのような心配は無用であろう」

「へえ、重々承知しとります」

口だけは殊勝だが、青田屋の腹の内は読めていた。世情はまた、いつ一変するかわからない。株仲間が崩れたこの機を逃さず、できるだけ稼いでおこうというのだろう。ひたすら儲けに走ろうとするどぎつい商人根性が、くっきりと透けていた。

「そうはいうても何が禍《わざわい》するか、わからん世の中ですさかい。先の南のお奉行様のように、青天の雷のように、あっちゅう間に江戸を払われるやもしれまへんしな」

青田屋は冗談のつもりでいたのだろうが、折が悪かった。昨夜の自棄酒の大本に触れられて、門佑のこめかみにぴしりと筋が立った。

「とにかく、おれを当てにしても無駄だ。もしものときは、駿府の石見家でも頼るのだな」

姉に負けぬ皮肉を言って、山葵の入った桐箱に手をかけた。

「その了見でいるのなら、これもいただく謂《いわ》れはないが……」

言いながらも、心ばかりの手土産まで、つっ返すつもりはなかった。だが、持ち上げた桐箱は、あきらかに中身に似合わぬ重みがあった。

「青田屋、おまえ、まさか……！」

山葵の下にあった薄板を除《の》けると、その下から小判が現れた。底に敷きつめられているが、切餅ひとつ、二十五両ほどにもなろう。昨日の酒で濁った頭が、ひと息に熱くなる。

門佑は、商人に向かって桐箱を投げつけた。

「この馬鹿者が！　かような薄汚いものを、おれに食えというのか！」

ひっ、と青田屋の喉が鳴り、山葵と小判がばらばらと畳に散った。

そのまますっくと立ち上がり、ぎろりと商人を見下ろした。鷹のような鋭い顔は、いまにもとびかかりそうなほど殺気を帯びている。相手の顔に、初めて本当の怯えが走った。

門佑はそのまま無言で踵を返し、大股で客間を去った。


その晩、高安家に、もうひとり別の客があった。

「これは、坂出殿。よう参られた」

昼間とは打ってかわって、門佑は自ら立って南町の与力を招じ入れた。

「夜分に申し訳ござらん。挨拶だけのつもりでいたのだが」

もともと肉付きのよくないからだが、さらにひとまわり小さく見える。頬のあたりもこけて、暑気中《あた》りでもしたようにげっそりしていた。

無理もない、と門佑は、姉とお卯乃に酒肴《しゅこう》を頼んだ。もう二度と御免だと思うほど、昼間は加減が悪かったが、おそらく酒の助けがいる話だろうと、深刻な坂出の顔を見て、そう判じたからだ。

「挨拶とは、どういうことです。旅の御用でも、仰せつかりましたか」

咎人の護送や、遠方へ赴いての調べなど、与力には役目に関わる御用旅が命ぜられることがある。だが、坂出は、首を横にふった。

「実はお役目を、退くことに致しました」

「坂出殿、本気ですか！」

「今日、お奉行に届け出て、許しをもらいました。二、三日のうちに、組屋敷も出なければなりません」

「そんな急に……」

言葉を失くした門佑に、坂出は笑顔を見せた。

「本音を申せば、ようやくすっきりしました。この三月《みつき》余りのあいだ、内心忸怩《じくじ》たる思いで役目に当たっておりましたから」

「ご心中、お察しいたす」

あれほど矢部に心酔していた坂出だ。これまでの矢部の努力を、土足で踏みにじるような鳥居のやり方に、我慢がならないのも無理はない。

「あのやりようは、ただ弱い者をいたぶるに等しい。鳥居様の目には、下々は皆、地を這う蟻のごとく見えているのでしょう」

内寄合などで顔を合わせているから、鳥居の容赦のなさは、門佑もよく承知している。遠山との相容《あいい》れなさは際立つ一方で、鳥居と顔を合わせる登城や寄合を、遠山は露骨に嫌がるようになった。

「ですが、もっとも恐ろしいのは、ためらいのなさです。何の迷いもなく、あたりまえのように厳しい罰を与える。あの方に人の血が通っているとは、到底信じられませぬ」

鳥居の命に従って、手を下すのは与力であり同心だ。三月のあいだ堪えていたが、坂出の良心や矜持《きょうじ》は、耐えられなくなったのだろう。

とはいえ、与力は実質世襲に近く、役目を退くということは、それまで続いてきた父祖伝来の家を断つにも等しい行為だ。奉行の首はそのうちすげ替わるものでもあり、たいがいの者なら、これも宮仕えの定めと諦めて、黙って風雨のやむのを待つだろう。

「お覚悟を決められたきっかけは、やはり矢部様の桑名《くわな》幽閉にございますか」

坂出は、こくりとうなずいた。

「あれほどのお方です。御役御免だけなら、いつかまた政の表舞台に立つこともありましょう。なのによもや改易《かいえき》とは……かような非道が許される筈がない！」

矢部に評定所からの処分が下されたのは、この二日前、三月二十一日のことだった。改易は家禄や屋敷を没収するもので、旗本の刑としては、切腹の一歩手前という重いものだ。

同時に桑名藩松平《まつだいら》家への預けが言い渡されて、矢部はその日のうちに江戸を離れた。

「同じことを、昨晩うちのお奉行も仰っていました」

昨夜は遠山の役宅に、栗橋や東丈ら主だった与力が集められ、そろってうさを晴らすように浴びるほど呑んだ。中でも遠山は真っ先に酔っぱらい、まさに泥のような有様だった。

「矢部様がいないと寂しいと、ぽろぽろと泣くのですよ。酒が過ぎた故とはいえ、だからこそ本音が出たのでしょう。坂出殿と同じに、うちのお奉行もまた、矢部様を師と仰いでおられましたから」

「有難いことです。いまの私には、何よりの餞《はなむけ》です」

しんみりと言って、小さく頭を下げた。

「これから、どうなさるおつもりですか」

町奉行の与力同心は、退役後は扶持《ふち》を離れ、御家人の身分さえ失う。決して世渡り上手とは見えぬ坂出の先行きが、門佑には案じられた。

「子供に手習いでも教えようかと、考えています。妻と子には不自由をさせますが、少しは貯えもありますし」

坂出もまた、露骨な賂は受けとらないと噂にきいていた。内証が豊かと言われる町与力だが、妻子もいるなら余計に、決して楽ではないだろう。

坂出が妻子とともに組屋敷を去ったのは、三日後のことだった。

門佑は一平たち小者や若党を手伝いにやらせ、せめてもの手向けにと、多過ぎるほどの餞《せん》別《べつ》を包んだ。

「姉上も、お寂しくなりますな。奥方とは、幼なじみでありましたから」

坂出の妻と園江は、共にこの八丁堀の組屋敷で育った。園江は旗本の石見家に嫁いだが、幼なじみは同じ八丁堀にある坂出家に縁づいた。

番町にいた稲取の叔母が下野に去って、さらに親しい友人まで傍らから離れていく。内心はさぞ気落ちしているのだろうが、気丈な園江は感傷めいたようすは見せず、坂出一家を見送ってその姿が見えなくなると、冷たい声音で言った。

「坂出様も、馬鹿なことを。武士が家を失って、どう生きるというのですか」

「およしください、姉上。坂出殿は、それだけの覚悟をなされたのですから」

「いいえ、武士の誇りも覚悟も、身分あってのものなのですよ。それを父祖代々守っていくことこそ当主の務めだというのに。それを坂出様は、大本で履き違えたのです」

ぴしゃりと言い放ち、園江はくるりと踵を返した。

「坂出殿を失ったのは、私にとっても大きな痛手でありました」

久しぶりにその名をきいたのは、坂出が八丁堀を去って三月余りが過ぎた、七月初めの頃だった。

「お主《ぬし》が坂出殿と、昵懇であったとはな」

門佑が意外そうな顔をすると、東丈七太郎は、はにかむような笑顔を浮かべた。

「というよりも、私からお願いして教えを請うておりました。両町の与力の中でも、あれほど諸色や相場にくわしい御仁はおられませんでしたから」

七太郎は、年番方の東丈七太夫の息子で、門佑と同じ役目を任されている。しかしこの日ふたりの吟味方は、いつもとは毛色の違う仕事を命じられていた。

この改革の柱であった諸色引下げ策は、時が経つにつれ、しだいにほころびが目立つようになった。

株仲間解散と値下令、さらには銭相場にも介入し、これを引き上げた。公儀の努力は実ったかに見えたが、しかしそれもほんの一時だった。

「かねがね危ぶんでいたとはいえ、こうも早う諸色高が戻るとは」

遠山は憂い交じりのため息を吐き、東丈の息子と門佑に、市井の物価高騰の仔細と、その大本を調べてとりまとめよと命じた。

「米・塩・味噌をはじめあらゆる物の値は、一時はたしかに一、二割ほど落ちた。それがまるではね返るように、軒並み値を戻している」

物によっては、改革前より値上がりしている。いったいどういうことかと、門佑は己のしたためた覚書をながめた。

「いく度も触れた値下令も、うまくなかったようですね……この辺りは高安殿の方がおくわしいかと存じますが」

「ああ、行く先々で、よくこぼされる。わずかな儲けを値下げされては、足が出るばかりだとな」

店賃から風呂代まで、細かに定めた値下令は、癇性な水野忠邦の性格をよく現している。しかし目が細かな分、かぶせられた庶民は息ができない。零細な家主や店主をいじめる結果となり、結局は貧しい者たちにしわよせが行き、その暮らしを圧迫していた。

このような市井の細々なら、門佑は肌で感じるほどに知り尽くしている。しかしどういうからくりで高騰したかと問われると答えようがない。故に遠山は、東丈七太郎をつけた。坂出輸一には及ばずとも、北町で同じ立場にあるのはこの若い与力だった。

経験や人望においては、父親の七太夫にはまだまだ遠く及ばないが、七太郎は真面目な気性で、ことに学問に秀でていた。北町に入ってからも学ぶ姿勢はひたむきで、遠山に気に入られているのも、決して父親の威光ばかりではなかった。

「そういえば、このところの品薄は目にあまる。物が出廻らぬから、それだけ値も上がる。いったい何が禍しているのだろうな」

「やはり、株仲間停止《ちょうじ》でございましょう」

門佑の問いに、七太郎は即座に応えた。

「いわば箍《たが》の役目を果していた株仲間を失って、あいだに立っていた請負人たちが手を抜くようになりました。ひいては物の流れが滞り、江戸に入る品が大きく目減りしたのです」

目付たる株仲間がいなくなり、仲買や運送を請け負う者たちにまず弛《ゆる》みが生じた。流通が混乱をきたし、江戸に入る品物はみるみる減った。

「株仲間停止の害はもうひとつございまして、それが国産会所《こくさんかいしょ》です」

「国産会所とは……たしか株仲間の代わりに、諸国の大名が作ったというあれか」

「さようです。いまやこれこそが諸悪の根源と申しても、言い過ぎではありますまい」と、七太郎は生真面目な顔をいっそう引き締めた。

自国の領内の産物を、藩が独占して売り捌《さば》くのが国産会所だ。業者を経なければそれだけ値を抑えられるという、諸藩はその名目で公儀から認可を受けたが、風通しの悪い専売はしだいに腐っていくのが道理だ。国産会所はいまや、諸藩が利益を独占するための、格好の隠れ蓑となっていた。

「とどのつまりは、儲けが大商人からお大名に移っただけというわけか」

「はい。しかし正直、俄《にわ》か商人たる国産会所では、己の利を得るのに必死で、商いの根本が見えてはおりませぬ」

商いとは、金と物が人から人へと巡ることだ。玄人であった株仲間は、それを何よりも心得ていた。利ばかり貪欲に追えば、流れのどこかが必ず滞る。隅々にまで目を配り、決して流れを止めることなく、抜け目なく己の利鞘を稼ぐ。こすからいと言われようと、それが商人の身上だった。

しかし俄か商人が大手をふった有様では、まともな商いが成り立つわけもなく、誰もが質や量を落として実利を得ようとした。見つかれば厳罰に処されたが、この風潮はひどくなる一方で、幕府が決めた公定価格は、有名無実となり下がっていた。

「身から出た錆とはいえ、こうなるとお縄になる商人たちも気の毒に思えます」

七太郎が、やさしげに映る面立ちを曇らせて、門佑もこれに同意した。

「まったくだ。南町の取締りは、苛烈になるばかりだからな」

門佑の脳裏に、ふと、ひとつの顔が浮かんだ。

それからわずか数日後、町中の往来で門佑はその男に出くわした。


未だ真夏の暑さが続く七月半ば、門佑は一平を連れて町廻りをしていた。往来で足を止め、頭の天辺から流れ落ちる汗を、笠の下で拭ったとき、きき覚えのある男の声が耳にとび込んできた。

「放せ、放さんかい！　わいが何したゆうんや！　株仲間ものうなったんや、わいが好きに商売したかて、かまへんやないか！」

ひとりの商人が、南町の同心に縄をかけられながら懸命に抗っている。その顔を見て、門佑は思わず声を上げていた。

「あれは……駿府の山葵商いの……」

「旦那のお見知りですかい？」

一平にたずねられ、曖昧にうなずく。紛れもなく、青田屋伍兵衛だった。

「どうしやす、声をかけやすかい？　とはいえ南に捕まっちゃあ、手を出すのも難しいとは思いやすがね」

袖の下も受け取らず、己を頼っても無駄だと突き放した。それでもこのまま知らぬ顔もできまいと、門佑は同心の背を追うように足を速めた。

縄尻を小者にとられ、さっさと歩けとどつかれて、商人が火を吹くように叫んだ。

「いい加減にさらせ！　わてら商人が悪いんやない！　誰より先に裁かれんならんのは、御上の方やないかっ！」

着物の裾を引かれたように、門佑の足が止まった。

「あんたら侍は、商いがどないなもんかこれっぽっちも知らん。せやのに余計な首だけつっ込みおって……大坂を、天下の台所を、あないに寂れさせたんは御上やないか！」

そのとおりだと、門佑は思わず胸の中で応えていた。

「まっとうな商いを強いるなら、大坂を返せ！　人も物も仰山集まる、昔のままの大坂を、返してみさらせ！」

怨みに満ちた叫び声は、しだいに遠ざかってゆく。

「旦那、あのまま行かせて、いいんですかい？」

「……あの男が縄を受けた理由《わけ》だけ、確かめて来い」

一平はすぐに走り出し、しんがりについていた小者の横でふた言、三言話して、また戻ってきた。

「あの商人は、駿河や伊豆で山葵を買いつけて、江戸で捌《さば》いていたそうですが、高直《こうじき》な山葵の中に、安物を三割ほども混ぜていたそうですぜ」

そうか、と門佑は、そのまま商人と同心の一行を見送った。

青田屋伍兵衛は後に南町の裁きを受けて、商い物を没収の上、江戸払いとされた。


その知らせが届いたのは、七月末のことだった。

城から戻った遠山が、与力を集めてこれを伝え、驚愕と失望がたちまち大波のように座敷を占めた。あまりのことに、誰もが声ひとつ発せず、その日は終日、役所内は火が消えたようになった。

門佑も、何をどう始末したのかわからぬままに役目を終えて、八丁堀の屋敷に戻った。

「お帰りなさいまし、旦那様」

姉は外出しているようで、お卯乃が代わりに玄関で門佑を出迎えた。

「園江様は、そろそろお戻りになってもいい頃ですけど……きっと坂出の奥方様と、話がはずんでいるんでしょうね」

坂出は市ヶ谷《いちがや》の長屋に落ち着いて、手習所を開いた。園江が昨夜、市ヶ谷を訪ねてみると言っていたことを、ぼんやりと思い出す。

「そういえば、そのようなことを申していたな……」

口だけで返事をし、座敷に入ると、毎日の習慣で腰から刀を外した。

だが、腰が軽くなったとたん、ふいに足許が頼りなくなり、からだがぐらりと傾いた。

「門さん！」

畳に片手と膝をついた格好で、門佑は辛うじて踏み留まった。

「顔色が、真っ青じゃないか。暑さ負けかもしれないね。いま水を持ってくるから……」

目の前に、心配そうなお卯乃の顔がある。それまで堪えてきたものがひと息に込み上げて、門佑はお卯乃のからだにしがみついていた。

「……門さん……いったい……」

お卯乃が何か言いかけたが、その声をふさぐように、門佑は両の腕に力をこめた。華奢なお卯乃は、門佑の腕の中にすっぽりと収まってしまう。その頼りない筈のからだが、いま門佑がすがれる、たったひとつのものだった。

外からは、夏の終わりを告げる日暮らしの声がする。

どのくらいそうしていたろうか。背にあたたかなものが触れた。お卯乃の手が、門佑の背を撫でていた。まるで子供をなだめるようなやさしさに、思わず言葉がこぼれ出た。

「……矢部様が、亡くなられた……」

「矢部様って、南町の前のお奉行様の？」

ほんの少し間をおいて、お卯乃が応えた。その肩に顔を埋《うず》めるように、門佑はうなずいた。

矢部定謙は、幽閉されていた桑名藩松平家の御用屋敷で息を引きとった。七月二十四日の朝のことだった。

ただちに江戸に知らされて、今日、遠山によって矢部の死が北町にもたらされた。

「江戸を立つまで……ほんの四月《よつき》前まで、達者でいたんだろ？　いったい、どうして……」

同じことを、与力の誰かが遠山にたずねた。白昼に悪夢を見ていたように、それまでぼんやりしていた遠山の両眼が、かっと見開かれた。みるみるうちに達磨《だるま》のような形相に変わり、前にいた与力たちは思わず息をのんだ。

憤死だと、遠山は言った。矢部は己の境遇を、己を罠にかけ、ありもしない罪をかぶせた者たちのやり口を憤って死んだと、遠山はそう語った。

「それは、その、病じゃなく……腹を召されたってことかい？」

遠山の言葉を伝えると、お卯乃はそのようにとった。門佑は、小さく首を横にふった。

「飢え死にだ」

「え」

腕の中のお卯乃のからだが、びくりと震えた。

「矢部様は、自ら食を断たれて亡くなられた」

自害となれば、預け先である桑名藩が咎めを受ける。表向きは、病死とされていた。

矢部を幽閉するために建てられた御用屋敷には、上広間が作られて、その真ん中に格子で囲まれた座敷牢があった。昼夜を問わず四六時中見張りが立てられて、自害を恐れて剃刀《かみそり》はおろか、鋏《はさみ》や妻楊枝《つまようじ》さえ渡されなかった。それ以外は、矢部は客人のように丁寧に扱われた。矢部の人となりを知り、その境遇に同情を寄せた桑名藩主の心遣いだった。

謹慎の身は、書物を読むことさえ許されない。それでも矢部は座敷牢の中で、胡座《あぐら》さえかかず、きちんと正座していたという。

矢部の憤りを伝えたのは、将軍家の奥医師だった。矢部が絶食しているとの報が江戸にもたらされ、その医師が桑名へ遣わされた。矢部は処方された薬をのもうとせず、そのかわり、ひとつだけ頼み事をした。

――御上への怨みはないが、あの三人だけはどうしても許せない。

矢部があげた三人とは、老中水野忠邦と、目付の榊原忠職《さかきばらただもと》、そして現南町奉行の鳥居耀蔵だった。

この三人が矢部を陥れたという噂は、すでに江戸城の内では公然と囁かれていた。

「……己を無実の罪で嵌めた三人の末路を、必ず見届けてほしい。矢部様は御医師に、そう言われたそうだ」

それが矢部の、いわば遺言だった。切腹さえ許されなかった矢部は、餓死というもっとも凄惨な方法で、自らの命を賭して三人の悪行を世に訴えた。

遠山の役宅に招かれて、一緒に酒を酌み交わした。あのときの矢部の穏やかな顔が浮かぶたびに、胸がふさがれる思いがする。

誰より聡明で仁徳に厚かった矢部が、そのような壮絶な死を選ぶしかなかった。その身の上があまりに哀れでならない。

「どれほど無念だったろうか……それを思うと……」

「わからないよ」

ふいに耳許で声がした。

「どうして飢え死になぞしなさったのか、あたしにはまるでわからない」

「……お卯乃？」

はねつけるような硬い声にとまどって、門佑はからだを離した。

「たとえ格子の中でも、飯はちゃんと食えたんだろ？　それをてめえで断つなんて、ばかばかしいにも程がある」

「お卯乃！　たとえおまえでも、それ以上は許さんぞ」

門佑に怒鳴られても、お卯乃は顔色ひとつ変えない。その表情は明らかに怒っているが、目には深い悲しみがあった。

「あたしの弟は……ふたつ下の常松《つねまつ》は、やっぱり飯を食わずに死んだんだ」

え、と門佑は口をあいた。六人兄弟の中で、いちばん仲のよかった弟の話は、門佑もきいたことがある。賢くてやさしくて、そして足が悪かったと、いつかお卯乃が話していた。

「食いたくなかったんじゃない！　食うものがなかったんだ！」

どん、と重い拳で、胸を打たれたような気がした。息をするのが、急に苦しくなる。

お卯乃の弟、常松は、先の大飢饉の最中《さなか》に死んだ。

実りのないまま冬を迎え、麦や粟、芋や大根をかき集めても、九人家族がひと冬越すにはまるで足りない量だった。それはどこの家も同じで、村中の者が飢えていた。

「おれは野良仕事ができないから役立たずだ——。常松はそう言って、飯を一切食わなくなった。十五の育ち盛りなのに、ひもじくてならなかった筈なのに、どんなに泣いて頼んでも、常松は食わなかった……あたしら一家は、常松の命を食って生き延びたんだ！」

門佑を見詰める目から、吹き上げるように涙がこぼれた。

「飯があるのに食わないなんて、あたしにはどうしたってわからないよ！」

門佑を押しのけるように立ち上がると、お卯乃は座敷を出ていった。腕の中にあった温かいものがなくなって、門佑は己の両手を呆然とながめた。座敷にはまだ昼間の熱がこもっているのに、あいた隙間から風が吹き込むようだ。

どのくらい経ったろうか。

「いつまでそうしているつもりですか」

ふいに背中で声がした。ゆっくりとふり向くと、姉の園江が立っていた。

「矢部様のことは、私も坂出様のお宅で伺いました。ご無念いかばかりかと、女子の私でも察せられます」

矢部の忠臣だった坂出の家には、南町のもと同僚からやはり知らせが行ったという。

「ときには命を賭して、守らねばならないものがある。武家に生まれ育った者ならば、子供ですらわかる道理です。下々の者には決してわかり得ない、武士の誇りというものです」

「立ち聞きですか、姉上」

「あのような大きな声で叫んでいれば、屋敷中に筒抜けです」

事もなげに返し、園江は噛んで含めるように言った。

「あの娘も同じです。海に育った魚を真水にいれても、生き長らえることはできません。育つ水が違えば、どうしても相容れないものがあるのです」

姉の言いたいことはわかっている。わかっているが、いまは返事をすることさえ億劫だ。

「門佑、お卯乃のことは諦めなさい」

園江は最後にそう告げて、廊下へ出ていった。

やがて日が落ちて、日暮らしの声もしなくなった。

門佑はただ、胸の中を吹き過ぎる、颪の音だけをきいていた。

涅《ね》槃《はん》の雪

芝居町所替

「鷹門、明日は非番であったな」

十月下旬のその日、報告を終え退室しようとする門佑を、遠山景元が呼び止めた。

「独り身ならどうせ暇であろう。芝居を見に行ってこい」

「芝居、というと……浅草田圃《たんぼ》、いえ、猿若町ですか？」

「いや、京橋木挽町《こびきちょう》だ」

「河原崎《かわらざき》座にですか？　あそこもまもなく幕を降ろし、場所替えの仕度にかかるのでは」

「それ故なおのこと、衣装や道具など、華美に走っておらんかどうか確かめてこい。ああ、そのような無粋な格好で行くのではないぞ。あくまで客のふりでようすを探るのだ」

「ふりも何も、木挽町の者たちは、私の顔を覚えている筈ですが」

猛禽《もうきん》を思わせる鋭い顔と、人並みはずれた上背の高さは、どこへ行ってもよく目立つ。加えて改革がはじまってからは、風俗取締方の役目のおかげで、芝居町をはじめとする歓楽街には、足を向ける頻度もそれだけ増えた。

「黒羽織を脱げば、少しはましになろう。とはいえ、おまえひとりではやはり隠密に向かぬからな。隠れ蓑代わりに、女を連れていくとよかろう」

「……しかし、あいにくと姉は、下野にいる叔母のところにおりまして」

夫が代官として真岡陣屋に赴任して、叔母も一緒に下野に下ったが、江戸より北にあたる下野の寒さが応えたものか、ひどい風邪をひき込んで長く寝込んでいる。そう文が届いたのは、今月の半ばのことだ。園江はこれをたいそう案じ、見舞いに行くと言い出した。山間《やまあい》で雪も深いというのに、真岡の傍には良い湯治場もあるときき、すっかりその気になったようだ。園江はいそいそと、四日前に江戸を立った。

その話は、雑談代わりに遠山にもした筈だがと、門佑は首をかしげた。

「おお、そうであったな。それでは仕方ない、お卯乃を連れていけ」

わざとらしく膝を打った遠山を、門佑は疑わしげに見遣った。

「お奉行、ひょっとして……何かよけいな話を、耳に入れた者があるのですか？」

「何のことだ？　わしは知らんぞ」

空々しい小芝居に、門佑が鼻白む。おそらく出所は一平で、遠山の耳に入れたのは、内与力の栗橋貢輔に違いない。

「役目であるのだから、ただとは言わん。これはそのための役料だ」

遠山はにんまりとして、金子らしき包みを畳の上にすべらせた。その顔を見て、門佑はこの上役の意図が読めた。

このところずっと、門佑が塞ぎがちなことに、遠山は気づいていたのだろう。景気づけのつもりで、芝居見物なぞ思いついたに違いない。とはいえ、その芝居を取締る側の町方役人が、大手をふって行けるわけもない。わざわざ役目として命じたのは、遊び心に富む遠山らしいやり方だった。

上役に気遣われるほど、冴えない顔をしていたものかと、門佑は自嘲しつつ有難く包みを受けとった。

門佑の気塞ぎのもとは、他ならぬお卯乃だった。


「本当によろしいんですか？　私なぞがお供して」

組屋敷の門を出る前に、お卯乃の足が止まった。

「姉上の代わりに連れていけと、お奉行からのお達しだ。昨晩も、そう言った筈だが」

ちっとも嬉しそうなようすが見えず、それに苛立って、ついきつい調子になった。

はい、とお卯乃が下を向き、後ろに従う。やはり慣れない真似をするのではなかったと、門佑は早くも後悔しはじめていた。

晴れていれば少しは気も紛れたろうが、空は息苦しいほどの厚い雲に塞がれている。江戸では二日前に初雪がふり、今日もやはり雪もよいの天気だった。秋はとうに過ぎ去り、冬が来て、あれからもう三月《みつき》が経ってしまったと、歩きながら門佑は思い返した。

七月の末、先の南町奉行、矢部定謙が死んだ。

そのことで言い争いとなって以来、同じ屋根の下にいるにもかかわらず、門佑とお卯乃はほとんど口をきかなくなった。

お卯乃の方から申し出たのか、あるいは姉の園江の差し金か、どちらなのかはわからない。もとは姉の手がまわらぬ折は、食事や着替えを手伝ってくれていたのが、ほとんど台所に籠りきりで、門佑の前には姿を現さなくなったのだ。

これがことのほか門佑には応え、己で呆れるほどに気落ちした。どうやらお卯乃と他愛ない話をすることが、何よりの気晴らしになっていたと、遅まきながら気づくに至った。

奉行所では役目に明け暮れ、家には厳しい姉が待っている。愚痴を言えるような気のおけない友もおらず、遊びや趣味に興じる粋にも欠ける。門佑には、お卯乃の気のおけなさが唯一の救いとなっていた。

「門さん」と、お卯乃にそう呼ばれることもなく、門佑はただ、己の孤独を嚙みしめるような日々を過ごしていた。

　あまり顔に出る性分ではないが、さすがにどこかおかしいと、遠山や栗橋は察していたのだろう。だが、いちばん気にかけていたのは、手先の一平かもしれない。毎日のように高安家に出入りするから、門佑の調子の悪さもその理由も、一平は誰より承知していた。

「すいやせん、旦那、栗橋様にたずねられてつい……」

　昨日、奉行所の帰りがけに確かめてみると、一平はそう白状したが、驚いたことに、高安家に立ちこめる気鬱《きうつ》を払うよい知恵はないかと、乞うたのは一平の方だった。

「園江様がいなくなっても、やっぱり何も変わらねえ。妙に静かなまんまのお屋敷が、どうにも気味が悪くって……」

　以前は毎日のようにきかされていた、園江がお卯乃を叱る金切り声も、あの日以来絶えた。一方のお卯乃も、園江にどんなに当たられようと、明るい気性だけは変わらなかったのが、まるで人が違ったように大人しい。さらに門佑の仏頂面が重なって、高安家はまるで喪中が三つも重なったかのような有様だ。

　それが三月も続けば、一平でなくとも嫌気がさそう。園江が急に下野に立ったのも、案外それ故ではなかったかと、門佑はふと、そんなことを考えていた。

京橋南の木挽町は、組屋敷のある八丁堀からごく近い。結局、お卯乃とはひと言も交わさぬままに、木挽町に着いてしまった。

せっかくの皆の気遣いも、これでは無駄というものだ。

己の不甲斐なさにため息をつきながら、そうっと後ろを窺うと、幸いお卯乃はこちらを向いていなかった。珍しそうにきょろきょろと、辺りを見渡している。子供のように目をきらきらさせているさまは、以前の姿に戻ったようで、門佑はつい声をかけていた。

「ひょっとして、木挽町は初めてか？」

「はい。こんなに賑やかなところだなんて、思いもしませんでした」

行儀よく応えたが、表情は最前に比べて、ぐっと華やいでいる。それまで感じていた気詰まりがいくらかゆるみ、門佑もくだけた調子になった。

「ここなら、おまえがもといた芝神明町からも近い。一度くらい足を運んだことがあると、そう思っていた」

「芝居なんて、到底縁のないものと諦めてましたから……まさか見物ができるなんて夢みたいです」

と、小屋にかかる派手な看板や、周囲にひしめく茶屋に、また目を向ける。改革の煽りを食らい、以前より地味な風情になってはいたが、それでも芝居町には独特の浮世離れした華やかさがあった。初めて訪れるお卯乃には、十分きらびやかに映ったようだが、そのお卯乃が、少し寂しそうに言った。

「こんなにきれいなのに、あと幾日かで仕舞いだなんて、何だかもったいないようですね」

芝居小屋の所替えが申し渡されたのは、前年、天保十二年の十二月だった。

世の中にはびこるいまわしき風俗は、すべて歌舞伎芝居から発せられている。そのような極論を公然と口にするほど、老中水野忠邦は芝居を目の敵にしていた。

水野にとっての僥倖は、その年の十月、日本橋の芝居町で起きた火事だった。江戸三座と呼ばれる三つの大きな芝居小屋のうち、堺町《さかいちょう》と葺屋町《ふきやちょう》にあった中村座、市村座が焼失し、操座《あやつりざ》と呼ばれる人形芝居の小屋を含め、一切が丸焼けとなった。

決して珍しいことではなく、芝居町は昔から火事の多い場所だった。そのたびに小屋の持主たる座元たちは、同じ地に再築願いを届け出て、町奉行所から了承を受けていた。

だが、その再築願いに、水野は待ったをかけた。水野の頭にあったのは芝居小屋の撤廃だが、さすがに周囲の者たちから反対の意見が相次いだ。そこで水野は、芝居町の移転を打ち出した。

繁華な場所にある芝居町を田舎に移し、ちょうど新吉原の遊廓のように隔離する。うってつけの地として白羽の矢が立ったのは、新吉原からほど近い浅草田圃だった。夜には新吉原の灯りが望めるが、ことのほか寂しく物騒ですらある土地だ。

このような場所では客足に直に響き、興行にも大きくさし障る。芝居町の顔役たちは、当然のごとく移転には強い抵抗を示した。だが水野にすれば、「河原者」たる歌舞伎役者が路頭に迷おうが痛くもかゆくもない。芝居町の移転を、断固として推し進めた。

これに猛然と反対したのは、遠山景元であり、いまは亡き矢部定謙であった。

こと歌舞伎芝居に関して言えば、遠山の鼻息の荒さは、矢部を凌いでいたかもしれない。『芝居場所替えその他取締りの儀に付き勘弁仕り候』との申書《もうしがき》を、水野に宛ててしたためた。

不埒な内容の狂言や、華美な衣装、高額な役者の給金などは、おいおい指導していきたいとしながらも、所替えとなれば芝居渡世に支障をきたす。

芝居町には、実に多くの者たちがさまざまに関わって、暮らしの糧としている。役者や座元は言うに及ばず、脚本を書く狂言作者や道具方、衣装やかつらを整える者や看板書。

このような芝居に直に関わる者ばかりでなく、小屋の周囲には芝居茶屋や水茶屋が立ち並び、煙草屋、酒屋、煮売り屋、あるいは両替商や絵草紙屋まで、あらゆる雑多な店がひしめき芝居町を成していた。さらにその周囲の町々の店も、やはり芝居町から何らかの恩恵を蒙っている。

その証拠に、芝居町からの火事により類焼した住民からは、移転願いはおろか、所替えされれば暮らしにさしつかえるとの嘆願さえ出ていた。

もっとも古い中村座に至っては、二百年近くも同じ堺町に根を下ろしているのだ。その太い幹をひっこ抜けば、枝葉となっている者たちはたちまち枯れる。

水野にとって甚だ面倒だったのは、遠山のこの訴えを、将軍家慶が支持したことだった。

遠山は西丸小納戸頭取として、かつては家慶の側仕えをしていた。結びつきもそれだけ強いが、さらに家慶の覚えをめでたくしたのは、昨年開かれた公事上聴《くじじょうちょう》である。

一代の将軍につき一度、寺社・町・勘定の三奉行が、上様の前で裁きを行う。一種の儀式と呼べるものだが、遠山裁きの鮮やかさは、奉行の模範はこうあるべきと、家慶からはばかりなく褒めちぎられた。

実を言えば、その下準備に大わらわとなったのは、門佑ら北町の吟味方であるのだが、むろん上様は知る由もない。ともあれその公事上聴以降、家慶が遠山に寄せる信頼はますます厚くなり、芝居町の移転話も、いったんは遠山の言をとり上げて沙汰やみとなった。

一度御上が認めたことを、覆すなどまず例《ためし》がないが、しかし水野忠邦はそれをやってのけた。そうまで芝居を憎悪していたものかと、周囲が勘繰りたくなるような執念をもって、移転を断行したのだった。

今年の四月、浅草田圃の替地は『猿若町』と定められ、七月には堺町・葺屋町の芝居小屋や操座が所替えを済ませ、九月にようやく興行に漕ぎつけた。

門佑はこれも遠山の指示で、口開けまもない猿若町にも足を運んでいた。

「このあたりはやはり、芝居町らしい趣があるからな」

浅草田圃と比べると雲泥の差だ――。その言葉をのみ込んで、門佑はお卯乃にそう告げた。

新築とはいっても、御上から下された手当ては十分ではなく、また、長く休業を余儀なくされていたために、一刻も早い幕開きが求められた。急普請の建物は、各座とも天井は葭簀《よしず》張りで、見世物小屋と見紛うような粗末な造りだった。

「河原崎座がなくなれば、この辺りもずいぶんと寂しくなるな」

江戸三座のうち、この木挽町にある河原崎座だけが、火事で焼けた堺町・葺屋町から離れている。小屋が無傷であったため、木挽町だけは移転の時期が他より遅く、十一月初旬までの興行が許されていた。

いわば江戸の中心を彩る最後の徒花《あだばな》は、改革の強風にも負けず、精一杯咲き誇っている。

門佑は惜しむように、京橋木挽町をながめわたした。

「おや、鷹の旦那、お見廻りごくろうさまでございます」

門佑はお卯乃と共に、一軒の芝居茶屋に入った。河原崎座の両袖をはじめ、格の高い芝居茶屋も多いが、この『益子屋《ましこや》』は、それより劣る中程の茶屋だ。

「今日は非番でな、ただの客だ」

「芝居を、見物なさるんですかい？」

意外そうに、老齢の主が目を剝いた。改革前からの長いつきあいだから、門佑が決して話のわからぬ役人ではないと、主も承知している。それでもこのご時世に、町方役人が何の含みもなく芝居見物をするなどとは、到底思えないのだろう。不審な眼差しになる。

「うちのお奉行の気まぐれでな。木挽町《ここ》での最後の芝居を見てこいと言われた。本当は、てめえが来たかったのかもしれねえな」

そう警戒するなと、門佑が冗談めかして言うと、益子屋の主はにっこりした。

「そうですか、遠山様が」と、

「どうやらうちのお奉行は、まだ、そう嫌われてはいねえようだな」

「そりゃあ……なにせ遠山様は、あっしら町人の最後の風よけですからね。あの名奉行様がふん張ってくれているからこそ、きつい南風もどうにか凌げるってもんでさ」

まんざら世辞ではないようで、主の声に力が入る。南風とは、南町奉行の鳥居のことだろう。そこだけは声を潜めて言った。

今月最後の内寄合が開かれたのは、二日前だ。寄合のたびに南町奉行とは同席していたが、かっきりと目が合ったのは、そのときが初めてだった。

あの妙に色の薄い瞳を、門佑は思い返していた。


痩せぎすの小柄なからだに、頰骨ばかりが目立つ肉の薄い顔。細い目と薄い唇が裂け目のように開き、まぶたの下から覗く目玉は、ともすると灰色がかって見えるほど色が薄い。それがまるで、この男の腹蔵を煙にまいているようで、余人には不気味に映る。

どこもかしこも丸く福々しい遠山と並ぶと、その貧弱さはいっそう際立ち、歳は鳥居が三つ下になるが、遠山より老けて見えた。

「堺町・葺屋町の衰えぶりは、あまりにひどいな」

日頃の愛想の良さをそっくり置き忘れてきたように、報告をきいた遠山がむっつりと口にする。

「両町のみならず周りの町々からも、店をたたむ者や夜逃げする者が出る始末。やはり芝居小屋所替えの痛手は、生半可なものではないのだな」

遠山の憂慮を、しかし鳥居ははなもひっかけない。

「すでに所替えは済んでおる。そのような愚痴をいつまでも口にしたところで、詮無《せんな》い話であろう」

嫌味にかけては、鳥居の右に出る者はいない。いい加減わかってはいるのだが、この辺りでいつも遠山の負けん気の強さが顔を出す。

「下々の不平不満を吸いとって、うまく按配するのも我ら町方の役目。それをかえって煽るような真似は、いかがでござろう。ことに市井の者たちにまで隠密を働かせるのは、世情の心痛をいたずらに増やす始末になろう」

目付であった頃から、隠密は鳥居の常套《じょうとう》だった。しかも己で密偵を使うばかりでなく、下々にも密告を奨励するのが鳥居のやり口だ。遠山は、これを真っ向から非難した。

改革に反する輩を、役所に届け出た者には褒美を出す。おかげで俄《にわ》か目明しを名乗るごろつきが横行し、一平もこれには大いに憤慨していた。まさに野良犬のような俄か目明しはどこにでも出没し、密告されれば直ちに南町から捕方が出張る。

使用人が主を、店子《たなこ》が差配《さはい》を売ることも珍しくはなく、おかげで家の中でさえ気を抜けず、人々は疑心暗鬼に囚われて日々を過ごしていた。

「どんな手を使おうと、勝てば良い」

鳥居は薄い唇をゆがめて、にやと笑った。

「要は字のとおり、御上が下々の上に立ち、揺るぎないご政道を貫けばよいだけの話」

遠山の正論も、鳥居には通用しない。性質も考えも、前任の矢部とは真反対にありながら、曲がりのない強い信念はこの男の内にもたしかに見てとれる。

それがいっそう遠山には、我慢がならないのだろう。寄ると触るとこの調子で、ふたりの奉行の足並みの悪さは、犬と猿よりなおひどい。議事はいっこうに進まず、居並んだ役人たちは同じ表情でため息を嚙み殺した。

誰かが割って入らぬ限り、もはや収拾がつかない。いつもなら年番方の東丈七太夫がうまく仕切ってくれるのだが、あいにくとこの日は別の御用で他出《たしゅつ》していた。かと言って、鳥居配下の役人にそんな勇気を求めるのは酷というものだ。

貧乏くじは己の役目と諦めて、仕方なく門佑は口をさし挟んだ。

「お奉行にぜひ、お伺いしたい儀がございまして」

水をさされたふたりの奉行が、じろりと門佑をながめやる。鳥居と目が合ったのは、このときだった。

光の具合か、まるで灰色のギヤマンを嵌めたように見える。とんぼ玉のようなその目こそが、鳥居の酷薄さを映し出す鏡のようだ。

ほんのわずかなあいだなのだろうが、門佑はそのガラス玉に魅入られていた。

「何だ、鷹門、早う申せ」

遠山に気短に命ぜられたが、一瞬真っ白になった頭の中を探っても、肝心の議事がすっぽりと抜けている。思惑とは違う台詞が、だらしなくもれた。

「そのう……役者の、給金についてなのですが……五百両限りでは安きに過ぎるとの声が……」

「何だと」

不機嫌を満面にした遠山が、門佑をにらみつける。

「いえ、中身は五百限りとするから、建前だけでも千を認めてもらえぬかと……そうでなければ千両役者の見栄が張れぬと……」

「馬鹿者！　見栄の揚句に座頭《ざがしら》役者の給金は、千両すら大きく超えて、千と七、八百両にもなっていたではないか」

「いかにも」

「おかげで見料ははね上がり、身薄の客を遠ざけて、芝居は華美の一途に走った。故にご改革の的となったのであろう。その大本を、履き違えるでないわ！」

芝居を興行する座元にとって、何より大事なのは座頭だ。座頭役者の顔ひとつで、客の入りは大きく左右される。座元と座頭は一年の専属契約を結ぶが、人気役者を引っ張るためには給金を弾まねばならない。寛政の頃にこの上限は五百両と定められたが、もはや有名無実となり果てていた。人気の花形役者となれば千両超えはあたりまえで、千両役者の名はそこからついた。

しかし給金とはいえ、すべて役者が己のために散じるわけではなく、衣装はもちろん、道具のたぐいにも惜しみなく金をかけるための高給であり、その多くが舞台の上で費やされる。

遠山はもちろん、その辺りもよく承知している筈だが、こんこんと説かれるうちに、門佑には遠山の意図が読めた。

目の前に、鳥居がいるからだ。

遠山は幕閣では、芝居擁護の立場にいた。それを鳥居の前であからさまにすれば、かえって芝居小屋をこの男の標的にしかねない。所替えで屋台骨が揺らいでいては、きつい南風には堪えられまい。遠山は何よりそれを案じているのだ。

「申しわけございません。役者たちにはそのように」

かしこまって平伏しながら、つい口許がほころびそうになる。

名奉行の名は、伊達《だて》ではないということか――。胸の中で独り言《ご》ちた。

鳥居が南町奉行の座についてからというもの、皮肉なことに、遠山の人気は鰻上りとなっていた。

もとは名奉行と言えば、矢部定謙のことだった。しかしその矢部が失墜し、後釜に座ったのは天地ほども隔たりのある鳥居耀蔵だ。表立っては口にせぬものの、人々の鳥居への反発は凄まじく、遠山が名奉行と祭り上げられたのはその反動だった。

己の手柄とは言い兼ねるものの、忠臣の栗橋にとっては何よりの朗報となっていた。

「いつか北のお奉行様にも、ぜひとも見物にいらしてほしいもんですねえ」

一昨日の寄合を思い返していた門佑に、益子屋の親父が愛想よく言った。決してお追従ばかりではないと、その顔に書いてある。

「ああ、伝えておくよ」

門佑は応じて、平土間の木戸札を二枚頼んだ。

「桟敷でなくて、よろしいんですかい？」

「御家人風情には、それこそ贅が過ぎらあ。鷹が鶉《うずら》にいては、格好がつかねえしな」

たしかにと、門佑の軽口に、親父が皺の寄った口許をほころばせる。町方役人の常で、町場でのやりとりには門佑も町人言葉を使う。

鶉とは、芝居小屋の両袖に設けられた下桟敷のことだ。芝居小屋では土間に升《ます》を切った升席が普通だが、この左右に床を張り、一段高い見物席を設けて上下二段の桟敷席としている。この一階席の前には横木がついていて、ここから首を出して見物するさまが鶉に似ていることから、下桟敷を鶉と称した。

「ただいまお席の仕度をさせますから、幕開けまでごゆっくりなすって下さいまし。あいにくと入れ込み座敷しかあいておりませんで、窮屈とは思いますが」

「構わねえよ」

門佑がうなずくと、主は女中を呼んで、席を設けるよう言いつけた。

さすがに木挽町での仕舞い興行というだけあって、どこの茶屋もたいそうな混みようだ。芝居茶屋は、見物客のための木戸札を用意したり、食事の世話をしてくれる。芝居がはじまるまでは、門佑もここで時間を潰すつもりだった。

「お卯乃は、茶菓子でいいか？　何なら、酒の方が……」

背中にいるお卯乃に向きを変えたとたん、何かやわらかいものが足に当たった。あ、と小さな悲鳴が上がる。門佑に蹴飛ばされ尻餅をついたのは、五つくらいの子供だった。

「こいつはすまねえ、ちっとも気づかなかった」

すぐに足許に声をかけたが、逆にまずかったようだ。鷹のようなきつい顔にはるか頭上から見下ろされ、子供は土間に尻をつけたまま、怯えたように頬をひきつらせた。

「大丈夫？　怪我はないかい？」

しゃがみ込んだお卯乃に、子供は小さくうなずいたが、やはり門佑が怖いようだ。鷹を警戒する子ウサギのように、おそるおそるこちらを仰ぐ。

「このおじさんはね、顔は怖いけどとってもやさしいお方だから、心配はいらないよ」

子供を助け起こし、着物の埃を払ってやりながらお卯乃がにっこりする。

「悪かったな、怖い顔で」

つい、そう返すと、お卯乃が肩をすくめ、小さく舌を出す。同じようなやりとりを、以前にもしたことがある。その頃に戻ったようで、門佑の目許が思わずゆるんだ。

舌を出したお卯乃の顔がおかしかったようで、子供も、ふふ、と笑ったが、

「坊ちゃん！　長《ちょう》坊ちゃん！」

「どこにいるんですか、長坊ちゃん」

往来から、男ふたりが大声で呼ばわると、びくりとからだをすくませた。

「あれは、坊やのことかい？」

お卯乃がたずねると、子供はいまにも泣き出しそうなしかめ面をした。道から姿をさえぎる垣根としては、何よりもうってつけなのだろう。さっきまで怖がっていた門佑の陰に隠れ、着物の膝あたりを握りしめる。ひとまず声が遠ざかるのを待って、門佑は子供に言った。

「何があったのかは知らねえが、家の者を煩わせてはいけないぞ」

「だって……もう習い事は、たくさんだもの」

突き出した下唇には、不満がてんこ盛りのようだ。

「もう嫌なんだ。朝早くから寝るまで、休む間もなく習い事ばかりで……おいらも他の子たちみたいに、遊んだりお菓子を食べたりしたいんだ」

「まだこんな小さいのに、何をそんなに習うことがあるんだい？」

子供相手に、すっかりぞんざいな口調に戻ってしまったお卯乃が、不思議そうに首をかしげた。子供に歳をたずねると、片手を開いて五歳と示した。数え五つなら、読み書きの手習いに行くにも早過ぎる。

「ん、と……踊り、三味線、長唄……それと、書と絵と笛と……」

「まだ、あるのかい？」

細い指を折りながらこたえる子供に、お卯乃がびっくりしてみせる。

「からだを好きにできるのは、厠《かわや》の中だけなんだ」

毎日休みなく繰り返される稽古事に、精も根も尽きているのだろう。子供は大人びたため息をついた。

門佑がどうしたものかと子供を見下ろすと、お卯乃がにっこり笑って言った。

「じゃあ、あたしらと一緒にお汁粉を食べて、それから帰ろうか？」

「うん！」と、たちまち子供の顔が、見違えるように明るくなる。

「おい、お卯乃、それはさすがに……この子の親も案じていようし」

「こんな小さな子に、休みもろくに与えないなんて度が過ぎてるよ。いいじゃないか、お汁粉の一杯くらい」

言ってしまってからはっとなり、「……と、思います」と、申し訳のようにつけ足した。

堪えきれず、門佑は思わず吹き出していた。

「……すみません、旦那様……気をつけます」

「いや、もう勘弁してくれ、お卯乃。気取った物言いも、旦那様も、おまえにはどうしたって似合わねえ」

「ひどい、門さん！　あたしだって精一杯……」

ふたたびの失言に気づいたお卯乃が、口に手を当て、門佑がまた笑う。

「屋敷の外で、相手はおれだけだ。だから、いまはそれでいい」

「でも……」

「おれはそう呼ばれる方が、好きなんだ」

我知らず、声は乞うような響きを帯びていた。お卯乃はじっと門佑を仰いだまま、ゆっくりと立ち上がった。

「ねえ、早くお汁粉食べようよ」

無粋に割り込んできた無邪気な声に、互いに微笑を交わし合う。

「汁粉だけでなく、団子でも饅頭でも、いくらでも食べていいぞ」

三月にわたる、わだかまりをとり払ってくれた。その礼のつもりで、門佑は子供に言った。

入れ込みの広い座敷は、人であふれかえっていた。その一角、衝立《ついたて》で仕切った窮屈な場所に、女中はふたりを案内した。

「狭くて、あいすみません。いま、お酒とお茶をお持ちしますから」

と、一緒にいる子供に気づいた女中が、何か言いたそうな顔になる。子供はその目を逃れるように、門佑と壁のあいだに隠れてしまった。

「この子も、おれの連れでな。すまんが、白湯ももらえるか」

女中に心付けを握らせて、お卯乃と子供のために汁粉や菓子を頼むと、女中は門佑の背後を気にしながらも、大人しく引き下がった。

「あのう、こちらは……」

やがて盆を両手に携えてきた女中は、やはり門佑の向こうが気になるようだ。

「ああ、そこに置いといてくれ」

門佑がお卯乃の隣を示すと、女中は汁粉と菓子皿で重そうな盆を下ろした。

女中がいなくなると、門佑の背中から、ようやく子供が顔を出す。

「もう大丈夫だよ。ほら、ここへお座りな」

お卯乃に促され、子供はうれしそうに膝をそろえた。

こぼれんばかりの大きな目をしていて、口も大きな子供だった。

「おまえはどうやら、この辺りでは顔が利くらしいな。名は何という？」

「長十郎《ちょうじゅうろう》です」

門佑の問いに、案外行儀よく子供がこたえる。多少、行き過ぎのきらいはあっても、躾は行き届いているようだ。先程並べた習い事から察するに、役者か囃子方《はやしかた》の倅《せがれ》のようにも思えるが、それにしては出立ちが地味で、見かけはあたりまえの商人の子供に見える。

「家は、何をやっているんだ？」

とたんに子供の顔に屈託が浮かび、下を向く。無理にきき出すつもりもなかった。

「まあ、ひとまずは食ってからだ。遠慮せずに食べろ」

はい、と子供が汁粉の椀の蓋をとった。甘いにおいのする湯気に、とろけるような笑顔になる。時間をかけて汁粉を腹に納めると、長十郎は次に団子の串に手を伸ばした。

だが、二本目の団子をぱくりとやったとたん、衝立の向こうから声がかかった。

「長坊ちゃん、こんなところにいたんですかい。探しましたよ」

よほど驚いたのだろう。団子をのみ込みそこねた長十郎が、目を白黒させる。お卯乃があわてて白湯を渡し、とんとんと軽く背をたたく。どうにか団子は、子供の喉を通ったようだ。

「諺《げん》やん、どうしてここが？」

「あっしには天眼通《てんがんつう》がありやすからね。坊ちゃんの行く先なんぞ、お見通しでさ」

「諺やんにそんなすごい力があるなんて、ちっとも知らなかった！」

天眼通とは、いわば千里眼のことだ。おそらく、すっかり信じ込んでいる子供の傍らに、悪戯《いたずら》めいた笑みを浮かべて男が膝をついた。おそらく、先刻の女中が知らせたのだろうが、男はそんなことはおくびにも出さず、また、子供を責めるようすもない。

「なんだ、晋輔《しんすけ》じゃねえか」

丸い鼻先とはしっこそうな瞳に、愛嬌がある。門佑も、よく知った顔だった。

「お久しぶりです、旦那。うちの坊ちゃんが、面倒をかけちまったようで」

柴《しば》晋輔という見習いの狂言作者で、いまは河原崎座で世話になっている。去年まで勝諺蔵《かつげんぞう》と名乗っていたから、長十郎が諺やんと呼ぶのはそのためだろう。

「おまえが坊ちゃんというと、ひょっとしてこの子は……」

「へい、長十郎坊ちゃんは、河原崎座の六代目のひとり息子でさ」

「なるほど、この子が……」

河原崎座の座元、六代目河原崎権之助《ごんのすけ》はまだ三十そこそこで、いまだに独り身を通している。その権之助が四年前、嫁取りも済まぬうちから養子をとった。それがこの長十郎なのだろう。木挽町に住む者なら、誰もがこの養子話を知っているが、一方で長十郎の実の親の素性は、不思議と伝わってこなかった。

「権之助はどうやら、この子を単なる跡取りではなく、河原崎座の大看板にしてえようだな」

「坊ちゃんから、何かききやしたか」と、柴晋輔が苦笑する。

座元と座頭は本来は別物だが、中村座や市村座は、役者が両方を兼ねている。息子の長十郎がそういう役者になれば、河原崎座も好きな芝居が存分に打てる。己には叶わぬ夢を、座元の権之助は幼い息子に託しているのだろう。しかし肝心の長十郎は、横合から不満げに口を挟んだ。

「おいらは、何も言ってない。でも、役者なんぞになりたかないやい」

「そうですか？　木場《きば》の親方みてえな千両役者に、なりてえと思いやせんかい？」

「だって、木場のじいじはお役人に捕まって、江戸を払われちまったじゃないか」

木場の親方とは、五代目市川海老蔵《いちかわえびぞう》のことかと、門佑は気がついた。

深川の木場に住み、河原崎座の座頭を務めていた五代海老蔵が、江戸所払いの憂き目に遭ったのは、四月《よつき》前、今年の六月末のことだ。

奢侈禁止令が次々と発布され、当然それは芝居にも及んだ。だが海老蔵は、「みみっちくて芝居ができるか」と言い張って、飾海老《かざりえび》と評される豪奢な暮らしぶりを貫いた。

しかし今年三月、『景清《かげきよ》』の舞台に、御上から物言いがかかった。

鎌倉の土牢に閉じ籠められた景清が、これを破って出てくる場面が最大の見せ場となる。これを海老蔵は、思い切り奢った衣装と本物の刀で、荒々しく絢爛《けんらん》な舞台に仕上げた。華美な衣装はもちろんだが、芝居で本物の武具を用いることは固く禁じられている。当の本人は、もちろん承知の上だったに違いない。あえて押し通したのは、無粋な改革に対する、千両役者の心意気だったのだろう。それを証するように、晋輔は子供に言いきかせた。

「木場の親方は、役者の筋ってもんを通しただけでさ」

口にしてから、初めて役人の存在に気づいたようだ。ちらりとこちらを窺ったが、相手の不安を解くように、門佑は目だけで微笑んだ。

五代目は、惜しいことをしたな――。つい、そう漏らしそうになり、門佑は既《すんで》のところで止めた。仮にも海老蔵を追放した張本人たる町方役人だ。下手な慰めは、かえって無礼に思われた。門佑の心中を察したかのように、傍らからお卯乃が口を添えた。

「なにせ相手が蝮《まむし》では、いくら飾海老でもぱくりとひと呑みですからね」

「こいつはまた、うまいことを」と、晋輔が歯を見せる。

蝮とは、海老蔵の裁きに当たった、鳥居耀蔵の呼び名だった。

「じゃあ、坊ちゃん、ちょいと茶屋の者に挨拶してきやすから、そのあいだだけですぜ」

団子と饅頭を食べ終えるまで帰らないと、ごねる子供に手を焼いて、しばしの猶予を与えることにしたようだ。長十郎をふたりに託し、晋輔は茶屋の奥へと入っていった。

長十郎は安心したように、いく分固くなった食べかけの団子に手を伸ばしたが、饅頭に行きつく前に、満腹になったようだ。ふう、とため息をついて己の腹をなでた。

「そういちどきに食べないで、少しお休みな。朝が早いと言っていたから、本当は眠いんだろ？」

お卯乃の言うとおりで、腹がくちくなったとたん、眠気が襲ってきたようだ。子供の瞼が、急に重そうに下がり出した。心得たようにお卯乃が小さなからだを抱きとると、すぐに長十郎の頭が、お卯乃の胸にかくりと落ちた。

「文句ばかり垂れていた割には、幸せそうな寝顔だな」と、向かい側で門佑が苦笑する。

お卯乃は腕の中の長十郎をながめ、やさしく微笑んでいる。

門佑の頭に、ふと、錯覚めいた幻が浮かんだ。

もしもお卯乃を娶ることができるなら、先々にこういう景色が見られるのだろうか。こんなふうに、己の子供を抱くお卯乃と、健やかな暮らしが送れるのではなかろうか。

「おい、とうとう降ってきやがったぜ」

儚《はかな》い幻は、無粋な声にかき消された。

「このくらいなら、風花とさして変わらねえ。すぐにやむさ」

広い座敷の往来に近い辺りから、客のものらしいやりとりがきこえる。

お卯乃がそちらをふり向いて、衝立の陰から覗く。

「そういえば、おまえは雪が好きだったな」

と、門佑は、初めてお卯乃と会った日のことを思い出した。

愛宕山に近い、金杉橋の上だった。お卯乃は灰色の空に向かって両手を伸ばし、盛んに落ちるぼた雪を受けとめていた。

「本当言うとね、雪が好きだったのは弟なんだ」

「そう、だったのか」

三月前の喧嘩の種を、また口にするのは憚られたのだろう。それ以上語ろうとしないお卯乃に、門佑は話を乞うた。

「常松は足が悪くて、野良仕事ができなかったろう？　だから雪が降るとうれしいと、あたしにだけ教えてくれた」

最初はためらいながら、それでもお卯乃は、ぽつりぽつりと語り出した。

お卯乃の田舎は、雪国の越中だ。毎年、米俵の出来上がりを待つようにして、初雪が降るという。お卯乃の弟の常松は、役立たずの己を絶えず恥じていた。辺り一面が雪に覆われ、両親や兄弟たちが田畑に出られなくなるそのあいだだけ、罪の意識から解放されていたのだろう。二階まで積もるほどに降る地では、雪は決して有難いものではない。よく承知していた常松は、もっとも仲の良かったすぐ上のお卯乃にだけ、そう漏らしていた。

「あの子が死ぬ前の晩、あたしに言ったんだ。涅槃《ねはん》に雪は降るのかな、って……」

話しながら、切なげな顔は、腕の中の子供に向けられている。

「涅槃に雪が降っていれば……ここと同じように、見わたす限り真っ白なところなら、死ぬのは少しも怖くないって……」

常松が死んだのは六年前、天保の飢饉の最後の年だった。家族の食いぶちを少しでも増やすために、十五の食べ盛りでありながら、冬の初めから飯を断った。死ぬまでのひと月半のあいだ、常松が口にしたのは雪だけだったという。

「雪ばかり食べていたから、涅槃に着いたら、己も雪になっちまうかもしれないって……そうなったらいいなって……」

ふっくらとした子供の頰の上に、ぽたりと雫が落ちた。門佑が黙って手拭をさし出すと、お卯乃は長十郎の頰をそっと拭い、それから己の目頭に当てた。

「おまえが雪を心待ちにしていたのは、そういうわけか」

「……あの子の願いなら、神様も叶えて下さる……きっとあの子が望んだとおり、雪になって、あたしのところまで降りてきてくれる……そんな気がして……」

家族のために己の身を犠牲にした常松は、清浄な雪のような、真っ白な心のままで逝った。だからこそなおいっそう、雪が死んだ弟のように思えてならないのだろう。堪え切れぬように、お卯乃は手拭に顔を埋めた。

小さな嗚咽《おえつ》は、客たちの喧騒にかき消されてほとんど届かず、細い肩だけが震えている。目の前にある酒肴の盆をはねのけて、お卯乃が泣きやむまで抱きしめていてやりたい。胸の内に突き上げるようなその衝動を、門佑は懸命に堪えた。

「どうして……泣いてるの？」

お卯乃の胸の辺りから声がして、見ると腕の中の子供は、ぱっちりと目をあけていた。

「あ、ごめんよ……その、何でもないんだ」

無理に笑顔を作ったお卯乃が、目許をあわててきつく拭う。

「そんなにごしごしやると、化粧がはげるぞ」

「やだ、門さん、どうしよう……こんな顔じゃあ、芝居なんぞ行けやしない」

我に返ったお卯乃は、手拭を鼻に当てたままおろおろする。

「奥の間の客が引ける頃合ですから、座敷を借りて直してくるといいですよ」

いつのまに戻っていたものか、衝立の陰から晋輔が顔を出した。幕開けの刻限が近づいたのだろう。入れ込み座敷の客たちも、あちこちで腰を上げている。

「諺やん、おいら、厠に行きたい」

「はいはい、ちょいと待っておくんなさいよ……おおい、おたよさん！」

声をかけると、すぐに先程の女中がやってきた。晋輔は短く言葉を交わし、お卯乃と長十郎を女中に託した。三人の姿が消えると、晋輔が申し訳なさそうに盆の窪に手をやった。

「すいやせん、さっきのお女中様の話ですが、ちっときいちまいやした」

少し前から戻っていたが、出るに出られなかったと苦笑いする。

「それでね、旦那」と、晋輔は急に真顔になった。「涅槃に雪が降るかどうか、あっしにもわかりやせんがね。ただ、涅槃と雪は、よく似たものなんでさ」

「おめえの物知りはきいていたが、仏学にも及ぶとはな」

門佑はちょっと驚いて、相手の顔をながめた。

「貸本屋で手代をしていた頃に、読みかじった俄か学問でさ。なにせ碌《ろく》に仕事もせずに、朝から晩まで商い物を読みふけっていやしたからね」

そのためにお払い箱になったと、晋輔が屈託なく笑う。

もとは日本橋の裕福な商家の次男坊であったが、もっぱら読物や川柳、狂歌の創作にふけり、あまりの道楽ぶりに十四で親から勘当されたと、以前きいたことがある。

「涅槃というのは、もともとは吹き消す、滅するという意でしてね。煩悩《ぼんのう》を滅した有様のことを言うんでさ」

滅はすなわち、煩悩を離れた静かな境地のことで、寂滅《じゃくめつ》、あるいは寂静《じゃくじょう》ともいう。平穏で静かな心こそが、安らぎの境地であるという教えから涅槃寂静ともいうと晋輔は語った。

「前に見た涅槃図なぞは、極彩色で塗られてやしたが、本当の教えからすると、まさに一面の雪野原みたいなところじゃねえかと……お女中様の話をきいて、ひょいと浮かびやしてね」

景色ばかりでなく、音さえも吸い込んで、静寂に満ちた世界を作り出す。雪こそが、涅槃にもっともよく似たこの世のものではないかと、若い狂言作者は結んだ。

「おまえは本当に、根っから狂言書きに生まれついたような奴だな」

門佑は柴晋輔から、狂言作者の業《ごう》のようなものを感じた。

おそらくこの男だけでなく、役者をはじめとする芝居に関わる者たちは、多かれ少なかれ、何かにとり憑かれているのだろう。水野や鳥居が躍起になって、あらゆる手立てを試みようと、人の内にあふれる熱い思いばかりは禁令で縛ることはできない。

「どんなに容赦のない風も、無尽《むじん》の火は消しようがないか……」

口の中で呟いたときだった。奥から騒々しい足音とともに、先程の女中が戻ってきた。

「大変です！　坊ちゃんが、長坊ちゃんがいなくなっちまって！」

「またかくれんぼか？　ったく、しようがねえなあ」

晋輔が顔をしかめ、がりがりと首の裏を掻いた。

「そうじゃなく、坊ちゃんがいなくなって、代わりにこれが！」

女中が両手でさし出した紙切れには、不穏な脅し文句が記されていた。


「すいやせん、おれがいけなかったんです！　おれがすぐに連れて帰っていれば、こんなことには……」

河原崎権之助の前で、晋輔が土下座する。その隣では益子屋の老いた主が肩をすぼめ、おたよという女中が、顔をくしゃくしゃにして泣きながら、何度も詫びを口にした。

長十郎は、おたよが目を離したわずかな隙にかどわかされた。

おたよは先に、長十郎を厠に連れていった。戸を閉めようとすると長十郎が嫌がって、おたよは戸を開け放したままで、ひとまずその場を離れ、お卯乃をあいた座敷に案内した。すぐに厠にとって返すと、長十郎の姿はなく、代わりに厠の床に脅し文があったという。

『子供は預かった。今夜九つ、稲荷橋に百両を持ってこい』

文にはそのように記され、宛人は河原崎権之助となっていた。

見物客の歓声が、小屋を揺るがすように響いてきた。すでに芝居ははじまっていて、この楽屋にも三味や笛の音が届く。

海老蔵という大看板をなくしても、河原崎座にはもうひとりの花形役者がいる。海老蔵の長男、八代市川団十郎《だんじゅうろう》だ。美男として名高く、女客には滅法人気が高い。荒事を得意とする父親とは逆に、色白で線の細い優男役が似合う役者だった。成田屋の掛け声もきこえ、八代目の舞台は大いに受けているようだ。

「すまん、座元。町方のおれがついていながら、まったく面目次第もない」

やはり責任を感じているのだろう、青い顔でうなだれるお卯乃の横で、門佑もまた頭《こうべ》を垂れた。

「高安様、どうぞもうおやめ下さい。もとはと言えば、舞の稽古を抜け出した長十郎に、ひいては親の私どもに責めがあります」

河原崎座の若い座元は、落ち着いた声音で門佑の頭を上げさせた。

知らせを受けたときは、さすがに顔色を変えたが、決してとり乱すことをせず、正直、子供をかどわかされた親とはとても思えぬほどだ。貰い子だから情がないというわけではなく、六代目権之助はそういう男だった。

地味な羽織に太髷は、まるで堅気の商人のようで、この芝居町ではかえって浮いている。芝居者に多いしゃれた細髷に比べると、明らかに野暮ったく、口の悪い者はそれを笑って、陰で「大たぶさ」と呼んでいた。

だが、それを承知で商人姿を通しているところに、この六代目の気質が現れていた。母親の連れ子であったために、この権之助もまた、五代目の父とは血が繋がっていない。大たぶさは、商人上がりの蔑称でもあり、権之助は若い頃、商家に奉公していたことがあった。しみったれを嫌うため、芝居者はどうしても丼勘定になりがちだが、権之助は金の儲け方と使い方をよく心得ていた。

独り身だというのに、女遊びもほとんどしない堅物で、真面目な気性が褒められる一方で、薄情で冷たいとの噂もよく耳にする。

「権之助、長十郎を連れ去った者に、心当たりはないか？　おまえのまわりで、金に困っていた者や、あるいはどこかで怨みを買った覚えなぞはないか？」

「金の無心に来る者も、私を快く思わぬ者も、それこそ星の数ほどおりますが」

権之助は眉ひと筋も動かさず、そう応えた。

「いまいちばん怨みに思っている者と言えば、猿若町に移られた皆様でしょうな」

「……中村座や、市村座の者たちだと？」

「控櫓《ひかえやぐら》の大たぶさと、もとから軽んじられておりましたが、木挽町だけが一年も遅く場所替えになったのが、癪に障ってならないようです」

江戸三座とは、幕府から許しを受けた芝居小屋で、中村・市村両座と森田座を指す。河原崎座は、森田座が休業の折に代わりの興行を認められた、控櫓だった。

中村座と市村座にも、やはり各々控櫓があり、これは芝居小屋の経営が決して楽なものではなく、しばしば金繰りに詰まるからだ。中でも森田座は頻々と金詰まりを起こし、河原崎座の代行もひときわ多かった。

座元たちを窮地に陥れるのは、頻発する火事だった。小屋が焼失するたびに新築を余儀なくされて、仕方なく席料を上げる。値上げが客離れを引き起こし、さらに値を上げざるを得なくなる。

この悪循環が長きにわたってくり返されて、いまや桟敷席なら酒食などを含めて、安くとも一両二分は下らないと言われる。米五俵分にも当たる額では、庶民にはとても手が届かない。通しではなく一幕だけ見物できる、一切見《ひときりみ》と呼ばれる安い席を買う芝居通もいるが、庶民の娯楽の中心は、すでに寄席に移っていた。

「正直に申し上げますと、おかげさまでこの一年は、大いに儲けさせていただきました。その分、猿若町の皆様の実入りが減ったということですから、面白くないのも道理です」

権之助は皮肉な調子で、淡々と述べる。先年の火事以来、看板を上げていた大櫓は河原崎座だけなのだから、笑いが止まらない有様だったろう。

「ではおまえは、猿若町の者を疑っているのか？」

「そういうわけではございません。私への意趣返しにしては、百両は安過ぎますから」

「なるほど……では、金に困っている者の仕業だと？」

「おそらくは……場所替えの金なぞを、用立てて欲しいと無心に来る者が増えましたから……私に金の話をしても無駄だと、わかりそうなものですが」と、薄笑いを浮かべる。

金にしわいことでも権之助は有名で、情で財布の紐をゆるめることは決してない。やはり人好きのする男ではないなと、門佑は胸の内で呟いた。

「おまえに無心を頼むなら、木挽町界隈の者ではないのか？　その中に、疑わしい者はいないか？」

「長十郎をかどわかすなど、そんな度胸のある者は、この木挽町にはおりますまい」

「どういうことだ」と門佑は問うたが、そのとき大きな拍手とともに、一幕目の終わりを告げる柝《き》の音が鳴った。

幕間の内に、済ませておかねばならぬことがある。

「頼んだぞ、親父」と門佑は、益子屋の主に言った。心得たように、すぐに主人とおたよが楽屋を出ていく。

下手人は、益子屋の客であった見込みが高い。木戸札を用意したから、客たちの席は自ずとわかるし、相手をした女中たちは客の顔を覚えている。客の中に欠けた顔がないかどうか、益子屋の者たちは客席を確かめに行ったのだった。晋輔も案内に立ち、三人が消えると、門佑は権之助に打診した。

「やはり益子屋の客をすべて集め、おれがひとりひとり調べた方が早いように思うがな」

「せっかくお運びいただいたお客様に、そのような無粋な真似はできません」

門佑はすでに何度か打診していたが、権之助はそれだけは頑としてきき入れない。

「どのみち九つになれば、わかることです」と、冷静に言った。

夜九つは、真夜中にあたる。金の受けわたし場所にされた稲荷橋は、京橋川の河口にある橋で、木挽町からも近い。

「どうしてそんなに、落ち着いていられるんですか」

ふいにお卯乃が、顔を上げた。色の失せた顔を、権之助に向けている。

「あんな小さな子が、いまこのときも怖い思いをしているに違いないのに……父親なら誰だって、いても立ってもいられない筈です。なのに……」

「よせ、お卯乃」

門佑の手前、ひとまず口をつぐんだが、顔には権之助への不信が強く表れている。

お卯乃と目を合わせ、権之助はやはり抑揚のない声で告げた。

「長十郎に万一のことがあれば、私は首を括るつもりでおります」

お卯乃の目が、大きく見開かれた。

「己の命より大事なものは、あの子だけです」と、権之助は言い切った。


「旦那、捕方の手配りは済みやした。刻限までには十分間に合いやす」

芝居が終わりに近づいた頃、河原崎座の楽屋に、一平が顔を出した。

益子屋が木戸札を配った客の中には、欠けた顔はひとりもおらず、また下手人らしき怪しい者もいないと、主と女中は門佑にそう告げた。また、河原崎座の裏方衆が、木挽町中の建物を一軒ずつしらみつぶしに当たったが、やはり長十郎は見つからなかった。

一方、門佑は、かどわかしを知るとすぐに、一平の家と北町奉行所まで使いを走らせていた。稲荷橋の両袖はもちろんのこと、下手人が舟を使うことも考えて、京橋川と大川にも捕方を乗せた舟を用意するよう指示してあった。

何十人もの捕方を手抜かりなく配し終えた頃、河原崎権之助は金を持って、稲荷橋の上に立った。

門佑は配下とともに物陰から見張っていたが、真夜中を告げる鐘が鳴ると、橋の東側からひとつの影が現れた。

灯りを消すよう相手が言ったようで、権之助の持つ提灯の火が消えた。

男と権之助の距離が縮まり、しばしのやりとりの後、男が権之助から離れた。門佑のいるところからは遠過ぎて、仔細は見てとれないが、橋の下に詰めてようすを窺っていた小者が、合図の呼子を鳴らした。隠れていた捕方が一斉にとびかかり、男は実にあっけなく御用となった。

門佑は、橋の上の権之助のもとに駆けつけた。

「権之助、長十郎は無事か！」

「はい、おかげさまで……眠っているだけのようにございます」

長十郎は、父親の腕の中で、健やかな寝息をたてていた。権之助がからだを揺すり、軽く頬をたたくと、子供は眠そうに目をあけた。

「あ……おとっちゃん……」

「長十郎、いままで何をしていたんだ」

権之助は、長十郎を降ろして言った。父親に見下ろされ、子供の顔に怯えが走る。

「だって、おとっちゃんがお休みをくれたって……あのおいちゃんが……」

男と一緒に、寺の門前など賑やかな場所をあちこち見てまわり、日が暮れると疲れきって、いままで眠りこけていたようだ。

ひどい扱いをされたわけではないと知り、門佑はほっと安堵の息を漏らした。

「長十郎、何故あんな真似をした」

「え……だから、あのおいちゃんが……」

「そうではない。どうして舞の稽古を、黙って抜け出したんだ」

たちまち長十郎の顔が、泣き出しそうにゆがんだ。

「ごめんなさい、おとっちゃん……ごめんなさい……」

「悪いとわかっているなら、二度とするな」

長十郎の喉が小さく鳴って、まるで頰を張られたように大きな目を見開いた。父親の言葉は、平手打ちより痛かったのだろう。はい、と返事をしてうなだれる。

こんな子供を相手に、理詰めで迫る権之助という男が、やはり門佑にはわからなかった。

「旦那、下手人は番屋にしょっぴきやした。他に仲間はいねえようです」

「どんな男だ？」

「なんてことはねえ、貧相な蕎麦屋の親父でした。堺町の隣の、新和泉町《しんいずみちょう》に店を持つ、徳《とく》助《すけ》って男です」

「あの男か……」と、権之助が呟いた。

菅笠をかぶり、顔の下半分を手拭で覆っていたために、橋の上で金と子供を引き替えたときには、正体がわからなかったようだ。

「親父の、五代権之助の古い知り合いで……この一年で三度ほど、金の無心を受けました。今日の昼前にも訪ねてきて、いつものごとく断りましたが」

芝居小屋が猿若町へ移り、見物客を当てにしていた徳助の店は、たちまち閑古鳥が鳴くようになった。他所《よそ》に移る金もなく、このままでは苦労して築いた店を潰してしまう。権之助が金にしわいことは承知していたが、他に金策の当てもなく、木挽町に足が向いた。

日を改めて、吟味に当たった門佑に、徳助はそう語った。

権之助に体《てい》よく追い払われたものの、店に戻る気力も失せて、徳助はしばらく木挽町をぶらついていた。逃げ出した長十郎を、若衆が探す声もぼんやりときいていたが、河原崎座の裏手にさしかかったところで、長十郎の居所を晋輔に告げる、益子屋のおたよの話を立ち聞いたのだ。権之助が子供に厳しいということは、徳助も知っており、金の無心に行ったとき、長十郎と顔を合わせてもいる。

うまくすれば身代金をとれるかもしれないと、そのときに悪心《あくしん》がわいたという。

ふたりの後を追い、別の客の連れのふりをして益子屋に入り込み、隙を窺っていたようだ。長十郎が厠でひとりになったところを、甘言を弄して連れ出した。子供を傷つけるつもりは毛頭なかったと、徳助は門佑の前で頭を垂れた。

「こっちの訴えなんぞ、座元はまるきりきいちゃくれねえ。まるで塀に向かって話しているような情けなさで、だんだん憎く思えてきやした」

最初は権之助の薄情を責めていた徳助だが、調べが進むうち、徐々に矛先が変わっていった。

徳助が本当に憎かったのは、この改革であり、芝居町の所替えだった。


徳助の吟味が終わったその日、夜遅く門佑の屋敷に客が訪ねてきた。

南町で鳥居の内与力を務める、土屋《つちや》という男だ。告げられた用向きは、はなはだ迷惑なものではあったが、立場上断るわけにもいかず、門佑は土屋とともに屋敷を出た。

連れていかれたのは土屋の自邸で、だが、門佑を待っていたのは、鳥居耀蔵だった。

「急に済まなかったな、高安。どうしてもおまえと話がしたくてな」

内寄合などで顔を合わせてはいても、直《じか》に口をきいたことすらない。いったい何用かと、門佑はまさに蝮と対峙するように、用心深く相手をながめた。

城中ではもっぱら「妖怪」と囁かれていると、いつか遠山からきいたことがある。耀蔵は通り名であり、名は忠耀《ただてる》という。南町奉行就任とともに甲斐守を賜り、鳥居甲斐守忠耀となったが、幕閣にはもうひとり甲斐守を名乗る者がいて、いわば後付けの鳥居は「耀蔵の方の甲斐」と呼ばれた。これが詰まって、さらにはその人となりから、「妖怪」が定着してしまったようだ。

遠山も陰では遠慮なく、蝮だの妖怪だのと呼んでいるが、しかしひとつだけ、遠山が逆立ちしても敵わないことがある。それは鳥居の学問の深さだった。

鳥居の実父は、大学頭《だいがくのかみ》を務める林述斎《はやしじゅっさい》であり、鳥居家には養子に入った身であった。林家の祖は、初代家康《いえやす》に仕えた高名な儒学者、林羅山《らざん》で、儒学の要として代々幕府に仕えてきた。その羅山の血筋が七代で絶え、幕命により林家に入ったのが、耀蔵の実父、述斎だった。

公儀に見込まれただけあって、述斎は学問ばかりでなく、政の才にも長けていた。松平定信の下で寛政の改革に携わり、湯島《ゆしま》聖堂の改築や昌平坂《しょうへいざか》学問所の充実にも腕をふるった。一方で変わり者との噂もあって、これは述斎が正妻を娶らず、何人もの側室に十七人の子を産ませたためだ。

周囲の目をことさらはばかる武家にあっては珍しいことであり、四男の耀蔵は、学問の才と政の力、そして外聞を一切気にせず己の意志を貫き通す資質にかけては、この父にもっともよく似たと言われる。

鳥居にまつわる噂をあれこれと思い浮かべ、やはり油断のできる相手ではないと、門佑は身構えた。

無駄口を嫌う鳥居は、幸いすぐに本題に入ったが、しかしそれは思いもかけない話だった。

「高安、おまえ、わしのもとで働いてみる気はないか」

咄嗟には言葉が出ず、相手の腹の内をしばし思案して、門佑はおもむろに口を開いた。

「北町において、鳥居様の隠密を働けと、そういうことにございますか」

歯に衣着せぬ言いようだが、鳥居は薄い唇の端をつり上げた。

「そうではない。南町に来ぬかと申しておる」

「私に、南町に移れと……？」

心底意外に思え、門佑は目をしばたたかせた。だが、鳥居のやり方に腹を立て、南町を辞めていった与力同心は、今年の三月に職を辞した坂出輸一ばかりではない。手駒の数が、それなりに不足しているのだろうと、門佑は見当した。

相手の事情がどうであろうと、答えは初めから決まっている。

「せっかくのお話ではありますが、ご辞退させていただきます」

「遠山殿の腰巾着は、それほど居心地がいいか。それとも、蝮なぞの配下はご免か」

「……当家は父祖の代から北町に勤めてまいりました。私もそれに倣うだけにございます」

門佑としては、当たり障りのないよう断るしかない。だが、鳥居が蝮と呼ばれるのには、ちゃんと理由がある。人の弱い部分をつつき上げ、相手がうろたえたところで揚げ足をとる。それが鳥居のやり方だった。

卑怯とも過酷とも言える吟味のやり口は、門佑もきき及んでいる。言葉尻を捕えられるようなことがあってはならないと、己の口を引き結んだ。

「ところで高安、矢部の自害を、おまえはどう見る？」

思ってもみなかった場所をつねられたように、みぞおちの辺りがきゅうっと引き絞られた。矢部を庇《かば》えば相手の不興を買い、だが、矢部を卑下するような真似は決してできない。

進退極まって後を継げぬ門佑に、鳥居はさらに続けた。

「矢部が命を落としたのは、わしのせいだと、そう思うているのではないか？」

「……いいえ、決してそのような……」

「言うておくが、矢部が死んだのは、あの男が望んだからだ。たかが改易ごときで、憤死と称して自害するなど、わしには到底わからぬわ」

鳥居の物言いは、矢部への侮蔑に満ちている。矢部を自害に追い落とした張本人たるこの男が、死者への礼節さえ持たぬことに、腸《はらわた》が煮えくりかえる。

「腹を切るならまだしも、よりによって飢え死にとは。武士として、恥の上塗り以外の何物でもない。あれでは、ただの犬死にというもの」

「鳥居様！」

どうにも堪えきれず、門佑は叫んでいた。畳に手をつき、鳥居を正面からにらみ上げる。

「……もう、それ以上は、どうかお慎みを……矢部様はもはや、仏となられているのですから……せめてご無念くらいは、お察しするのが人の道というものにございます」

「無念だと？　ばかばかしい！」

鳥居は言下に吐き捨てた。目の前がかすむほどの怒りは、もう抑えようがない。すべて叩きつけようとした、そのときだった。

「先の飢饉で飢え死にした民百姓の方が、よほど無念というものだ」

そのひと言に、破裂寸前だった怒りが、急速に冷えた。

「あの飢饉で、国中でどれほどの百姓が飢え死んだことか。それを承知であのような死にざまは、ご政道を預かる者として言語道断だ」

何故、この男が――。蝮と呼ばれ、下々を痛めつけるしか能がないような。矢部を陥れ、死に追いやった鬼のような男が——、お卯乃と同じことを言うのだろう？

茫然《ぼうぜん》とこちらをながめる門佑に、鳥居が怪訝な顔をする。

「高安、どうした？」

「あ、いえ……」

鳥居はおそらく、門佑の怒りを煽るつもりだったのだろう。夢から覚めたようにぼんやりしている門佑は、鳥居にとっても思惑違いであったようだ。

「答えはまた日を改めてきく。先程の話、考えてみてくれ」

気を削がれたように、そう言い渡した。

土屋の屋敷の門を出ると、門佑は暗い夜空を仰いだ。

月も星も見えない闇に、正体のつかめぬ不安だけが募る。

一刻も早くお卯乃の顔が見たい。門佑はそれだけを願って、家路を急いだ。


木挽町での興行が、今日で最後というその日、門佑は京橋南に足を向けた。

長十郎はどうしているだろうかと、まず権之助の家を覗いてみると、

「あ、鷹のおいちゃん」

ちょうど玄関から、晋輔と長十郎が出てきた。

「どうだ、長坊、ちゃんと習い事に励んでいるか？」

ぷうっと長十郎の頬がふくらんで、晋輔が苦笑いする。

「今朝も稽古が嫌だと駄々をこねて、飯を抜かれちまったんでさ」

「飯抜きとは辛いな。だからと言って、黙っていなくなったりするなよ」

門佑に言われ、長十郎がもじもじする。晋輔が、笑いながら口を添えた。

「また逃げ出されては一大事ですからね、しばらくあっしがお目付け役を賜りました」

「諺やん、腹がへってもう動けないよ」

これから笛の稽古に出かけるそうだが、長十郎は通りに座り込んで動こうとしない。

「仕方ねえ、これを食っていいですよ」

晋輔は懐から包みを出して、長十郎に握らせた。中身はふたつの饅頭だった。

子供は歓声を上げて、晋輔に言われたとおり、家の脇の繁みに引っ込んだ。

「あっしがここで見張ってますから、そのあいだに食べちまって下せえよ」

一緒に通りに立って見張り役を務めながら、門佑が話しかけた。

「そういえば、この前、権之助が言っていたことが、どうも気になってな」

──木挽町には、長十郎をさらう度胸のある者はいない。

門佑がその意味をたずねると、ああ、と晋輔は合点した顔になった。

「養い親が河原崎座の座元で、実の親がその座頭ですからね。もちろん、半年前まで座頭だったお人ですがね」と、声をひそめる。

あ、と門佑は気がついた。言われてみれば、こぼれ落ちそうな大きな目と大きな口は、あの男にうりふたつだ。

「長十郎は、飾海老の子か」

「はい。この辺りの者なら皆承知してやすが、坊ちゃんの耳に入らぬよう口をつぐんでいるんでさ」

「道理で権之助が、子供の仕込みに熱を入れる筈だ」

「座元はあれで、木場の親方には心底惚れ込んでやすからね」

長十郎は、江戸を払われた五代海老蔵の五男だった。養子にもらい受けた上は、立派な役者に育て上げねばならないと、権之助は固く心に誓っているようだ。

「ああ、ああ、坊ちゃん、これじゃあすぐに、隠れ食いがばれちまいやすぜ」

やがて戻ってきた長十郎の、口のまわりについた餡《あん》を、晋輔が拭ってやる。

「笛のお稽古、嫌だなあ。おいらが吹いても、ちっとも音が出ないんだもの」

やはり行くのを渋る長十郎を、晋輔が抱き上げた。

「そう言わずに。いまは色々な稽古に励んで、いつか坊ちゃんが大きくなったら、あっしと一緒に面白い芝居を作りやしょう」

「諺やんと一緒に？」

「ええ、あっしが書いた狂言を、坊ちゃんが演じるんでさ。どうです、楽しそうでしょう」

「うん！」と、長十郎がようやく笑顔になった。

丁寧に挨拶し、行きかけた晋輔が、また足を止めて門佑をふり向いた。

「旦那、涅槃に雪は降りますよ。この前のお女中様に、そう伝えて下せえ」

「そのような話が、何かに書いてあったのか？」

「いえ、降らねえなら、あっしらが降らせてみせる。そういうことでさ。舞台の上でなら、どんなことでもできるし、どんな夢も叶えられる。それが芝居ってもんでさ」

晋輔の顔は、芝居者の意地と気骨にあふれていた。

「鷹のおいちゃん、猿若町にも遊びにきてね」

長十郎が、晋輔の肩越しに手をふった。

育ての親が与えた厳しい稽古はやがて実を結び、晋輔もまた稀代の狂言作者として名を馳せる。

後の九代市川団十郎と河竹黙阿弥《かわたけもくあみ》は、門佑に見送られながら、ゆっくりと遠ざかっていった。

落梅《おちうめ》

人返し令

年が明けた天保十四年。正月も過ぎ、梅の花がほころびはじめた。

二月初旬のその日、高安門佑は与力番所に詰めながら、机に書物を広げていた。

「国許までの路銀と田地一町歩……家作、家財道具、農具、肥料に、それぞれ金三両……締めて十二両か。他には……」

ぶつぶつと口の中でなぞりながら、右手を走らせる。

「何をなさっておいでですか、鷹門殿」

急に頭の上で声がして、思わず筆をとり落としそうになった。

「小栗殿、脅かさないでいただきたい」

「そんなつもりはありませんが、ずいぶんと熱心でしたので、つい。これは……寛政の頃の、小田切《おだぎり》奉行の帰農策ですね」

門佑が机上に広げたものを覗き込み、栗橋貢輔は即座に言った。

「さすがは小栗殿だ。そういえば、これを書物部屋から見つけてきたのは、小栗殿でしたな。お奉行がたいそう褒めていらした」

「いえ、私は、当時の帰農について調べよと、殿から仰せを受けたまでで」

と謙遜しながらも、栗橋はうれしそうに頰をゆるめた。それでも遠山の懐刀たる内与力は、主を祭り上げることだけは忘れない。

「ご老中の無理難題を退けるために、昔の帰農策を例《たとえ》に使うとは、さすがに殿は目のつけどころが違いまする」

「水野様の思惑通りの触れが出されておれば、先のご改革の折の『旧里帰農奨励令《きゆうりきのう》』の二の舞だったろうからな」と、門佑もうなずいた。

旧里帰農奨励令は、寛政の改革で出された帰農令、つまりは人返《ひとがえ》しの令だった。百姓が、故郷の村を捨てて江戸に住みつく。この流れを止めようと、昔からさまざまな策が講じられてきた。出稼ぎ者を制限したり、江戸での奉公を領主の許可制にしたりと、あらゆる手を尽くしてみたが効き目はない。

そこで寛政の改革では、『旧里帰農奨励令』という極めつきの帰農令が出された。帰郷を望む者には、金三両を支給するというものだったが、応じる者があまりに少なく、見事な失敗に終わった。

「それにしても、名乗り出た者がたったの四人とは」

数々の改革令の中でも、稀に見る失策だと栗橋が呆れる。

「やはり三両では話にならないと、この試し算を見れば明らかですな」

と、門佑は、また机上の書付に目を落とした。

これが記されたのは、寛政の改革が終わりを迎えた数年後のことだ。

当時の北町奉行小田切直年《なおとし》に向けて、何か別の帰農策を考えよとの命が老中から下った。先の帰農令が失敗に終わったのは、単に与える金高が三両では少な過ぎたためだと、小田切はまず断じた。その上で、百姓ひとりを帰農させるには、その何倍もの仕度金が要ると細かに試算してみせた。先程、門佑が呟いていたのは、その内訳だった。

これら仕度金の他にも、作物が収穫できるようになるまでの食糧として、一人一日米一升、さらに鍬下《くわした》年季と呼ばれる、年貢の軽減期間を五年与える必要があるとも書いている。

江戸から帰すべき百姓は何万人にものぼり、すべてを金に換算すれば膨大な掛りとなる。

結果、帰農令は事実上不可能であると、小田切は老中に報告した。

一方、水野忠邦は、帰農令には並々ならぬ関心を持っていた。天保の改革がはじまってわずか三月《みつき》後、早くも帰農令について意見を述べるよう、両町奉行に命じている。

遠山は、二度にわたって答書を上げ、このときに小田切直年の試算を長々と引用した。

当時においてさえ帰農令は現実に即していないと、小田切は説いている。それから五十年近くも過ぎたいまでは、なおさら無理だと遠山は論じたのである。

「さしもの水野様も、抗いようがなかったのでしょうな。人返しを諦めざるを得なかった。いやあ、こればかりは、大いに溜飲が下がりました」

鬼の首をとったように、栗橋が満面の笑みで悦に入る。

水野が事実上、百姓に帰農を強いることを断念し、人別改めに重きを置くに留めると両町奉行に達したのは、天保十三年、去年の六月のことだ。それ以降、有名無実となった法には興味が失せたのか、未だに人返しの令は、下々に触れられてはいなかった。

「ところで鷹門殿、何故、今頃になってこのようなものを？　どうやら覚書を作られているようですが」

栗橋は、門佑の手許を見ている。門佑が覚えに使っている帳面には、小田切奉行の試算の内容が、途中まで書き留められていた。

「ああ、これは……」と言いかけたとき、前の並びで机に向かう与力が、ちらりとふり返った。こちらの挙動を窺うような、疑り深い目つきに思えたが、門佑が口を開くより早く、同輩はまた顔を戻した。

「これは、何です、鷹門殿」

ふと気づくと、栗橋もまた、妙に粘り気のある眼差しを門佑に向けている。

「これは……家に帰って、お卯乃に見せようと」

正直に応えると、栗橋はよく動く丸い目を、意外そうに広げた。

「お卯乃に、ですか？」

「はい。人返しの噂をきいたらしく、あれも百姓の出ですから、妙な心配をしていたもので……」

栗橋は、丸い目をぱちぱちと瞬かせながら、さようですか、と応じた。

まだ腑《ふ》に落ちぬところはあるが、ひとまずはいいか。そう言いたげな顔だった。

「鷹門殿、ひとつだけ……」

腰を上げた栗橋が、門佑の耳の傍でささやいた。

「李《すもも》の木の下で、冠を正すような真似は、なさらない方がよろしいですよ」

「……いったい、何の話ですか、小栗殿」

思わずふり向くと、間近にある栗橋の顔からは、いつもたたえている愛嬌のある笑みが失せていた。

「鷹門殿の屋敷の庭には、このところ小蛇が出るようですね」

急所を突かれたように、門佑は内心でぎくりとなった。気持ちが顔に出ないことを、このときほど有難く思ったことはない。門佑の胸中を計るかのように、こちらに向けられた栗橋の目は、探っているようにも怒っているようにも見える。

「噛みつかれぬよう、お気をつけなさい」とだけ言って、栗橋は与力番所を出て行った。

内与力が何を言いたかったのか、門佑にもわかっていた。

栗橋の言うところの「小蛇」は、その数日後も高安家に現れた。


「ほう、蝮の使いだから、小蛇というわけか」

話をきいて、相手は片頬だけでにやりと笑った。

「李下に冠を正さず——疑いを招くような真似はするなと、私への忠告のつもりだったのでしょう」

「そのような気の利いた台詞を吐く者が、北町におったとはな……誰だ？」

「そこまで話す謂《いわ》れはございません。私は南町の隠密ではありませんから」

門佑が素っ気なく告げると、また片頬だけを引き上げて口許をゆがめる。

相手を小馬鹿にしているようにしか見えないが、それがこの南町奉行の笑みなのだと、最近ようやくわかってきた。

門佑が鳥居とさし向かいで話すのは、これで四度目になる。

晩方おそい刻限に、鳥居の配下たる内与力の土屋が、何の前ぶれもなく現れて門佑を迎えに来る。土屋の私邸で鳥居と会うのは、最初のときから変わらなかった。

最初は去年の十一月初旬、それからほぼ月に一度の割合で、南の内与力は門佑の屋敷を訪れた。

八丁堀には、町方役人の組屋敷が立ち並ぶ。当然、高安家の周囲も、南北奉行所に勤める町役人ばかりだ。南の内与力の顔も知っていようし、もし見かけた者がいれば、何故、北の吟味方与力の家に、人目を忍ぶようにして夜半にやってくるのかと妙に思うだろう。

それが栗橋の耳に届いたとしたら、相応に良くない噂が広まっているということだ。

「いくらおまえが身の潔白を唱えても、他の者からすれば、李の実をもいでいるように見えよう。それを承知で、何故今日ここに来た」

「……お招きを断ったとしても、さも会っていたかのように広めることは容易い。存外、此度の噂の出処も、その辺りかもしれませんし」

「そこまで暇ではないわ」と、門佑の皮肉に応酬する。

鳥居の機嫌は悪くない。四度目ともなれば、門佑にもそのくらいは読めるようになった。

蝮だの妖怪だの、世間から恐れられ忌み嫌われているこの男は、門佑とこうして話をすることを楽しんでいる。

そしてそれは、己も同様だと、門佑は気づいていた。

鳥居の明敏すぎる頭脳は、切れ味が勝るあまりに、よけいな傷を増やす刀のようなものだ。門佑がそれをまのあたりにしたのは、今回の改革が初めてではない。

改革がはじまるちょうど二年前、世に悪名高い『蛮社《ばんしゃ》の獄《ごく》』のときだった。

蛮は南蛮から渡来した学問、社はその集まりのことだ。つまりは蘭学《らんがく》を志す者の集まりを、広く蛮社と称するが、保守派の者たちにとって蘭学は、まさに蛮族の学問であり、蔑みの意を込めてそのように呼んでいた。

その保守派の急先鋒こそが、儒学の総元締めたる林家で、鳥居の生家にあたる。だからこそ鳥居は、この獄に深く関わった。

国を憂い、蘭学に活路を見出そうとしたのが、開明派と呼ばれる人々だ。これを根絶やしにせんと、鳥居は策を弄した。

吟味は北町で行われたから、門佑も仔細はよく承知している。

矢部定謙を陥れたときと同様、この蛮社の獄も、まったくのでっちあげだった。

標的となったのは、幕臣や地方藩士で構成された開明派の集まりである「尚歯会《しょうしかい》」だ。

さる僧侶親子が企てた無人島への渡航を、尚歯会が画策したように捏造するという、卑劣極まりないやり方だった。しかし強引ななすりつけは、北町で吟味がはじまると、たちまち鍍金《めっき》が剝がれた。

それでも三河国田原《たはら》藩家老の渡辺崋山《わたなべかざん》、町医者の高野長英《たかのちょうえい》ら、数名の者たちが蟄居や永牢を申し渡された。これは儒学者をはじめとする幕閣の保守派の者たちの、強い意向が働いたからだ。そうでなければ、いかに鳥居が裏で動いたにせよ、あのような無理が通る筈はない。

当時、鳥居のあまりにも汚いやり口には、北町の役人の誰もが呆れ果てた。なりふり構わぬ謀略の数々は、傍目《はため》には滑稽なほど子供じみて見える。しかし己の意志を押し通そうとする我の強さは、なまじ迷いがない分、恐ろしく残酷だった。

決して関わりたくない相手だと、あの頃の門佑は、胸に刻みつけたものだ。

その鳥居と、こうしてさし向かいで語らっているのだから、酔狂にも程があると、内心自嘲めいた笑いが漏れる。

「先日、江戸からの人返しについて調べてみました」

門佑は、遠山が水野に出した答書を、話題に出した。

「あれについては、鳥居様も同じ考えとお見受けしましたが」

何かと反目し合う両町奉行だが、こと人返し令に限っては、鳥居が遠山の意見に反論したようすはない。珍しいこともあるものだと、たずねてみる気になった。

「同じというわけではないが、さし当たって良い手立てがない上は、仕方あるまい」

実父同様、自身も聡明な学者だけあって、鳥居は世の中のさまざまな事象に明るく、どんなことにも一家言持っている。矢部や遠山のような甘さがない分、より正鵠《せいこく》を得た答えも多い。

だが、門佑がここにこうしている理由は、それだけではなかった。


「やはり南町に移るつもりはないか」

前回、三度目に来たときと同じことを、鳥居は口にした。

「ございません」と、門佑も短く返す。

門佑の気が変わらぬことは、とうに相手も知っている。ただ、ここへ呼びつけるための名目に過ぎない。

南町に来いという鳥居の誘いは、二度目に会ったときに断った。三度目の呼びつけに応じなければ、周囲によけいな疑いを抱かれずに済んだ筈だ。

何故そうしないのだろうと、門佑は己自身の理不尽さに半ば呆れていた。

「北町で噂になっているなら、早晩、遠山にも届く……いや、もう届いているやもしれん。

目をかけていたおまえの裏切りを知れば、さぞかし腸《はらわた》が煮え返るであろうな」

「私は遠山様を、裏切ってなぞおりません」

「真偽はともかく、遠山には痛手になろう。奴の鼻を明かせるだけで十分釣りがくる」

好悪で言えば、決して好きになれる男ではない。遠山のような情や懐の深さもなく、何より、いつ寝首を掻かれるかわからない危うさがある。どうあっても信に足る人物ではないと、門佑は肝に銘じていた。

一方で、遠山や矢部には覚えることのなかった心安さを、鳥居にだけは感じることがある。しきりに首をかしげながらも門佑は、その正体に薄々気づきはじめていた。

「高安、何故わしがおまえに白羽の矢を立てたか、わかるか」

「いいえ」

「何よりのわけは、おまえが袖の下を受けとらぬからだ」

「なるほど……水野様は賂《まいない》を厭われるお方ですから、その御趣旨に沿った清廉な者が求められるというわけですか」

この改革に先立って、水野忠邦は老中を含めた大規模な役目替えを行った。前将軍家斉の頃にはびこった、賂政治を一掃せんとの目論見《もくろみ》だろう。

門佑がそう口にすると、鳥居は頬に意地の悪い笑みを刻んだ。

「勘違いするな、高安。おまえが賂を受けぬのは、清廉潔白だからではない。おまえはただ、人と関わるのが面倒なだけだ」

いきなり胸座《むなぐら》に、刃物を突きつけられたようで、門佑の喉がごくりと鳴った。

「賂も袖の下も、もとを辿れば人と人との繋がりだ」と鳥居は説いた。

日々の挨拶や盆暮れの付届け、それが高じて金品のやりとりが行われ、賂と称される。賂は、己の利を求め、私腹を肥やすためのものだが、そこには損得勘定だけでなく、互いの信頼や情が絡んでくる。

「賂がいっこうなくならず、世にはびこるのもそれ故だ」

たしかにと、門佑が黙ってうなずく。

「袖の下を受ける役人は、わずかな銭と引き替えに厄介の種をも抱え込む。おまえはそれを厭うて銭を拒むのだ。金という目に見える情に、縛られるのをよしとしない。つまりは、誰よりも薄情な男だと、そういうことだ」

何かあったときにはどうぞよろしく、どうぞお目こぼしをと、向こうはそのつもりで金を渡す。いざ有事の折には、金品に応じてよけいな匙加減を施さねばならない。その煩雑さを嫌って、門佑は袖の下を受けとらない。

鳥居にそう指摘され、そうかもしれないとうなずく己がいる。

門佑は、山葵商いをはじめた駿府の商人、青田屋伍兵衛を思い出した。

儲けに走り不正を働いた青田屋は、相応の裁きを受けた。もし青田屋のさし出すままに金品を得ていれば、門佑は青田屋の咎を軽減すべく立ちまわる羽目になったかもしれない。青田屋を捕縛したのは南町だから、無駄なあがきだったかもしれないが、結局、一切動かなかった門佑は、青田屋を見殺しにしたと同じことだ。

「巷《ちまた》では、世情に通じ、下々に情け深いなぞと噂され、遠山もおまえのそういうところを買っているのだろうが、その実おまえは、薄情けにかけてはわしと何ら差はない」

人は、虚と実で成る。遠山が評価したのが虚にあたる表の顔なら、鳥居が見ているのは門佑の裏の顔だ。事実、人づきあいが苦手で、決して己から踏み出そうとしない。他人が煩わしいのは、それだけ人に臆病だということだ。理解できない他人の感情にふりまわされて、傷つくことを何よりも恐れる。だからこそ正面から対峙しようとせず、常に斜に構えて、一歩下がったところにいようとする。

薄情と言われればそのとおりで、そんな負の部分が、たしかに門佑の中にある。皮肉なことに、その一点において鳥居と門佑は似ているのだろう。

人は己の欠点を相手に見ると、これを忌み嫌い避けようとする。しかし日頃見過ごしている弱みが重なると、どこかで気持ちが楽になる。

鳥居に感じる心安さは、それ故だ。

遠山や矢部とは決して相容れない、門佑の負い目が、鳥居の前では安堵しているのだった。

ふた刻《とき》ばかりが楽に過ぎ、門佑が腰を上げたのは、真夜中を過ぎた刻限だった。挨拶を済ませた門佑に、鳥居が言った。

「高安、遠山はもう、長くはないぞ」

「……遠山様に、何かなさるおつもりですか」

思わずきつい視線を向けると、鳥居はまた嫌な笑いを浮かべた。

「わしではない、水野様だ。改革をいっそう進めるために、邪魔なものをどけようというのだろう」

遠山は将軍家慶の覚えがめでたい。だからこそ水野も、遠山の反骨を小面憎《こづらにく》いと思いながらも、排除することをしなかった。だが、幕閣の人事の一切を預かる老中首座が、本腰を入れてかかるなら、将軍の威光さえもはね除けられる。

「だから高安、そのときはわしのもとへ来い」

いいえ、とやはり門佑は、首を横にふった。

「奉行がいくらすげ替わろうと、与力の役目に変わりはありません」

門佑の持論であり、矜持でもあったが、きいた鳥居の目が勝ち誇ったように輝いた。

「かわいがっていた配下に、そのように言われては甲斐がない。遠山も気の毒にな」

内与力の屋敷を出ると、雪が降り出していた。

「おれはやはり、人より情けに欠けるのか」

ため息とともに吐き出して、門佑は笠をかぶった。


そうひどい降りではなく、雪は夜中のうちにやんだようだ。翌朝、外を見てみると、庭木にうっすらと積もっている程度だった。

その日、非番であった門佑は、お卯乃を連れて梅見に出かけた。

「亀戸《かめいど》の梅屋敷は、まだ蕾が多いようだが、百花園は七分咲きになっているそうだ」

梅の名所はいくつもあるが、花の開く時期は場所によって異なる。門佑が選んだのは、早い時期から花が開くという、隅田堤に近い向島《むこうじま》の百花園だった。

「そういえば、今朝も姉上はおられなかったな。いったい、どこへ行ったんだ？」

屋敷の門を出ると、門佑が思いついたようにたずねた。

昨晩、遅く帰ったこともあり、門佑はめずらしく朝寝をし、起きたときには、すでに園江の姿はなかった。

「小日向《こひなた》にいらっしゃる、大叔父様のところだそうです。たいそうおめかしをなすって、駕籠でお出かけになられました」

「何故、今頃、大叔父上の家になぞ……」

大叔父は祖父の弟にあたるが、小日向に組屋敷がある書院番与力の家に養子に行った。役目はすでに息子にゆずり、隠居暮らしをしているが、そう頻繁に行き来するような間柄ではない。めかしこんでいったというのも妙な話で、門佑はしきりに首をひねった。

「姉上はこのところ外出《そとで》が増えたようだが……」

園江は下野にいる叔母と共に、しばらく湯治場に滞在し、十二月半ばまでひと月半も戻らなかった。姉が屋敷をあけるようになったのは、それからのことだ。まあ、こちらとしても有難いから、文句をつける謂れもない。門佑はすぐに、気がかりを払った。

多少、雲は多いが風はなく、この時期にしてはあたたかな日和だった。

八丁堀から舟を使わず、門佑は両国広小路から続く、柳原《やなぎわら》土手まで歩くことにした。柳原堤の新柳もまた、この時期の景物となっていたからだ。

しかし両国広小路へ出たところで、お卯乃がびくりと足を止めた。

「どうした、お卯乃」

門佑がふり返ると、小さな白い顔が、怯えたように通りを見詰めていた。

「ここに来たのはしばらくぶりで……こんなに寂れていたなんて……」

「ああ……床見世《とこみせ》がすっかり、とり払われてしまったからな。表通りの店持《たなも》ちたちも、商売が傾いて、店を手放した者が多い」

改革がはじまって、一年半余りが過ぎた。鳥居の着任以来、その勢いは増す一方で、江戸中に閑古鳥が鳴いていた。かつては江戸随一の繁華を誇った両国広小路は、もっとも落差が大きいのだろう。床見世と呼ばれる屋台や葭簀張りの仮店が、以前はぎっしりと立ち並んでいたが、その全てがとり払われて、まるで新しく普請したばかりの道のように、だだ広い姿を寒そうに晒している。

門佑は町廻りのたびに通るから、徐々にすたれていくさまを具《つぶさ》に見てきたが、久方ぶりに訪れたお卯乃には、剝き出しの広い地面が、ことさら寂しく映ったようだ。

「涅槃に雪が降ったら、こんな景色になるのかもしれない」

ぽつんと、お卯乃が呟いた。

うっすらと雪に覆われた、しんとした風景は、たしかにどこか浮世離れしている。

「こんなところにいるのなら、あの子が可哀相だ……」

死んだ弟のことを思い出したのだろう。お卯乃の声が泣き出しそうに震えた。

いい加減で騒々しく、不道徳で猥雑なもの。水野や鳥居が毛嫌いする一切をとり払った町は、死人の世に等しいものだった。正しく清浄なだけの世界は、人の小さな頭が作り上げた、理想に過ぎない。生きるということそのものが、俗で雑多な営みなのだ。

自ずとそこには、法では縛りきれない、よけいなもの、困りものがあふれ出て、迷惑をかけたり諍《いさか》いの種にもなる。揉め事が起きるたび、門佑ら町方役人が出張ることになり、まるでいたちごっこのようなものだが、その果てしない積み重ねこそが、人の一生の自然な在り方なのかもしれない。

「これで人返しのお触れが出たら、江戸はどうなってしまうんでしょう」

先を憂うように、心細げなため息をつく。お卯乃もだいぶ言葉遣いが改まり、こうして屋敷の外にいても、はすっぱな物言いはしなくなった。そういえば、と門佑も思い出す。

「いや、触れは名ばかりに過ぎず、実は伴わない。おまえにも、その話をしようと思っていた」

人返しの令が出るかもしれぬと、お卯乃は一平からきいたようだ。触れはそのうち出されるだろうが、帰農を強いるものではないと、門佑はお卯乃にわかりやすく説いた。

「……と、ひとりひとりにこれだけの金なぞ、とても仕度できぬ。だからおまえが案じているように、無理に田舎に戻されることもないんだ」

遠山が引用した、小田切奉行の試算をならべたが、水野が強引な手段をとらなかったのには、金の問題の他にもうひとつ理由があった。

「おまえはいわば、高安家に奉公する身だ。女中ばかりでなく、陸尺《ろくしゃく》も中間《ちゅうげん》も下男も、やはり大方が田舎出の者たちだ。これら奉公人をすべて帰してしまっては、江戸中の武家が立ち行かなくなる」

わかるだろう、と言うと、お卯乃はこっくりとうなずいた。

困るのは、武家ばかりではない。駕籠かきに町飛脚、普請のための人足、車力《しゃりき》、水汲み、木挽きと、主に力仕事に従事している者たちもまた、ほとんどが他国からの出稼ぎ者だ。江戸の末端を支えているのはこのような者たちで、武家や町方を問わず、この働きなしには何事も成り立たない。

田畑が荒廃するから、百姓は田舎に戻さなければならず、一方で江戸の人手は常に不足している。帰農令には、必ずつきまとう矛盾だった。

現に寛政に出された令にも、辻褄《つじつま》の合わない一文が付されている。帰農は奨励するが、武家も町方も奉公人が足りないから、そちらにも人をまわすようにと、まるで逆のことが記されていた。

触れを出す側がその始末では、帰農令が芯をなくすのも仕方のないことだった。

「だからな、お卯乃、おまえが高安家にいる限り、案じることは何もないんだ」

「はい、ありがとうございます」

ようやく納得がいったようで、お卯乃がほうっと胸を撫で下ろした。あからさまなその安堵に、門佑は思わずたずねていた。

「弟のこともあるのだろうが、郷里《さと》に帰るのがそんなに嫌か？」

悲しい思い出と隣合わせではあっても、故郷を語るときは懐かしそうな顔になる。親兄弟もいることだし、里心がないわけではなかろうと、いささか不思議に思えた。

「皆に会いたいとは思うけど、身売りした娘が戻っても、かえって肩身が狭いだろうし」

迂闊《うかつ》なことだが、もと女郎だという身の上を、門佑はすっかり失念していた。

片田舎の小さな村では、帰ったところで嫁の貰い手もなく、出戻り女以上に、人目をはばかりながら厄介者として暮らすより他にない。

「すまん、よけいなことを言った……」

いかにも申し訳なさそうに詫びると、お卯乃はころりと素に戻り、あわてて言った。

「そんな、門さんがあやまることじゃ……身売りするのは、あたしが言い出したことだし」

「そうなのか？」と、門佑が意外そうにたずねる。

飯を断った弟を助けたい一心で、自ら村の顔役に伝手《つて》を頼みにいったとお卯乃は語った。

「けれどあの頃は、どこの村でも身売りする娘が後を絶たなくて、女衒《ぜげん》も忙しかったんでしょう。ずいぶんと待たされて、そのあいだに常松は逝っちまいました」

お卯乃は、すんと鼻をすすった。女郎の仲買人たる女衒が訪れたのは、弟が死んだ二日後のことだった。そのまま女衒に連れられて江戸へ来たのは、家族の食いぶちのためもあるが、やはり弟を死なせた場所に留まっていたくはなかったからのようだ。

けれどお卯乃は、湿っぽくなった場を転じるように、朗《ほが》らかに言った。

「それに、田舎にいても米は口にできないし、やっぱり白いご飯が三度三度食べられるのは、何より有難いもの」

お卯乃の郷里の越中は、米所のひとつだ。そんな土地でさえ、米は百姓の口に入らない。年貢は四公六民で、収穫の六割は百姓にわたる筈だ。なのに何故、粟や稗《ひえ》、蕎麦や芋、ときには海藻などで、食い繋がなければならないのか。江戸に生まれ育った門佑は、かねがね不思議に思っていた。

それが領主による無理な搾取によるものだと、理由を説いてくれたのは鳥居だった。

一年先、二年先の年貢を納めさせる「先納」はもちろん、御用金を課すのも珍しくはない。ひどい大名になると、藩の借金を、村に肩代わりさせることさえあるという。

大名は皆、参勤交代で江戸に赴く。そこで身についた贅沢が、国許の百姓の暮らしを圧迫していると、鳥居は語った。たしかに武家は、見栄と体裁を何より重んじる。参勤交代の行列も、公儀のとり決めより何倍もの人手と金をかけるのが当り前となっていた。

一方で、その大名たちに無理難題を押しつけて、金を搾り取っているのが、他ならぬ幕府だった。城や橋、堤の普請から、諸外国に対する海防まで、課役という形で大枚の負担を強いられる。

将軍家への忠誠心に凝り固まった鳥居は、この点だけはあからさまな糾弾を避けながらも、金の巡るからくりだけは、わかるように話してくれた。

昨夜の鳥居との話を思い返していると、それを裏付けるようにお卯乃が続けた。贅に目が眩《くら》むのは、大名も百姓も同じだった。

「江戸にいれば、美味しいものや珍しいものがたんとある。一度知ってしまえば誰だって、田舎に帰りたいなんて思いません」

領主が奢侈をやめ、江戸の奢侈な風俗を取締るならば、百姓が江戸に流れることもなくなると、遠山も答書に書いている。江戸の奢侈こそが、人々を引きつけてやまず、江戸が寂れて暮らしが行き詰れば、百姓も郷里へ帰り、江戸の人口は自ずと減るだろうと述べていた。この一点については、鳥居もまた同じ考えだった。

遠山とて、為政者のひとりだ。いかに下々に人気があろうと、公儀の臣だということに変わりはない。遠山が江戸の衰退を懸念するのは、あくまで一揆を恐れてのことだ。鳥居のような強引なやり方は、かえって反発を招き、怨みを買う。逆に鳥居から見れば、遠山が主張するゆるやかな改革は、所詮は日和見に過ぎぬ、ずるい方法だった。

政も戦《いくさ》と同じだ。世間が声高に判じるように、どちらが善でどちらが悪だと決めつけられるものではない。誰もが己の都合の良い側を擁護する。立ち位置や向きがわずかにずれているだけで、見える景色はまったく違う。おそらくそれと同じだろう。

「それでも、うちのお奉行は、いまの両国広小路を、やはり寂しいと感じるのだろうな」

満月のような丸い輪郭が、しゅんとしょげている顔が浮かび、門佑の口許に笑みがわいた。些細なその違いこそが、ふたりの奉行を大きく隔てているものかもしれない。

門佑はお卯乃を促して、広すぎる通りを歩き出した。


向島の百花園には、三百六十本もの梅の木がある。秋の萩とともに、早春は梅の名所となっていた。

「やはり少し早かったようだな。この枝垂《しだ》れ梅なぞ、花が開いたら見事だろうに」

桃色の固い蕾に覆われた枝をながめ、門佑は残念そうな顔をしたが、

「あたしは白の八重がいっとう好きですけど、このくらいの咲き加減のひと重もいいですね」と、お卯乃は枝に手を伸ばす。

たしかに八重や枝垂れにはまだ早いが、淡い開き加減のひと重の花々には、かえって風情が感じられた。

「それに八重の梅なら、お屋敷の庭にもありますし」

「うちの庭には、梅の木なぞなかった筈だが」と、門佑が首をかしげる。

「お隣の梅の木の枝が、裏庭にまで伸びて来ちまったんです。白い八重の梅で、去年もきれいに咲いてました」

「ほう、それは知らなかった」

隣家の妻女が気をつかい、邪魔ならば枝を切り払うと申し出たそうだが、ひと枝でも花見ができるのは有難いと園江は応え、そのままにしているという。

「姉上にしては、風流な」

「園江様は枝垂れ梅がお好きなようで、指物師《さしものし》の親方にも同じ絵柄を頼んでいました」

「指物師に、何を頼んだんだ？」

「……詳しくは知りませんけど、櫛箱《くしばこ》とか鏡箱とか……あの、きいてませんか？」

門佑には初耳だった。指物師は正月半ばから半月ほどのあいだ、何度か高安家に顔を見せ、園江から注文を受けたり、仕上がった品を届けに来たりしていたようだ。

「まあ、姉上の気晴らしになるなら、それはそれで構わないが」

門佑に断りがないのも、指物の代金が、園江の懐から出るからだろう。石見家との離縁が正式に決まると、詫び料のつもりか、あるいは口止め料かもしれないが、少々過ぎるほどの手切金が届けられた。門佑はその一切を園江に渡してあった。

「その指物師の親方が話し好きで、お茶を運ぶたびに面白い話をしてくれたんです。何度も顔を合わせるうちに、すっかり馬が合っちまって」

「ほう、そうか」

「でもまさか、嫁に来いと言われるなんて、思ってもみなかったけど」

「何だと！　お卯乃、まことか！」

あまりの大声に、近くにいた梅見客がふり返り、お卯乃も目を丸くする。だが、門佑はまわりを構うゆとりもなく、お卯乃の両肩をつかんで、揺さぶらんばかりの勢いでたずねた。

「その指物師の、嫁になるつもりなのか？　いったい、どこのどいつだ！　その指物師の名は！」

「……京橋弓町の、和兵衛《わへえ》親方です」

「和兵衛だと？　あの親父は、すでに六十近い年寄りではないか！」

「嫌だ、門さん」ぷっとお卯乃が吹き出して、堪えきれぬように笑い出した。「親方じゃなく、若いお弟子さんの嫁にどうかって、言って下さったんですよ」

「弟子だと？　いったい、どんな男だ」

さらに眉間の皺を深くした門佑に、会ったことがないと、お卯乃が笑いながら告げる。

どうやら和兵衛親方は、お卯乃の明るい気性を気に入ったようだ。目をかけているいちばん弟子を、養子に迎えるつもりだが、その嫁に来てくれまいかと言い出したという。

「これも、園江様からきいてませんか？」

「いや、何も」と、門佑がぶっすりしたまま応じる。

お卯乃にではなく、まずは園江に話を通したというから、親方は本気だったのだろう。

「姉上といい、おまえといい、おれにひと言くらい告げてもよさそうなものを」

「……すみません。たぶん、園江様からきかされて、あたしがその場でお断りしたから……だから園江様も、なかったことにしたのかもしれません」

「そうか、お卯乃は断ったのか」

門佑があからさまに、安堵のため息をつく。珍しく、くるくると変わる門佑の表情を、お卯乃はじっとながめていたが、ふいに言った。

「あたし……このままお屋敷に、ずっと居てもいいですか？」

「当り前だ。さっきもそのように言ったろう」

「良かった！」

まるで梅の花がほころぶような、笑顔だった。

門佑の心《しん》の臓《ぞう》が、妙に歪《いびつ》な音を立てた。これまで大事なことをおろそかにしていた、己の迂闊さに気づいたからだ。

「……その、お卯乃……お卯乃は、嫁に行きたいか？」

あまりにも間の抜けた問いだと、我ながら嫌気がさしたが、お卯乃はゆっくりと首を横にふった。

「あたしはこのまま、高安のお屋敷にずっといたいです」

そうか、とうなずいて、だが、後の言葉がなかなか続かない。

門佑が窮しているそのわけを察したように、お卯乃はうっすらと笑った。

「門さん、摽梅《ひょうばい》って知ってますか？」

「……たしか、詩経《しきょう》にあった。梅の実が熟して、落ちるということだろう」

「園江様が、もうひとつのたとえを教えて下さいました。和兵衛の親方からの申し出を、あたしがお断りしたときに」

門佑も、その意味を知っていた。摽梅は、女の嫁入り時や、あるいはその婚期が過ぎることを意味する。高安家に留まることは、お卯乃の幸せには繋がらないと、園江はそう言いたかったのだろう。

「……おれもお卯乃が、ずっと屋敷に居てくれればと、そう思う。だが、このままというわけにはいかないと、それはおれも承知して……」

「いいんです、このままで」

「お卯乃……」

「このままで、いいんです」と、お卯乃はくり返した。

笑っているその顔が、いまにも泣き出しそうに思えて、門佑は何も言えなくなった。

「お隣の梅が咲いたら、真っ先に教えますから。今度はお屋敷の皆で梅見ができますね」

何事もなかったように、明るい声だった。


翌日、奉行所に出仕して、門前で若い与力と行き合った。向こうは宿直《とのい》だったらしく、眠そうな顔で出てきたが、門佑と目が合うと、たちまち表情を険しくした。不審に思いながらも、常のとおり朝の挨拶を交わそうとしたが、相手は黙って頭を下げて足早にその場を去った。

奉行所の内に入っても同じで、同輩の与力から配下の同心まで、門佑を遠巻きにして、ちらちらとこちらを窺っている。その目に浮いているのは、明らかな非難だ。

非番だった昨日のうちに、何事か起こったらしい。

与力番所に入るのをためらっていると、後ろから声をかけられた。

「高安、少し良いか」

年番方与力の東丈七太夫だった。すでに老いにさしかかっているこの与力は、いつも穏やかな風情をたたえている。だが、その東丈にも、やはり張り詰めた気配があった。

「高安、おまえにききたいことがある。おまえのことで、昨日から妙な噂が囁かれていてな」

曲がり廊下のとっつきへ連れてくると、東丈はそう切り出した。

「おまえが南のお奉行のために隠密を働いて、北町で内々にしている事柄を、すべて流していると……」

「いったい、誰がそのような！」

門佑がさすがにきき咎める。これまでにも疑いを持たれていると知ってはいたが、それも綿埃に似た、吹けばとぶような他愛ない噂に過ぎなかった筈だ。

「誰かは言えぬが……おまえが鳥居様の内与力と、夜半にこっそり会っていたのを確かに見たと……」

門佑が、はっとなった。おそらく一昨日、八丁堀の内で、迎えにきた土屋と出かけるところを、誰かに見られていたのだろう。人一倍慎重な東丈が、はっきりと口にしたということは、すでに噂は噂ではなく、事実として声高に吹聴されているということだ。

事の重大さに改めて気づき、門佑の喉仏が上下した。

「東丈様、私は決して、やましいことはしておりません」

相手の目をしかととらえて、門佑は毅然と言った。

「本当だな？」

「はい。遠山様や北町を裏切るような真似は、誓って」

信じてほしいとの気持ちをこめて、年番方与力に目を据えた。東丈は窺うように、しばらく黙って門佑を見詰めていたが、わかった、とうなずいた。

人望の厚いこの与力の納得が得られれば、何よりも心強い。ほっと安堵したのも束の間、耳障りながなり声が、門佑の名を呼んだ。

「高安、そんなところにいたのか！　ちょっと来い、確かめたいことがある」

同じく年番方与力の、北村弦左衛門だった。東丈とは逆に激しやすく、何より門佑の直属の上役はこの男だ。

一難去ってまた一難か、と顔をしかめると、東丈が素早くささやいた。

「北村殿には、わしから話しておく。お奉行がお呼びだ、早く行け」

東丈七太夫に頭を下げて、門佑は北村の目から逃れるように廊下を折れた。

「昨日はゆっくりと休めたか」

北村ほどではないにせよ、表情が豊かなのは遠山も同じだ。すでに耳には入っていようし、さぞかし立腹しているだろうと重い足取りで赴いたが、案に相違して遠山は、常と変わらぬようすで門佑を迎えた。

「おかげさまで。向島の百花園に梅見に出かけ、のんびりと過ごせました」

「ほう、梅見か。それはいい」

お卯乃を連れていったと正直に明かすと、遠山はいっそう相好を崩した。

百花園のようすをひとしきり語らせて、後はいつものように世情のあれこれをたずねた。

「両国広小路の寂れように、まるで涅槃のようだと、お卯乃がそう申しておりました」

「さようか」

そのときばかりは、声を落とした。昨日、門佑が頭に描いたと、まったく同じしょんぼりとした表情だ。やはりな、と小さくうなずいたとき、ふいに鳥居の声が耳にこだました。

――遠山はもう、長くはないぞ。

胸にわき上がる黒いものを無理にのみ込むように、思わず口に手を当てていた。

「どうした、鷹門」

「いえ、あの……」

本当のことなど、言える筈もない。代わりの言葉を探しあぐね、

「私のことで、お耳汚しの話が届いていると存じますが」

ついそう切り出していた。自ら墓穴を掘ってしまった格好だが、このまま黙っているわけにもいかない。どんな応えが返るかと、身を固くして待っていると、

「ああ、あれか」と遠山は、鶯《うぐいす》の描かれた扇子をひらひらさせた。「気をつけよと、小栗から忠言させた筈だが……せっかくのわしの親切を無駄にしおって」

「忠言、と仰いますと？」

「桃の木の下で冠を正すなと、小栗からそうきかなかったか」

あ、と門佑が、小さく叫んだ。栗橋貢輔をはじめとし、遠山の側近には耳聡い者が多い。鳥居が門佑に近づいていることも、誰よりも早くつかんでいたのだろう。

「お奉行、桃ではなく李ですが」

「わしは李より、桃の方が好きだからな、桃でいいんだ」

はたはたと遠山が扇子を使うたびに、春らしい甘い香《こう》のにおいが立ち込める。

その音が、ぴたりと止まり、遠山はぱちんと扇子を閉じた。

「鳥居に何を言われた、高安」

遠山にそう呼ばれたのは、これが初めてのことだ。ぴりっと門佑の背筋に、何かが走った。目をかけていた配下が、こそこそと疑わしい動きをしている。知ったときにはさぞかし憤り、また気落ちしたことだろう。いままで知らぬふりをしてくれた寛大さには、心底、頭が下がる。その遠山の気持ちを察して、門佑は素直に明かした。

「南町へ来ぬかと、誘いを受けましたが、お断り致しました」

「そうか……あの男も、おまえを買っていたか」

遠山は、太いため息を漏らした。

「わしが何故、おまえと東丈を手許に置こうとしたかわかるか？　敵にまわせば、もっとも厄介な相手だからだ」

東丈は親子そろって、北町の人望を集めている。その助力が得られなければ、たしかに面倒が増えるだろう。だが、一方の門佑は、前の奉行にも疎んじられ、もともと所内でも鼻つまみ者の位置にいた。腑に落ちぬようすの門佑に、遠山は言った。

「おまえは群れることをしない。群れずに生きていける者は強い。そしてもっとも危うい」

「危うい……？」

「そうだ。他人《ひと》に囚われず、己の一存で動こうとする者は、うまく使えば何より頼りになる。だが、いざ思うように抑えがきかなくなれば、これを止める手立てがない……ちょうど、いまのおまえのようにな」

目の前に対峙する遠山が、これまでになく大きく見えて、門佑のからだがこわばった。

これ以上、鳥居に会うなとは、遠山は言わなかった。言ったところで無駄だと、知っていたのだろう。そして門佑もまた、金輪際近寄らぬとは、約束ができなかった。

「高安、鳥居には引きずられるなよ」

遠山は、最後にそれだけを告げて、門佑を下がらせた。


東丈があいだに立ってくれたためか、北町の誰も、露骨に責めるような真似はしなかったが、ただでさえ所内で浮いていた身だ。もとから決して近くなかった同輩たちとの距離が、さらに開いてしまったように、門佑はすっかり孤立していた。

全ては、身から出た錆だ。役目に障らなければそれで良いと、割り切ってはいたものの、やはり居心地は悪かった。

中でももっとも応えたのは、栗橋貢輔の態度が様変わりしたことだ。

鬱陶しいほど懐かれていたのが、ぴったりとやんだ。遠山に釘をさされているのだろう、門佑をなじることもなかったが、挨拶だけは交わすものの決して目を合わせようとしない。

役所の内での数少ない話し相手だっただけに、いざ失くしてみると、己でも驚くほどに寂しく思えた。

そんな日々が二十日ばかりも過ぎて、二月も下旬にさしかかったその日、八丁堀の屋敷に戻ると、いつもとようすが違っていた。

「お卯乃はどうした。具合でも悪いのか?」

この頃は屋敷に戻った折に、欠かさず出迎えてくれている、お卯乃の姿がない。代わりに出てきた婆やは、門佑の問いに辛そうに顔を伏せた。婆やに重ねてたずねると、

「門佑、こちらへ。話があります」

玄関に出てきたのは、園江だった。居間に門佑を招じ入れると、ぴたりと襖を閉める。

有事の折には、園江はことさら落ち着いたようすを見せる。母が逝ったときも、父の葬儀のときもそうだった。嫌な予感に襲われて、門佑は先走るようにたずねていた。

「姉上、お卯乃に、何かあったのですか?」

園江はちらりと弟を見て、また畳に視線を落とした。

「お卯乃は、出ていきました」

「……どういう、ことですか」

「奉公をやめたいと、お卯乃から暇乞いされて、私が許しを与えました」

今朝のうちに出て行ったときいて、一瞬、頭が真っ白になった。姉の言った意味が正確に

つかめず、言葉の欠片《かけら》だけが頭の中でひらひらと舞う。

「どこへ……お卯乃はどこへ行ったのですか！」

「わかりません」

「姉上！　まさか着のみ着のまま、追い出したのですか」

「人聞きの悪い。私とて、鬼ではありません」

次の奉公先が決まるまではと引き止めたが、お卯乃は逃げるように、わずかな荷物をまとめて出ていったという。

それ以上じっとしておれず、門佑はやにわに立ち上がった。

「探すというなら、無駄なことです。あの娘は、おまえから離れたい一心で、屋敷を去ったのですから」

「私から、離れたいと？　何故、いきなり、そのような……」

いくら考えても、理由は思い当たらない。高安の家にずっと留まりたいと、お卯乃は確かにそう言った。今朝、出仕するときも、いつもと変わらず門佑を見送ってくれた。

「姉上、おきかせください。私の居ぬ間に、何があったのですか」

門佑はもう一度、姉の正面に座り直した。何か不測があったとしたら、その因は、この姉より他には考えられない。園江は弟を見据え、顔色ひとつ変えずに言った。

「おまえの縁談が決まったと、そう告げました」

「何ですって……馬鹿な！　何故、そのような嘘偽りを」

「偽りではありません。稲取家の娘を、おまえの嫁として迎えます」

稲取の叔母夫婦とも、相談を重ねた上での正式な縁談だと言い渡した。

門佑にとっては、まさに寝耳に水だ。驚きのあまり、しばし口をあけ、次いで腹の底からふつふつと怒りがわき上がった。

「稲取の娘との話は、前にお断りした筈です。すぐに白紙に戻していただきたい。当分、妻を娶るつもりはないと、そのように……」

「おまえの腹積もりなど、どうでもよい。これは高安家の、先行きに関わることです」

門佑の言い分など、とり合うつもりはないようだ。園江はばっさりと斬り捨てた。

「嫁を娶り、世継ぎを設けることが、当主たる者の役目です」

「跡継ぎなぞ、養子をとれば済む話ではありませんか！」

「先祖代々、高安家は、当主の実子が跡を継いできました。養子をとったためしなぞ、ただの一度もないのですよ」

姉と弟が、正面からにらみ合う。日頃から反りの合わない間柄だが、これまでは門佑が折れていた。だが、門佑にも、どうしても譲れないものがある。

「縁談は、断ります。そして、お卯乃を連れ戻します」

園江の目が、すうっと細くなった。

「連れ戻して、どうするのですか、門佑……あの女郎上がりの女を、おまえはどうしたいのですか？」

「姉上、あの娘をそのように侮るのは、やめていただきたい」

「侮っているのは、おまえの方でしょう。妻にもできず、妾にも据えず、女中としてただ傍に置いておく。そんな半端なあしらいを、この先、何十年も続けるというのですか」

「私はお卯乃を、妻に迎えるつもりです！」

人前で明かしたのは、初めてだった。座敷を静寂が覆い、門佑の吐く荒い息だけがきこえる。お卯乃にさえ告げていないが、門佑は、そう心に決めていた。

いつの頃からかと言われると、はっきりしない。仲違いをして、寂しい思いをしていた時分かもしれないし、一緒に芝居見物に行って、お卯乃の涙を見たときかもしれない。

お卯乃が己をどう思っているのかも、長いこと確かめる術《すべ》がなかったが、この前の梅見の折に、気持ちが通じたように思えた。

ただ、お卯乃を与力の妻とするには、あまりにも障りが多い。まずは園江をはじめとする、親類縁者を説き伏せなければならないが、それだけでどれほどの時がかかるか見当もつかない。それでも門佑は、お卯乃より他の女と添うことは、考えられなくなっていた。

だが園江は、その決心を一蹴するように鼻で笑った。

「これは異なことを。おまえとお卯乃とは、恋仲ですらないのでしょう？　二年以上も同じ屋根の下にいて、おまえは指一本触れていないと、お卯乃からそのようにききましたが」

「たしかに、その通りです。迂闊な真似をして、傷つけたくはなかったので」

「お卯乃はそれを、逆の意にとっていたようです。己の身が汚れているからだと、そのように……」

「違う！　おれは、そんな風にはただの一度も！」

何の約束もできぬまま情を通じてしまえば、茶屋でお卯乃を買った客たちと同じことだ。門佑は、それが何より嫌だった。お卯乃に手を触れなかったのは、そのためだ。

何を語らずとも、察してくれている。少なくとも、己の好意だけは届いているだろうと、勝手に見当していたが、お卯乃には何ひとつ伝わっておらず、かえって辛い思いをさせていただけなのだろうか。

急に不安が胸に迫り、その胸中を見透かしたように、園江が低く言った。

「殿御というのは、いつもそうです。女には何も語ろうとせず、通じていなければ、何故わからぬと腹を立てる。おまえはお卯乃に甘えながら、ひとり相撲をしていただけに過ぎないのではないのですか」

　勿体ぶった物言いで、弱いところを確実に抉《えぐ》る。姉はそういう人だった。幼い頃から虐げられてきた、数々の鬱憤がたちまちせり上がり、堰《せき》を切って喉許からあふれ出た。

「もとを正せば、すべてあなたのせいではありませんか！」

　稲取の娘との縁談も、それをお卯乃に告げたのも、いかにも園江らしい陰湿なやり口だった。

「南の蝮殿よりも、姉上の方がよほど、策を弄するのに長《た》けておられる。私は昔から、姉上のその性分を、何より忌み嫌うておりました」

「……言いたいことは、それだけですか、門佑」

「いいえ、高安家の当主として申し上げます。この家を、出ていっていただきたい」

　さすがに園江が、顔色を変えた。真意を計るように、じっと門佑に視線を注ぐ。

「本気、なのですね」

「はい。二度とこの家の敷居を、またぐことはなりません」

　門佑が厳かに言い渡し、青ざめながらも園江が承知した。

「行先が決まるまでは、無理に追い立てるつもりはありません。当てがなければ、こちらで探して……」

「それには及びません。行く当てくらい、私にもありますから。二日のうちに、荷物をまとめて出ていきます」

園江は毅然とした姿のまま、座敷を去った。

緊張の糸が解け、思わずからだが崩れそうになる。どうにか支え、門佑は立ち上がった。

「お卯乃、どこに行った……」

じっとしていることができず、門佑はひとり、夜の街にふみ出していた。

門佑は、ただ闇雲に江戸の街をさまよった。

お卯乃のことだから、今頃酒でも呑んで、うさを晴らしているかもしれない。居酒屋がありそうな場所に足を向けてみたが、目ぼしい盛り場はすべてとり潰されて、お卯乃がもといた芝神明町の茶店もいまはない。

月もなく、灯りのめっきり減った夜道は、ことさらに暗かった。

やがて漆黒の空から、冷たく白いものが落ちてきた。提灯の弱い灯りが、少しずつ白さを増す足許をぼんやりと照らす。

往来に人の姿はなく、喧騒も絶えている。

「江戸《ここ》は本当に、死人の街のようだな」

いまは隣にいないお卯乃に、そう語りかける。

人影も音もない。真っ暗な闇に、雪だけがふり落ちる。己が涅槃に迷い込んでしまったような、得体の知れない心細さが、門佑を襲った。

どこをどう歩いたのか、まるで覚えていないが、空が白みはじめた頃、門佑は八丁堀の屋敷に戻っていた。顔にかかる雪の粒は、だいぶ頼りなくなっている。

疲れと寒さで、こわばったからだを引きずって門をくぐる。玄関へ向かう途中でふと思いつき、裏庭へまわった。

隣家の梅の枝は、まるで手をさしのべるようにして、塀の上からゆるく弧を描いて伸びていた。だが、肝心の花はなく、灰色の枝だけが寒そうに凍えている。

門佑は膝をつき、枝下の地面の雪を静かに払った。

雪の白より、ほんの少し薄紅がかった八重の花は、土に張りつくようにして点々と落ちていた。

——今度はお屋敷の皆で、梅見ができますね。

明るい声が、耳許によみがえる。両の拳を握りしめ、門佑は慟哭《どうこく》を懸命にこらえた。

二日後、明言どおり、園江が八丁堀の屋敷を後にした。

そして同じその日、遠山景元は北町奉行の任を解かれた。

天保十四年二月二十四日、遠山景元は北町奉行から大目付に御役替えとなった。

「此度の大目付ご拝命、まことに祝着至極に存じ奉りまする」

年番方与力の北村弦左衛門が厳かに申し述べ、居並んだ北町の役人たちも、おめでとうございます、と声をそろえる。

大目付は、主に大名を監察する役目にあたり、役高は三千石と町奉行と同じだが、格は上になる。いわば歴《れっき》とした栄転であるのだが、うむ、と祝辞を受けた遠山の丸顔はいっこうに冴えない。それは集まった与力同心も同様で、口だけは型通りの祝いを述べているものの、祝賀とは程遠い雰囲気が座敷の内を満たしている。

今回の役替えが、水野忠邦の仕組んだ体《てい》のいい厄介払いだと、誰もが知っていたからだ。

遠山は、将軍家慶の信頼が厚い。改革を推し進めるには明らかに邪魔な存在でも、おいそれと罷免するわけにはいかない。そこで水野は、逆の手を打った。昇進させるという名目で家慶の口を封じ、邪魔な遠山を北町からどかしたのだ。

格上とはいえ、大目付は閑職である。己の立身出世に人一倍欲はあるが、遠山にはそれだけの才もある。外側だけ見栄えのよい中身がすかすかな褒美をもらって、喜ぶような男ではなかった。

そして遠山の無念は、北町の役人たちの無念でもあった。ほぼ丸三年のあいだ、改革という荒波を必死になって泳いできた。あまりの激務や理不尽に、ときには手足を動かすことさえ億劫になったこともある。御上と下々という、まったく逆の潮流に挟まれて、進退極まったことも一度や二度ではない。諦めて流れに身を任せた方がよほど楽だったろうが、どうにか溺れもせずに済んだのは、先頭に遠山がいたからだ。

この丸い赤ら顔が、大波に抗いながら、懸命に前に進もうとする姿が見えていたからこそ、ここまで泳ぎきることができたのだ。

しかし、北町の誰もが遠山を惜しむのは、そればかりではないのだろう、と門佑は思っていた。

皆は単に、遠山が好きなのだ。頭の廻りはよいが、切れ者というほどではなく、人並みに欲が深く俗っぽい。怒ったりしょげたりと、気持ちの起伏もあからさまで、案外わがままで気分屋のところもある。しかし些細な欠点を補ってあまりある、大らかさと情の深さを、この男は持っていた。

目をかけていた東丈親子や門佑ばかりでなく、北町の誰もが、遠山の人間らしい情けに助けられていた。それはおそらく、遠山自身が人が好きで、人を信じているからだ。

持ち前の明るさは、改革で沈みがちな役所内を照らし、ひとりひとりの胸の内を温めてくれた。まさに遠山は、北町にとっては太陽のような存在となっていた。

門佑もまた、遠山景元という男を惜しんでいた。何かとせわしない動きにふりまわされながらも、やはりこの男を好いていた。

明日からは、この暑苦しい丸顔が見られないと思うと、どうにも寂しくてやりきれない。己でいささかとまどうほどに、遠山が北町を去ることが胸に応えた。

だが、そんな感傷なぞ吹きとぶような事態となっていたことに、門佑は気づかなかった。

皆が挨拶を済ませ、打ちそろって座敷を退出したときだった。

「高安殿、しばしよろしいですか」

廊下をいくらも行かぬうちに、背中から声がかかった。ふり向くと、内与力の栗橋貢輔が立っていた。

「これで、満足ですか？」

「え？」

「殿が北町からいなくなる。これが高安殿の、望みだったのではありませんか」

「小栗殿、何を……」

「いえ、……のお望みでしたか」

栗橋はそこだけは声を立てず、唇だけを動かした。それでも門佑には、「まむしどの」というきこえぬ言葉がはっきりと届いた。門佑は思わず息を呑んだ。

　栗橋は、門佑が南町の鳥居耀蔵と通じていると、鳥居と謀《はか》って遠山を町奉行の座から引きずり下ろしたと、本気で疑っているのだ。

　いや、疑いではなく、すでに確信なのかもしれない。爆《は》ぜる寸前の栗のような真っ赤な顔で、下から門佑をにらみつけている。栗橋の表情に、門佑はそうと察した。

「何故、何も言わぬのですか。真実《まこと》を突きつけられて、申し開きもできぬのですか」

「小栗殿、私は……」

　否というひと言が、どうしても出てこなかった。遠山に不利な事柄を、漏らしたことは一度もない。それでも門佑が、鳥居と密かに会っていたのは事実だ。

　後になって詳《つまび》らかにされたことだが、鳥居は何人もの密偵を使い、その弱みを握り、矢部定謙だけではなしに次々と己の政敵を陥れていた。罷免などの憂き目に遭わされた者は、公にされただけで六、七人にのぼり、本当なら遠山もその筆頭に挙がる筈だった。

　しかしいくら探らせても、遠山を追い落とす材は見つからなかった。やむなく水野が、昇進という形で、遠山を町行政から遠ざけたのだ。

　そのような薄汚い密偵を働いたことは、断じてない。だが一方で、己が語った話の中から、鳥居は遠山を追い落とす種を拾っていたのかもしれない。いまの門佑には、その疑いを捨て去る術がなかった。そして何よりも、近いうちに遠山に何らかの変事が起きることは、鳥居の言動から察していた。それを告げなかったのは、やはり裏切り行為と言えるのではなかろうか。切れ切れに浮かぶそれらの疑念が、門佑の口を重くしていた。

「私には、何も言うべき言葉がありません」

とたんに栗橋の目がかっと見開かれ、次の瞬間、栗が爆ぜた――。少なくとも門佑には、そう見えた。

栗橋の拳を、左顎に食らったのだと気づくのに、しばしの時が要った。

「私は、あなただけは、信じて……」

後が続かず、その目にこんもりと悔し涙が盛り上がる。門佑には打たれた顎よりも、その眼差しの方が痛かった。栗橋は小柄で、力もあまりない。それでもふいを突かれて、舌を嚙んでしまったようだ。口の中に、鉄を舐めたような味が広がった。

仮にも役所の内だ。暴力沙汰は法度《はっと》の筈が、誰も止めようとはしない。

門佑はようやく、周囲から注がれる冷たい視線に気がついた。

この北町の内の誰もが、栗橋と同じ目で己を見ているのだ。鳥居に与《くみ》して遠山を北町から追い出す片棒を担いだと、そう思っているのだ。無言の責めを全身に感じて、初めて背中に冷たい汗が噴き出した。

憎しみとも蔑みともつかない悪意が、渦を巻きながら己を包み込もうとしている。そんな錯覚にからめとられ、指先一本動かすことができない。

しかしその重苦しい沈黙を払ったのは、他ならぬ遠山だった。

「やめぬか、小栗。皆も早《はよ》う、持ち場に戻れ」

栗橋はぎゅっと両の拳を握りしめ、それでも主の命に従って、足早に門佑の脇をすり抜けた。それを機に、厚い雲が切れ切れに散るように、皆もその場を離れてゆく。

ひとり残された門佑だけが、邪魔な棒杭のように廊下に突っ立っていた。

「おまえも行け」

座敷の奥にいる遠山が、門佑と目を合わせた。遠山の小さな目は、何の感情も映してはいなかった。怒りも悲しみも、寂寥さえも感じられない。

それがたまらなく悲しくて、ふいに激情のような大きな塊が、腹の底から込み上げた。

門佑はそれを呑み込んで、遠山にゆっくりと頭を下げた。

それが遠山景元との別れになった。

有名無実の人返し令が発布されたのは、このひと月後のことだった。

風花《かざはな》

――天保改革の終焉――

遠山景元が、町奉行を免ぜられた。

北町奉行所の役人以上にこれを嘆いたのは、江戸市中の者たちだった。

役替えの触れが出されるや否や、噂は江戸中を震撼させ、町人たちを大いに落胆せしめた。

「わしらの最後の命綱が、とうとう切られてしもうた」

鳥居の猛攻にさらされる下々にとって、遠山だけが最後の砦であった。そのよりどころをいきなりとり払われて、誰もが丸裸にされたような心細さを味わった。それまでも鳥居の不人気に後押しされて、遠山人気は高まる一方だったが、皮肉なことに町奉行を退任させられたことによって、名奉行の誉れは不動のものとなった。

替わって新しく北町奉行に就任したのは、阿部遠江守正蔵《あべとおとうみのかみしょうぞう》である。

遠山を惜しむあまり、下々は何の期待も持たず新任の奉行を迎えたが、阿部正蔵も決して能のない人物ではなかった。町奉行は数ある役職の中でも一、二を争う激務であり、才覚がなければとても務まらない。さらに阿部もまた、水野や鳥居の推し進める改革には、眉をひそめるひとりであった。

とはいえ、将軍家慶の後ろ楯があった遠山とは、やはり立場が違う。老中と真っ向から喧嘩するような真似はせず、その分どうしても小粒に見えた。口には出さないものの、遠山を懐かしむ気配は北町に色濃く残り、門佑もまたそのひとりだった。

鷹門、と呼ばれた気がして、ついふり向いてしまうことがある。しかしそこには、暑苦しい赤ら顔は見当たらず、先にはうるさいばかりであった甲高い笑い声もきこえない。

我ながら未練がましいと、呆れることがしばしばだった。

そんな中、門佑にふってわいたような役目替えの話が持ち上がった。

「高安門佑、その方、吟味方を免じ、高積見廻方《たかつみみまわりかた》を命ずる」

新任の阿部の前で、年番方の北村弦左衛門が言い渡した。思わずその顔を仰いだが、こちらに向けられた北村の目は、ぞっとするほど冷たかった。遠山の異動が決まったあの日、己に注がれた非難の眼差しの、その答えがこれなのだと門佑は得心した。

それで少しでも皆の気が済むなら、悪い方法ではない。門佑は、そう考えることにした。

実際、日がな一日奉行所内で、帳面と鼻づらを突き合わせている例繰方《れいくりかた》などに比べれば、町歩きの機会の多い高積見廻は、己にはよほど似合いだと、そうも思えた。

しかし門佑の分も存分に憤《いきどお》ったのは、手先の一平であった。

「何だって旦那が、荷物番なんぞにすげ替えられなけりゃならねえんです！　北町には、旦那よりもっと似合いの若造が、いくらでもいるってのに」

「そう言うな、一平。これも大事なお役目だ」

高積見廻方とはその名のとおり、往来に積み重ねられた積み荷を見廻る役目である。俵や材木などは、崩れれば道行く者に危害がおよぶ。あらかじめ高さや幅、積み方などが決められており、この制限を超えていれば取締らなければならない。

閑職と思われがちだが、絶えず町々を歩き回る、根気の要る仕事だった。

「役目云々の話じゃありやせん。何だって濡れ衣を着せられたまま黙って従ってなさるのか、その了見がどうしたってわからねえんです」

鳥居のもとには、結局四度通った。その事実は一平には告げていないが、それでも門佑に密偵の疑いがかけられていることは、他の者の口から耳に入る。門佑を信じている一平には、それが悔しくてならないようだ。

「あっしは何を言われたって構やしません。けど、十手を受けたばかりのひよっこどもまで、旦那を悪《あ》しざまに言うのだけは、どうしたって我慢がならねえ」

ほんの三年ほど前まで、一平も嘴の黄色いひよっこだった。似合いの萌黄の房のついた十手を、やたらとふり回していた。その頃を思い出し、つい口許がにやついた。

「何です、旦那」

じろりと小者ににらまれて、あわてて笑いを引っ込める。本当は笑い事ではないのだと、門佑にもわかっていた。与力という立場の己以上に、小者の一平にはよけいに風当たりが強いのだろう。

「おまえにも、苦労をかけるな、一平」

「何をいまさら、水くさいことを」

「すべてはおれの、不徳というものだ……おれが薄情なばかりに、まわりからどんどん人がいなくなる」

一平が、ぎょっとしたように門佑を仰いだ。

「遠山様も小栗殿も、姉上もお卯乃も、皆いなくなってしまった」

「旦那、そいつは……」

「たぶん、おれがいけないんだ。人と交わるのが嫌で、これまで遠ざけてきた。その報いがいっぺんに来ただけだ」

お卯乃が消えて、姉も出て行った。残ったのは、からっぽの屋敷だけだ。お卯乃や姉が来る前の、気ままなひとり暮らしに戻っただけだと、いくらそう言いきかせても虚しさがどうにも埋まらない。婆やをはじめとする使用人や若党も、やはり張り合いをなくしたようで、八丁堀の屋敷はまるで刻一刻と日没を迎え、暗さを増していくようだった。

「一平、おまえもいつか、おれから離れていくのかもしれないな」

自嘲交じりに感傷めいた台詞を吐くと、一平はとうとう癇癪《かんしゃく》を起こした。

「勘弁してくださいよ、旦那！　気鬱《きうつ》の病でも拾っちまったんじゃねえですかい」

一平は先を塞ぐように、門佑の前にまわった。きかん気の強いまなじりを、ことさらにつり上げる。

「あっしは旦那と離れるつもりなんぞ、毛頭ありやせん。旦那にどんなに邪険にされても、金輪際、離れてなんぞやりませんから、旦那もそのつもりでいてくだせえ」

鼻息を荒くして、一平は嚙みつくような勢いで一気に言った。

「あっしは旦那からいただいた十手を、返す見当もなければ、他のどなたの十手も受けるつもりもねえんです。あっしにとっての旦那は、鷹の旦那おひとりでさ」

「一平……」

ばつが悪くなったのか、一平はばりばりと盆の窪を搔きながら、くるりと向きを変え、先に立って歩き出した。釣られるように、門佑の足も前に出た。

「鷹がとんびに化けちゃあ、話になりやせん。いっそ小日向まで、園江様をお迎えにあがりやすかい？　活を入れていただけば、旦那も目が覚めるでしょ」

高安家を出た園江が身を寄せた先は、書院番与力を退いた小日向の大叔父の家だった。しばらく無沙汰をしていたが、姉が世話になっている以上、挨拶もなしというわけにはいかない。先日、久方ぶりに、門佑は小日向に足を運んだ。

同じ与力とはいえ、書院番と町与力では何かと開きがある。死体をあつかうために、同じ武家からは不浄役人と蔑まれる門佑たちに対し、書院番は小姓組番《こしょうぐみばん》とならんで、番士の内では最も格式が高い。一方で、禄高はどちらもほぼ同じだが、町方与力は何かと実入りが多いから内証が豊かなのに対し、番方はわずかな俸禄だけでやりくりせねばならない。

門佑が訪ねた大叔父の組屋敷も、八丁堀から見ればはるかにみすぼらしかった。

「私は高安家を勘当されたのですから、そのご当主に顔向けなどできはしません」

園江はその方便で、奥から出て来ようともしなかったが、こちらでちゃんと面倒を見るから心配するなと、そろそろ古希を迎える大叔父は鷹揚《おうよう》に笑った。少々過ぎるほどの厄介料を包み、くれぐれもよろしくと頼んできたが、居候としては甚だ不向きな姉の性分は、誰よりもよくわかっている。

やはりそう長くは、迷惑はかけられまい――。

胸の内でため息をついたとき、一平がふいに足を止めた。

「それともやっぱり……あの女を探す方が先ですかね」

ふり向かず、一平はひと頃より青さを増した、春の空を仰いだ。

「まったくあの女ときたら、旦那に断りもなく勝手にいなくなるなんて……今頃、どこで何してるんだか」

門佑も思わず一平に倣って、はるか彼方に目を凝らした。

八方手を尽くしてみたが、お卯乃の消息は杳《よう》としてわからなかった。

天保の改革を根底から揺るがす、上知令《あげちれい》が発布されたのは、北町奉行がすげ替えられて三《み》月後《つき》、六月一日のことだった。

上知とは上地、すなわち土地をお上に返すことをいう。

「江戸最寄一円御料所化」と謳《うた》い、江戸城より十里四方をすべて天領とすると明言した。この線引きの内にある大名旗本領は幕府にとり上げられて、代わりに替地を支給される。

上知は江戸だけに留まらず、大坂をはじめとする国中に触れられ、方々のいくつもの領地を書きつらねた令が、同じ月のあいだに続けざまに出された。

いわば年貢の高い所領と、低い天領を交換し、逼迫した幕府財政を立て直そうという目論見である。大名旗本にしてみれば、たまったものではない。江戸から遠く離れた外様大名はもちろんのこと、徳川に近い譜代からも相次いで強い反発があった。

水野忠邦が意図していたのは、財政面ばかりではない。複雑に入り組んでいる国中の所領を整理して、将軍の支配を強化し、さらに諸外国に対する防備を固めるためにも、どうしても必要不可欠な政策だった。

しかし己の懐が痛むとなれば、そのような大義名分は二の次になる。大名旗本はむろんのこと、領主以上に強い抵抗を示したのは民百姓たちだった。

台所が火の車なのは、大名や旗本も同様である。そしてそのしわ寄せは、末端にいる百姓たちが負わされていた。年貢の前渡しに加え、御用金と称する貸し金も溜まっている。領主が替われば、これらの一切を踏み倒されるに違いない。それを恐れて領民は、必死の抵抗を示した。

これが思いのほか、上知令を行き詰まらせた。最初は賛成の側にいた一部の幕臣たちが、次々と宗旨替えをはじめたのである。終《しま》いには、当の触れを出した老中の中からも寝返る者が出る始末で、肝心の上知はまったく進まなかった。

水野忠邦は大いに憤慨し、己の利益のみに拘泥するのは、長年にわたる幕府の御恩を顧みない所業だと厳しく非難した。しかしその長年の御恩こそが、各々の領主にとっても譲れない要《かなめ》であった。

それぞれの領地には、相応の由緒がある。先祖がはるか昔、合戦で手柄を立てた。その褒美として与えられたものだ。武家にとっての土地とは、単なる暮らしの糧ではない。領地こそが名誉であり、名実ともに命でもあった。

古《いにしえ》から続く封建社会の象徴とはいえ、武士の根っこと言っていいものを、しかし水野は顧みなかった。

水野忠邦は過去に、自身で領地替えを願い出ている。唐津藩主の家督を相続して五年後、自ら望んで禄高の少ない浜松へ移った。唐津藩主は幕閣の要職につけない。あくまで己の立身出世のためであったが、周囲から見れば暴挙としか映らなかった。

領地替えは、何らかの落度に対する罰として申し渡される。罪なくしては所替えされないという強い観念が、武家の中には根強く生きていた。

革新派の水野にしてみれば、黴《かび》くさい古びた考えだ。いまの幕府、ひいては現将軍の家慶の御為に尽くすことこそが、水野にとっての忠義であり、二百数十年のうちにゆるんだ箍《たが》を締めなおし、外に対する守りを固めることが先決だった。

水野のこの信念が、大名旗本とのあいだに深い溝を穿《うが》ち、上知令を頓挫させ、やがては天保の改革そのものに終止符を打たせることになる。水野が上知の遅れに苦言を呈したのは八月半ばであったが、その後も抵抗は高まる一方だった。

一平が驚天動地の知らせをもたらしたのは、ちょうどその頃、八月末のことだった。

「たたた、大変っす、旦那！　園江様が！」

高積見廻を終えて戻ってきた門佑を、一平が奉行所で待ち構えていた。

最初に挨拶に行って以来、門佑自身は小日向には足を向けていない。己で行くのも面倒で、さりとて放っておくわけにもいかず、時折、婆やに一平をつけて大叔父を訪ねさせていた。

この前が五月半ばであったから、気づけば三月《みつき》以上が過ぎている。うっかりしていたと思い出し、今朝、婆やと一平に頼んでおいた。

「どうした、一平……ひょっとして、姉上が戻られたのか？」

以前にも、同じように血相を変えて一平がとび込んできたことがある。たしか園江が、駿府の石見家から勝手に出戻ったときだと、門佑は思い出した。

「いえ、そんな生ぬるい話じゃありやせん。婆やさんなぞびっくり仰天のあまり、腰を抜かしちまいましたから」

いましがた八丁堀まで婆やを送り、己はその足で北町奉行所まで駆けつけてきたようだ。

「旦那もきっと、同じに腰を抜かしますぜ。いや、あいた口が塞がらなくて、顎が外れるかもしれやせん」

「大げさだな。いいから早く話せ」

いかに驚くべきネタかを、長々と講釈するのをさえぎって、門佑は話を促した。

「実は園江様が……」と一平は、怪談話で幽霊がとび出す、その直前みたいな顔をした。

「姉上がどうした」

「お嫁入り、なさいました」

幽霊よりも、よほど怖いものを見た。告げた一平は、そのくらい青ざめている。

一瞬、その短い言葉の意味をとりはぐれ、ぱちぱちと二回まばたきして、

「何だと！」門佑はたちまち我に返った。「一平、それはまことか！　いったいどこの誰に嫁いだのだ！　まさかふたたび石見家に嫁《か》したなどということは……」

「ちっと落ち着いてくだせえ、旦那。前の嫁ぎ先とは違いまさ」

門佑をなだめながら、それでもその驚きっぷりに一平は満足そうだ。

「お相手は、小日向の大叔父様のお隣さんでして」

「隣？　……つまりは同じ書院番与力ということか」

「へい。奥山武兵衛《おくやまぶへえ》様と仰いまして、お名のとおり姿は武張っておられますが、案外気さくなお人柄で、あっしも婆やさんと一緒にご挨拶させていただきやした」

背は小柄な一平と変わらぬが、肩幅が広い上に髭《ひげ》をたくわえた、番方にふさわしい見てく

れだと、一平は身ぶり手ぶりを交えて語った。ちょうど非番であったようで、奥山は気軽な調子で、訪ねた婆やと小者を迎え入れてくれたという。

「いや、そんなことよりも、姉上はいったいいつ嫁いだんだ」

「六月の初めだそうです……この前行ったときは、園江様とお会いしましたが、そんなことおくびにも出しておられやせんでした」

勘当された家に、わざわざ知らせる義理はない。園江はそう言い張って、決して高安家に告げぬよう、大叔父に釘をさしていた。いかにもあの姉らしいと、門佑の全身から力が抜けた。大叔父が親代わりになって、ささやかながら祝言《しゅうげん》も済ませたという。

「大叔父上のところへ、頻繁に顔を出すようになったのもそのためか。おそらくだいぶ前から、その腹積もりでいたのだろう」

今年の正月、園江はめかしこんで、小日向へ出向いたことがある。おそらくその日が見合いだったのだろう。また指物師に、櫛箱や鏡箱を頼んでもいた。あれも嫁入り仕度と考えれば辻褄が合う。

教えてくれたのは、お卯乃だった。その顔が浮かぶと、門佑の胸の奥がちくりとしたが、一平は気づかず、園江の新しい夫について、あらん限りの種を披露した。

歳は四十一、園江と同様、二度目の婚姻で、前妻は三年前に他界していた。そういう意味でも、釣り合いのとれる相手と思われたが、一平はしきりに首をひねった。

「それにしても、何だってよりによって、園江様はあの家に嫁がれたんですかね……あっしにはどうしても合点がいかなくて」

「相手は良い方のようだし、同じ与力なら家格にもさほど開きはない。そう不思議がることもなかろう」

「いえね、奥山様は前の奥方とのあいだに、五人もお子がいなさるんでさ」

「五人だと！」

「へい、上は十三から下は五つまで、数珠繋がりみてえな按配で」

「あの姉上が、継子《ままこ》の面倒を見るというのか」

即座に憂いたのは、園江の身の上ではなく、姉に育てられる継子の行く末だった。

「舅様と姑様もおりやすから、園江様を含めて、ご一家だけで九人もの大所帯でさ」

「それはさぞかし、内証もきつかろうな」

書院番与力の俸給では、上にどのつく貧乏暮らしに相違ない。大叔父の組屋敷でさえ決して上等とはいえぬ代物だが、おそらくそれ以上の窮屈な暮らしぶりだろう。武家の体面さえ保てぬような家に、格式を何より重んじる園江がどうして嫁に行ったのか。

小者と一緒に、門佑も首を傾げた。

「おまけにね、それればかりじゃねえんでさ」

まわり続けていた一平の舌が、唇をぺろりと舐めて、そこだけは声をひそめて告げた。

「何だと！　まさか、そのような……」

まさに度肝を抜かれた門佑が、今度こそぽっかりと口をあけた。

「ほらね、あっしの言ったとおり、やっぱりあいた口が塞がらないでしょ」

してやったりと、一平はふんぞり返ったが、肩を震わせる門佑にぎょっとなった。

「旦那、まさか、泣いてるんじゃありやせんよね？」

「いや、逆だ」

腹の底から笑いがこみ上げて、仕方がない。園江がどうして奥山に嫁いだか、その謎がようやく解けた。すべては姉自身と、そして高安家の誇りのためだ。

「なるほどな、そういうことか……まったく姉上の深慮遠謀ときたら、あの鳥居様の上を行くわ」

門佑がくつくつと笑う。あまりにも姉らしいやり方は、いっそ痛快ですらあり、鬱々としていた己が馬鹿らしく思えてくる。

苦しそうに腹を抱える門佑を、今度は一平が口をあけてぽかんとながめていた。

上知令への抵抗は、九月に入るとますます過熱の一途を辿った。

島津《しまづ》、伊達《だて》、前田《まえだ》といった有力な外様大名たちは、参勤をやめて国に籠るとまで言い出した。彼らは国許の所領の他に、飛地《とびち》と呼ばれる細かい領地を多く持っており、それが上知の対象になった。しかし三家は声をそろえて、いただいた飛地は神君家康公から主従の契りを結ぶ、その印として拝領した。これを返せというのは将軍家の側から主従の縁を切ることに値すると論じた。

そして、今後は江戸幕府ではなく、京の朝廷に参勤すると主張した。

同様の申し立ては国中から続々と寄せられて、御三家のうち紀州藩までもが反旗を翻した。ここに来て、以前から改革に抗っていた公儀の役人たちも加わって、上知令撤回を叫ぶ声はにわかに大きくなった。

この役人の中には、大目付となったいまも、変わらず水野に意見書を送り続けていた遠山景元や、北町奉行の阿部正蔵の顔もあった。老中、勘定奉行、御側御用取次、果ては大奥の上臈《じょうろう》まで、役目も身分も超えて反対勢力は増える一方だ。

上知令を擁護する者は、水野一派のわずかな者たちだけとなったが、翌閏《うるう》九月に入った頃、門佑は信じられないことを耳にした。

「南町の鳥居様が、寝返ったというのですか！」

目を剝いた門佑に、東丈七太夫は口をへの字にしてうなずいた。

「まさか、あの鳥居様が、水野様を裏切るとは……」

「月初めの一日から、水野様はお風邪を召して登城を控えておられる。そのあいだに上知令を取り下げんと、動いているのだそうだ」

驚いたことに鳥居は、上知令反対派の老中に宛てて、水野に不利となるあらゆる文書をさし出していた。

「鳥居様とは、かくも恐ろしきお方よ」東丈が低く慨嘆した。

「東丈殿は、この話をどなたから……奉行の阿部様でございますか？」

「いや、遠山様から伺《うかご》うた。昨日、息子ともども役宅をお訪ねしてな」

「さようでしたか。遠山様に……」

久方ぶりにその名をきいたようで、門佑の口許に、思わず笑みが浮かんだ。

東丈が、その表情に目をとめた。

「高安は息災かと、気にかけておられたぞ。たまにはご機嫌伺いに行ってはどうだ？」

役目が替わっても、東丈親子は未だに遠山と親しくしており、北町の与力同心の中には、同様に遠山を慕い、屋敷に赴く者たちがいた。しかし己にはそんな真似はできないと、門佑はよく承知していた。

「いえ、私は……やはり遠慮します。小栗殿に、また殴られては敵いませぬから」

冗談めかして言ってはみたが、栗橋に殴られたところが疼《うず》いたような気がして、つい左顎に手を当てた。

「おまえも器用ではない男だな。遠山様の見立てどおりだ」

ふっと東丈は、淡く笑った。

「遠山様が、何と」

「おまえのように、ひときわ目立つでかぶつに、密偵が務まる筈がなかろうと笑っておられた。少し考えれば誰にもわかることなのに、おまえが何も言わなんだから、噂ばかりがひとり歩きをすると、そうも仰っておられたぞ」

少なくとも遠山は、己の潔白を信じてくれているのだろうか。その些細なことが嬉しくて、じんわりと染み入るように胸の中が温かくなった。

同時に、東丈の恩情にも頭の下がる思いがする。奉行所内での門佑の立場は相変わらずで、少々大き過ぎる影のごとき扱いを受けている。まともに口をきいてくれるのは、この七太夫と息子の七太郎くらいだった。

それでも吟味方を離れてからは、顔を合わせる機会も減って、一方で町役人同士でなければ話せぬ事柄もある。ここぞとばかりに門佑は、東丈にたずねた。

「鳥居様までが異を唱えたとなれば、やはり上知令はお取り下げになるのでしょうか」

「おそらくは……お取り下げだけでは、済まぬかもしれぬしな」

「というと？」

「このご改革そのものが、挫《くじ》けるやもしれん」

門佑の顔が、はっと緊張した。

「……それはつまり、水野様がお立場を失うと、そういうことですか」

門佑の視線を正面から受けて、ゆっくりと東丈はうなずいた。

水野を見限ったのは、鳥居ばかりではなかった。やはり腹心であった、目付の榊原忠職も反対派に鞍替えし、ここに来て水野は完全に孤立してしまった。

「このご改革が、とうとう終わるのですか……」

口に出してみると、ひどく実感の伴わない陳腐な響きがあった。

これほど苛烈な締めつけが、そう長く続く筈はない。そう言い言いしながらも、こうも早く失速するとは、予想だにしていなかった。過去の改革にも、そのような例《ためし》はない。

八代吉宗《よしむね》公の行った享保の改革は、その治世を通して行われたから、ざっと三十年にもなり、松平定信の寛政の改革も六年続いた。

しかしこの天保の改革は、一昨年の五月半ばにはじまって、まだ二年半も経ってはいない。

そんなに早く終わるだろうか、という疑念が、どうしても拭いきれない。

「下手をすると来月早々、いや、この月末《つきずえ》にも落着するやもしれんぞ」

東丈の見込みどおりなら、この改革は、まるで流れ星ほども儚い一瞬の光陰だ。政《まつりごと》としては完全な失策と言えようが、いまの門佑には成否なぞどうでもよかった。

結果が出せなければ、この改革そのものが、水野忠邦という一家臣の夢見た妄想に過ぎなくなる。そんなもののために、どれほど多くの者たちの運命が狂わされたことか。生計《たつき》を失い、居場所も追われ、さらには獄に繋がれ、命を落とした者も少なくない。

これまでに己が関わってきたそのような者たちの顔が、次から次へと頭に浮かび、胸が焦げるほどの切ない悔いが込み上げてくる。最後に浮かんだ姿は、先の南町奉行だった。

「もし矢部様が草葉の陰でこれを知ったら、さぞかしご無念でありましょうな」

東丈もやはり同じ思いなのだろう。痛ましそうに眉根を寄せた。

しかし事は、東丈の見当よりも、さらに早い動きを見せた。

この数日後、閏九月七日に、上知令は撤回された。

そして水野忠邦が老中を罷免されたのは、それからわずか六日後、閏九月十三日のことだった。

後の世に悪名高い天保の改革は、これをもって呆気なく終わりを告げた。

「尾羽《おは》打ち枯らすとは、よく言ったものだ。あれほどの威を誇っていた老中首座が、ああまで落ちぶれるとは」

「西の丸下では、それはもうたいそうな騒ぎだったそうだ。南の蝮殿が出張られて、どうにか事を収めたらしい」

奉行所の内も外も、その噂でもちきりだった。

老中の地位を追われた水野忠邦には、自藩の中屋敷での謹慎が命ぜられた。しかし水野罷免の報が流れるや否や、西の丸下の水野の役宅にはたちまち江戸市民が押し寄せて、これまでの怨《うら》み辛《つら》みを晴らさんと、屋敷に向かって石を投げ、あらん限りの罵詈雑言《ばりぞうごん》を吐き、門や塀まで壊されんばかりの騒ぎとなった。月番であった南町の鳥居が出役《しゅつやく》し、六十六名の者が捕縛されてどうにか鎮静に至ったのである。

騒ぎのおかげで水野は役宅から出ることができず、浜松藩中屋敷へは月末になって引き移った。

改革という重い石蓋が、頭の上からようやくとり外されたのだ。江戸はもちろん国中が久方ぶりの明るい日差しを存分に浴び、初冬の季節とは裏腹に、この世の春を心から謳歌《おうか》した。

二度目の正月を迎えたかのような市中の晴れやかな空気は、高積見廻をしながら肌で感じていたが、一緒に喜ぶ相手が、いまの門佑にはいない。

一平や東丈親子など、数少ない味方もいるが、夏の日差しに影が濃さを増すように、こうして世情が明るくなると、逆に己の身の内の影がいっそう暗さを際立たせた。

やがて年が明け、春が来ても、心の奥底には鬱々としたものが居座り続け、からだとのあいだにはすうすうと隙間風が通る。からだをふればからからと音がしそうな頼りなさで、昼間は積み荷の見廻りに草履をすり減らし、組屋敷と役所を往復するだけの暮らしにも、どこか現《うつつ》が伴っていないような心地がする。

月日が経てば経つほどに、よけいなものが削ぎ落とされて、たったひとつのことしか思い浮かばなくなった。染めた布を寒の水にさらすと、色柄が冴える。それと同じに、冷たく塞いだ気持ちの中で、その面影だけが鮮やかに浮かび上がる。

門佑はただ、お卯乃が恋しくてならなかった。

すでに晩春にさしかかった三月半ばのその日、くたびれた足を引きずって屋敷に戻ると、ひとりの客が門佑を待っていた。

「久しぶりですね、門佑」

「これは、叔母上」

母の末の妹にあたる、稲取の叔母だった。

「江戸には、いつお戻りに？」

客間に通すと、門佑はまず叔母にたずねた。

東向きの座敷には、だいぶ暖かさを増した夕べの風がはいる。最後のひと花となった藪《やぶ》椿《つばき》が、庭のひと隅にぽつりと白い花を咲かせていた。

「四日前になります。稲取が今月いっぱいで、真岡陣屋の任を解かれることになりましてね。私は子供たちを連れて、ひと足先に戻りました」

真岡陣屋の代官を務めていた叔父は、勘定組頭として江戸に呼び戻された。いわば栄転にあたり、門佑はひとまず祝辞を述べた。

「祝いなら、うちよりもまず姉上に言っておあげなさい。私なぞ一刻も早う顔を見たくて、夫を置いて先に来てしまったのですよ」と叔母は、快活に笑った。

ひと頃はからだを壊していたが、すっかり回復したようだ。以前より白髪が増えてはいたが、下野で山歩きでもしていたのか、少し日に焼けて達者なようすに見えた。

「私が行っても、姉上は喜ばないでしょう。奥山殿に挨拶に出向いたときも、顔さえ出してくれませんでした」

姉の夫となった奥山武兵衛には、一平から知らせを受けて、すぐに祝いの品々を届けさせ、自身も小日向の組屋敷まで足を運んだ。一平が言っていたとおり、奥山は外見は無骨だが、いたって大らかな人柄で、その両親や五人の子供たちからも賑やかな歓迎を受けたが、当の園江だけは、とうとう門佑の前に姿を見せなかった。

「おまえたちもたいがい、意固地なところがよく似た姉弟ですね。園江があのとき会いたがらなかったのは、おそらく見苦しい形《なり》を、おまえに見せたくなかったからですよ」

「どういうことです、叔母上」

「たしか、ふた月を過ぎた辺りでしょう？　ずいぶんと悪阻《つわり》がひどいと、便りにもありましたからね」

ああ、と門佑は、叔母の言わんとすることに、ようやく気がついた。

「それにしても、あの姉上が母親になられたとは、いまでも信じがたい心地がします」

門佑は、苦笑交じりに呟いた。

一平がもたらした驚天動地の知らせとは、奥山との縁組だけではなかった。嫁いで早々に、園江は子を身籠ったのである。

三十路半ばでの初産だから、門佑も内心では、姉のからだをひどく案じていたのだが、今月の初旬、園江は見事に男児を出産した。一平からその報をもたらされたときには、安堵のあまりどっと力が抜けたが、同時に、姉の高笑いがきこえたような気がした。

「姉上は初めから、子を生《な》すつもりで奥山殿に嫁がれた。まったく、姉上らしい意趣返しだ」

高安家は先祖代々、養子を迎えたことがない。いつか園江は、そう言っていた。娘に婿養子をとったことはあるが、実子が絶えた例《ためし》は一度もないのである。

しかし石見家に嫁いだ姉には、子が授からなかった。まずそうなると世間からも、そして石見の家からも、非は嫁の園江にあると勘繰られることになる。高安家の誇りにかけて、園江にはそれが我慢ならなかったのだ。

だから二度目の夫に、子福者の奥山を選んだ。前妻とのあいだに五人もの子を儲けた男なら、子種がなかろう筈がない。そうして目論見通り、縁付いてすぐに懐妊した。

子ができなかった元凶は、元夫の石見にあると、園江は自身で証《あか》してみせたのだ。それが親子ぐるみで妾をとって、妻に内緒で跡取りを得ようとした石見家への、園江の報復だった。

「転んでもただでは起きない。姉上のしたたかさには、つくづく参りました」

感心半分、呆れ半分で、門佑は苦笑をこぼした。

「ただ、奥山の御子たちの行く末だけは、案じられますが。我の強い姉上のことだから、前の奥方とのご長子を廃されて、産まれた子を嫡子にすると言いかねません」

「その心配はありません。奥山殿の上の御子様が、今年十四になりになって、元服を済まされました。奥山家のご嫡男として、お披露目もされたそうですよ」

叔母は笑いながら、門佑の憂いを払った。

「園江の誇り高さは、並大抵ではありません。継子を廃して己《おの》が子を跡取りに据えるなど、さように聞こえの悪い真似は、決してする筈がないのです」

「たしかに……姉上は、そういうお方かもしれません」

こくりと、門佑はうなずいた。いつのまにか日が落ちて、茶の替えを運んできた婆やが、行燈《あんどん》に灯りをともした。婆やの姿が消えると、叔母がふたたび口を開いた。

「門佑、今日ここへ来たのは、園江ではなくおまえの話をするためです」

正面に座す叔母は、ひどく真剣な面持ちだった。暗い中でも、それだけは見てとれる。にわかに不安を覚えながら、門佑は相手の言葉を待った。

「門佑殿に、我が稲取家から、嫁を迎えていただきたいのです」

改まった口調は、正式な申し入れの証しだった。それでも門佑は、その気持ちに応えることができなかった。

「叔母上、それは……そればかりは、ご容赦いただきたい」

「お卯乃という娘を、まだ忘れられないのですか」

「叔母上……」

「園江からききました。その娘の出自や身の上も、一切を話してくれました。ですがその娘は、一年以上も前に、この屋敷を去っているそうですね」

おっとりとした物言いながら、この叔母らしくない切り込むような風情があった。のらりくらりとかわせる話ではないと、門佑は腹を据えた。

「そのとおりです。ですが私は、未だにその娘を思い切れないままでおります」

正直に、そう打ち明けた。いつかお卯乃は、ここに戻ってきてくれるかもしれない。いつかまた、どこかでめぐり会えるやもしれない。その望みが、どうしても捨て切れなかった。後ろ髪を引かれるような思いは、門佑を雁字搦《がんじがら》めにして離さない。

「他の女子《おなご》を迎えても、私がこの有様では、うまくやってはいけぬでしょう。互いに嫌な思いをするだけです」

「それでも門佑殿、この高安家本家の当主は、あなたさまなのですよ」

まるで叔母の背後に、姉の姿が見えるようだ。叔母がこうまで食い下がるのは、叔母と姉だけの内々の決め事ではなく、高安家の親類縁者のあいだでは、すでにまとまった話なのかもしれない。

「いいえ、決して家のためだけではありません。私も園江も、門佑殿の先行きを何より案じているのです」

門佑は、お卯乃とは違う糸に、ゆっくりとからめとられていく心地がした。

叔母が改めて居住まいを正し、畳に手をついた。

「門佑殿、今日限りでお卯乃という娘のことは忘れて、我が娘、千歳《ちとせ》を迎えて下さりませ」

最後に残っていた庭の藪椿が、緑の葉叢《はむら》から音もなく落ちた。


稲取の叔母の来訪から三月後、天保十五年六月、また政局が動いた。

水野忠邦が謹慎を解かれ、ふたたび老中の座に就いたのだ。

再任の理由は、市井ではあれこれと取り沙汰されたが、急務とされた諸外国との問題に、水野より他に適任の者がいなかったからだと、城中ではそのように噂されていた。

そして返り咲いた水野は、己を陥れた者たちへの報復にとりかかった。

まず八月には、目付から勘定奉行となっていた榊原忠職が、次いで九月には、南町奉行の鳥居耀蔵が、それぞれ役目を罷免された。

しかしその後の水野は、以前のような目覚ましい働きをすることもなく、たった八ヶ月で任を解かれた。翌年の弘化二年二月のことだった。

改革の頃、城中に敵を作り過ぎていた上に、鳥居が画策した奸計に関わったとの嫌疑を受けたからである。

天保十五年は師走二日で幕を閉じ、弘化元年はひと月にも満たなかった。

天保という暗い時代は名実ともに過去のものとなり、まるでそれと一緒に人目につかぬところに仕舞われでもしたかのように、水野忠邦が表舞台に上がることは二度となかった。

そして水野退任の翌日、鳥居耀蔵は評定所にかけられた。

評定所は、江戸城辰ノ口にあり、いわば幕府最高の白洲にあたる。咎人の身分が高い場合や、あるいは国の大事に関わる事件など、町奉行の権限では裁けぬ事柄は、すべて評定所にて評議を行い裁決された。

もっとも重大な件は「五手掛《ごてがかり》」といって、老中立会のもと、寺社・町・勘定の三奉行と、大目付、目付の五役が膝をそろえる。鳥居の評定は、この五手掛にて行われた。

鳥居の罪状は、高島秋帆《たかしましゅうはん》を無実の罪に陥れた廉《かど》だった。高島は西洋砲術の第一人者であり、一方の鳥居は蛮社の獄でも明白なとおり極度の異国嫌いだ。洋式の戦術など、鳥居には我慢のならぬ代物だったのだろう。密貿易をでっちあげ、高島を投獄に追い込んだ。

続いて、鳥居とともに「水野の三羽烏」と称された、金座御金改役《きんざごきんあらためやく》の後藤三右衛門《ごとうさんえもん》、天文方《てんもんかた》の渋川六蔵《しぶかわろくぞう》も伝馬町送りとなり、他にも鳥居の命で暗躍した者たちが次々と捕縛された。

そんな最中、遠山景元の名が、ふたたび江戸市中を席巻した。

弘化二年三月十五日、遠山は南町奉行を任ぜられた。

「どうだ、鷹門、恐れ入ったか。まさかわしがふたたび町奉行に返り咲くとは、おまえとて夢にも思わなんだろう」

かっかっかっ、と暑苦しい高笑いが響き、落ち着きのない扇子の動きも相変わらずだ。

苦笑を嚙み殺しながらも、ますます意気盛んな遠山の姿に、門佑は心底安堵した。

南町奉行所は、北町から内堀沿いに南へ行った、数寄屋橋御門内にある。祝いを述べようと南町を訪ねると、奉行所内の役宅に通された。門佑は初めてだったが、かつては矢部や鳥居が住んでいた屋敷だった。

「なにせ二度も町奉行を拝命するなど、幕府はじまって以来の出来事ですからね。殿が後の世に名を残す名奉行だと、お墨付きをいただいたようなものです」

主に増して満面の笑みを浮かべているのは、こちらもふたたび町奉行の内与力となった栗橋貢輔だ。ふっくらとした頰が、血色良くてらてらと輝き、いっそう栗の実を思わせる。

「かようにめでたい折ですから、鷹門殿のなされたことも、大目に見てあげることに致しました」

「さようさよう。わしからの恩赦と思って、せいぜい有難がるのだぞ」

栗橋の達しを受けて、遠山がますます調子づく。それでも門佑は、素直に頭を下げた。

「はい、肝に銘じております。お奉行のお口添えのおかげで、評定所に連座させられずに済みました」

門佑が鳥居と繋がっているという噂は、北町に根強く残っていた。本当なら、鳥居一派とともに、捕縛される恐れは十二分にあった。老中はじめ掛りの役人に、門佑の潔白を説いてくれたのは、他ならぬこの遠山だ。門佑は東丈を通して、そうきいていた。

「それに、また吟味方のお役目をいただくことができたのも、お奉行のおとりなしにございましょう」

門佑は、ていねいに礼を述べた。

「はて、それについてはわしは知らんぞ」そこだけは白々しく空とぼけてみせる。「北町の要《かなめ》たる与力がふたりも欠けたのだ。その穴埋めに、おまえが当てられただけであろう。のう、七太夫」

「はい、おそらく仰せのとおりにございましょう」

栗橋の隣で、東丈七太夫が穏やかに応じた。

「東丈殿の穴埋めに、鷹門殿では不足ですがね」

栗橋が憎まれ口をたたき、門佑も苦笑を返したが、いや、と東丈は首を横にふった。

吟味方は世情に通じ、人情の機微をつかめなくては務まらない。若い頃から見習いを続け、一人前になるまでには長の年月がかかるものだと、東丈は説いた。

「高安ほどの者に、わざわざ積み荷の張り番をさせるなぞ愚かなことだ。北のお奉行も北村殿も、それはよく承知しておられる」

「東丈殿には及びませんが、精一杯務めさせていただきます。ただ、おふたりがいなくなり、北町も少々寂しくなりました」と門佑は声を落とした。

東丈七太夫と七太郎親子は、遠山に乞われ、そろって南町に引き抜かれた。異例のことではあるが、遠山は熱心に北町奉行に乞い、東丈親子もそれを望んだ。

そして門佑もまた、遠山から同じ誘いを受けていた。

「だから南町に来いと言ったであろう。それをあっさり袖にしおって」

「仕方がございませんよ。鷹門殿は強情なお方ですからね」

遠山と栗橋が、口々に不平を漏らす。

「申し訳ございません、お気持ちだけ有難く。私の家は、代々北町に仕えてきましたから」

門佑はその方便で、遠山の誘いを断った。また遠山のもとで働きたいという、その気持ちは門佑の中にもたしかにあった。だが、一時でも鳥居のもとに通っていたのは事実だ。そんな己が遠山の好意に甘え過ぎてはいけないと、門佑なりのけじめだった。

その胸中を察したように、遠山がにやりとする。

「おまえが南町に来ておれば、不出来な配下にも寛容な男よと、わしの太っ腹がさらに評判になったものを」

「それを足掛かりに、もっと上を目指されますか。たしかお奉行の狙いはお寺社でしたか」

つい昔に戻って軽口をきくと、遠山は呵々《かか》と笑いとばした。

「寺社奉行も閑《ひま》だからな。格式だけの役目は、大目付で懲りたわ」

「町奉行なら、退屈の虫も騒ぎませぬか」

「むろんだ。ここには為すべきことがたんとあるからな。まずは南の大掃除からだ」

その言葉通り、遠山がまずとりかかったのは、鳥居の息のかかった与力同心の処分だった。鳥居の命により、卑怯なやり口で無実の者を陥れたとして、与力ふたりと同心ひとりが処分を受けた。

その親玉たる水野や鳥居の裁きは、この半年後に評定所より下された。

水野忠邦は二万石を減じた上で、出羽山形への転封と隠居・謹慎を命ぜられ、後藤三右衛門は死罪、渋川六蔵はお預けなど、それぞれ刑を受けた。

そして鳥居耀蔵は、四国讃岐丸亀藩、京極長門守《きょうごくながとのかみ》へお預けとなった。

「矢部様が知ったら、少しは溜飲を下げられよう」

市中では、そのような噂がしきりに囁かれた。

矢部を陥れた鳥居が、同じ配流の刑を受けた。その皮肉な巡り合わせばかりではなく、沙汰を知った町人たちが、まるきり逆の仕打ちに出たからだ。

矢部のときには、近所の者たちが次々と駆けつけて、夜中のうちに家財を運び出す手伝いをした。おかげで矢部家は、改易となってもさほどの痛手は受けなかったという。

一方の鳥居の屋敷では、水野のときとまったく同様、投石騒ぎが起きた。夜中にも石が投げ入れられるために、裏から家財を持ち出すこともできず、すべて公儀に没収された。

改革でいまにも消えそうになっていた江戸の灯《ひ》は、少しずつ息を吹き返していたが、彼らの刑が定まった頃から、その勢いは一気に広がった。

十五軒にまで減じられた寄席は、この年には改革前の三倍以上、七百軒にもふくれ上がり、岡場所もその翌年から増えはじめたが、取締りはほとんど行われなかった。

株仲間については、遠山がその復活を早くに上申したが、再興令が出されるまでにはそれから五年ほど待たされた。

改革はすでに過去のものとなり、北町でも誰も門佑と鳥居の関わりなど、噂する者はいなくなった。門佑自身、公私ともに忙しく日を過ごし、高積見廻に従事していたことさえ遠い記憶として半ば埋没しかかっていた。

しかしあることから、門佑は酷薄な螋の面影を、ふいに思い出した。

遠山が南町奉行となってから、もうすぐ二年が経とうとしていた。

正月も松の内半ばとなり、梅が盛りの頃だった。その夜、門佑は南町奉行の役宅を訪れた。

「よう来たな、鷹門。ただでさえ愛想に欠けるのだから、もそっとたびたび顔を出せ」

ふいの訪問にもかかわらず、遠山は手放しで歓迎してくれた。

「おまえが来るとわかっていたら、小栗を帰すのではなかったな。あやつもおまえと呑みたいと、よう口にしておるわ」

絶えず主につき従っていた栗橋も、先ごろ嫁を迎え、芝愛宕下の遠山家の屋敷から南町奉行所に通うようになっていた。

酒肴の仕度を頼み、女中が去ると、遠山は少しのあいだしげしげと門佑をながめた。

「小栗を呼びにやることもできるが……あやつはいない方がよいか」

遠山の目は、窺うように門佑に注がれている。

「おまえが夜半にわしを訪ねてきたことは、ついぞなかった。よほどのことか」

「はい……仰るとおり、相談というか、お願いがあって参りました」

「ほう、おまえがわしに頼み事とは。明日は雪になりそうだな」

茶化しながらも、口調や顔つきに笑いは含まれていなかった。

「実は、御用の筋で大坂へ上ることになりました。三日の後に江戸を立ちます」

先日捕縛された咎人が、大坂でも数々の悪事を働いていたと白状した。その罪状の調べのために、門佑が大坂町奉行所に遣わされることとなった。お役目自体は、何らめずらしいことではない。ふむふむと遠山はうなずいている。

門佑はそこで居住まいを正し、畳に両手をついた。

「その帰りに、讃岐《さぬき》へ金毘羅詣《こんぴらもう》でに行きたいと、そう考えております」

讃岐という地名が、思い当たったのだろう。遠山がはっと目を見開いて、寄りかかっていた脇息《きょうそく》から肘を浮かせた。

四国讃岐の金毘羅宮は、伊勢や上方に出向く旅人は必ず立ち寄るという人気の参拝所だ。大坂から讃岐へわたる舟が出ているが、門佑が金毘羅宮にかこつけて、行こうとしているのは別の場所だ。その意図を、遠山は正確に読みとったようだ。

「讃岐丸亀藩に預けられた、鳥居に会いたいと、そういうわけか」

しばしの沈黙の後、遠山は低く言った。声にはわずかに棘《とげ》があるが、その丸い目はどこか悲しそうに門佑に向けられている。

「お預けとなった罪人に、そうそう近づけるわけもなかろうが」

「よく承知しております。そのためにこうしてお願いに上がりました。お奉行なら、丸亀のお殿様にも城中でお会いになりましょう」

「あいにく京極長門守様は、まだ国許におられる。江戸参府は、たしか四月の筈だ」

「でしたら江戸の御留守居役に、お頼みしてはいただけませんか。お奉行のお立場なら、かなりの無理も通る筈です」

町奉行のもとには、諸藩からの付届けが絶えない。参勤のたびに田舎育ちの家臣が大勢江戸に入り、その華やぎに惑わされ、よく騒ぎを起こすからだ。何かあったときには、どうぞよしなにと、盆暮れの挨拶には余念がない。門佑ら町与力でさえも、同様の恩恵に与《あずか》っているほどだ。町奉行の頼みとあらば、留守居役ならまず無下《むげ》に断ることはないだろう。

しかし門佑のその勘定高さが、遠山の勘気に触れたようだ。湯から上がったばかりのように、丸い顔が真っ赤に染まった。

「あの蝮のために、何故わしが京極家に借りを作らねばならんのだ！」

閉じたまま脇に置いてあった扇子を、門佑目がけて投げつけた。ぴしりと小気味のいい音を立て、扇子は門佑の額に命中し、畳に落ちた。

閉めきられた座敷に、遠山の荒い息遣いだけが響く。何故と問われても、うまい応えが浮かばない。畳に目を落としたまま、門佑は押し黙った。

やがて門佑の耳に、遠山の長いため息が届いた。頑是ない子供に手を焼くような、やれやれと言いたげな響きに満ちていた。

「どうしてそこまであの男にこだわるのか、皆目見当がつかんわ。言うておくが、あやつは決して、おまえに目をかけたわけでも、気に入っていたわけでもないのだぞ。鳥居がおまえに近づいたのは、おそらくはわしへの嫌がらせだ」

「私も、そう思います。東丈様から伺うたときに、遅まきながら気がつきました」

「東丈が何と」

「私が鳥居様の隠密を働いてはいないと、お奉行はそう信じておられたと伺いました」

何を根拠に、遠山は疑いの目を解いたのか。己の人となり故だと、思い込むほどめでたくはない。門佑はあのとき、考えてみた。

鳥居は自身の内与力を、門佑の組屋敷まで迎えに寄越した。町役人の組屋敷が立ち並ぶ場所に、南の内与力が何度も足を運べば、そのうち誰かに見咎められる恐れがある。もしも門佑に密偵をさせるつもりがあったなら、あのような粗忽な真似は決してしない筈だ。

あれはあくまで門佑と鳥居のあいだに関わりがあると、噂が広まることを見越した上でのやり口だろう。遠山が言ったとおり、犬猿の仲の遠山への嫌がらせか、あるいはその片腕と称されていた門佑を潰すつもりであったのか、そのどちらかなのだろう。

門佑は遠山に向かって、そのように述べた。

「そこまでわかっていながら、何故未だにあやつにこだわる。いや、そもそもわしにはひとつだけわからぬことがあったわ。鳥居の腹は見えてはいたが、おまえの胸三寸はいまひとつ読めなんだ。どうしておまえは、うかうかと鳥居の誘いに乗ったのだ」

北町にいた三年のあいだ、遠山なりに門佑を見てきた。その姿と鳥居のもとに通う様が、どうしても結びつかなかったという。少し考えて、門佑は答えた。

「鳥居様が、お卯乃と同じことを口になさったからです」

「何だと」

「食を断たれて亡くなられた矢部様よりも、先の飢饉で飢え死にした百姓の方がよほど無念だと、お卯乃は私に言いました。まったく同じことを、鳥居様も申されたのです」

「……それだけか」

「はい、それだけにございます」

頭ではわかったつもりでも、飢えに苦しむ百姓の気持ちまでは計りかねる。それでも門佑は、弟を亡くしたお卯乃の悲しみに、少しでも添うてやりたかった。国々の民百姓の暮らしぶりを、少しでも知りたいと思った。そして諸国の有様に詳しかったのは、門佑のまわりでは鳥居しかいなかった。

「どんな込み入った仔細があるのかと身構えていたが、ふたを開けてみれば女とは」

ふうう、と遠山はため息を声に出した。まさに拍子抜けといった風情で、身内にふくらんでいた怒りが、ひと息に抜けていくのがわかる。

「申し訳ございません」

「それにしてもお卯乃とは、懐かしい名を耳にしたな」

声の調子がやさしかった。門佑が、そっと頭を上げてみる。

「今頃、あの娘は、どこで何をしているのだろうな」

赤味がいく分引いた丸い顔には、昔を惜しむような深い笑みが浮いていた。


三日後、門佑は江戸を立ち、十日かけて大坂に着いた。大坂町奉行所での御用を片付けていると、三日目の朝、ふたりの侍が門佑を訪ねてきた。京極家の家臣で、江戸の上屋敷からの急ぎ飛脚で指図を受け、門佑を迎えに来てくれたのだ。

「此度のお役目、ご苦労様にございます」

遠山と江戸留守居役のあいだで、どのような相談が交わされたかは知らないが、門佑は表向き、江戸町奉行の使いとして咎人の様子見伺いという建前になっていた。預かりを命じられた京極家は、公儀の手前、鳥居の扱いにはことさら気を尖らせている。その使者に粗相があってはならないと、ふたりの家臣の対応は過ぎるほどに慇懃《いんぎん》だった。

四国は門佑にとって、初めて訪れる土地だ。讃岐は江戸よりも温暖で、初春の空は胸がすくように高かった。己の立場を忘れ、門佑はしばしのどかな景色に目を奪われていたが、鳥居が幽閉されている御用屋敷に着いたとたん、浮いた気持ちもどこかに吹きとんでしまった。

建物の四面に、隙間なく立てられた竹矢来の物々しさと、その内外に立つ番方のいかめしい顔つきを見れば、鳥居がいま置かれている立場がわかる。垣根の内では、裃姿の別の侍三人が出迎え、挨拶より他は余計な口をきかず、門佑を奥の座敷に案内した。

「なんと、高安ではないか。まさかおまえが遣わされるとは、思うてもみなかったわ」

江戸から公儀の使いが来るとだけ伝えられていたらしく、門佑の来訪がよほど意外だったようだ。鳥居はひどく驚いて、それでも門佑がたじろぐほどのたいそうな歓迎ぶりだった。

「なにせ書物も読めず、話し相手と言えば番方の田舎侍ばかりでな。暇を持て余すことさえ飽《あ》いておった」

門佑をここへ連れてきた家臣は、次の間で控えている。閉め切られた襖にちらりと目をやって、鳥居は後のところだけ声をひそめた。

「達者なごようすで何よりです。お目にかかり、大いに安堵いたしました」

決して型通りの挨拶ではなしに、鳥居の壮健ぶりに門佑は少なからず驚いていた。最前のようないたずらめいた口調も意外に思えたが、心身ともに衰えていないことを物語っている。鳥居耀蔵という男の強靭さに、門佑は戦慄すら覚えていた。

武士は、恥を何より恐れる。己の、家の、主の尊厳を守るためなら、決して命を惜しまぬ者たちだ。他家お預けという刑罰は、武士にとっては恥辱以外の何物でもない。誰もがそれだけで心が折れる。幽閉されて一年もせぬうちに病死する者もおり、矢部の自害もまた、同じ理由によるものだ。

対して、この鳥居のようすはどうだろう。今年五十二歳となり、すでに老齢にさしかかっている。なのに老いも諦めも、そのからだや心を蝕んではいない。見栄も体裁も、武士の心得も、鳥居にとっては取るに足らないことなのだ。世間並みの常識にまったく囚われることなく、あくまで己を貫き通す。だからこそあのような悪辣で酷薄な真似を、平気でやってのけたのかもしれない。

したたかで曲がりが強く、それでいて決して折れない。鳥居の精神は、自在に伸び縮みする鋼のようなものだと、門佑にはそう思えた。

「どうしておまえが来ることになったのだ。前のように、わしに何かききたいことがあると、そういうわけでもなかろうに」

挨拶が済むと、鳥居はまず門佑に来訪の意図をたずねた。

ただ、顔を見たかったたと、正直に告げるつもりだったが、鳥居の物言いに、内与力の屋敷で対峙していた頃がふとよみがえった。

門佑が問うて、鳥居が答える。まさに師匠と弟子のごとくで、鳥居はどんな問いにも必ず答えをくれる優れた師であった。あれからすでに四年が経つ。門佑はあの頃に倣い、頬を引き締めた。

「いえ、仰るとおり、鳥居様にぜひとも伺いたい儀があり、確かめに参りました」

ふむ、と門佑をながめ、申してみよと鳥居がうなずく。

「先に鳥居様は仰いました。矢部様が食を断たれてご自害なさったのは、ばかばかしい所業だと。いまもそのようにお考えですか」

己もいまは、かつての矢部と同じ憂き目に遭っている。多少の皮肉も含んではいたが、門佑は純粋に、その心中を確かめたかった。鳥居は何の躊躇もなく、即座に答えた。

「むろんだ。むしろここへ来て、いっそうその考えが強まったわ。返すがえすも馬鹿な男だ。あのような真似をしなければ、今頃は江戸に舞い戻っていたやもしれん。あやつの死は、紛れもない犬死にだ」

情け容赦のない言いようだが、たしかにと、うなずきそうになる己がいる。水野の失脚は、矢部の死から、わずか一年三ヶ月後のことだった。矢部の罪は、鳥居による明らかなでっちあげであり、城中には惜しむ声が多かった。生きてさえいれば、すぐにでも許されて、ふたたび能吏として腕をふるっていたかもしれない。

「私も正直、矢部様の死は惜しまれてなりません。江戸の町人たちからも、同じような声を耳にすることがございます」

「ふん、取締る側の役人が、町人に慕われて何とする。担がれていい気になって、きらびやかな神輿《みこし》の上で踊っている阿呆に過ぎん。江戸の町人どもは、神輿の傍らで掛け声をかけているだけだ。神輿の下を覗こうともせぬから、本当に担ぐ者たちの姿も目に入らぬのだ」

「……それは、民百姓ということですか」

いかにも、と鳥居は、薄い唇を引き結び、深く首肯した。

「江戸の奢侈は、百姓の辛苦に支えられておる。それを忘れて商人も町人も、ひいては大名旗本さえもが贅の限りを尽くす。このままでは早晩この国は、立ち行かなくなろう」

政の中心を遠く離れた、配流の身の上だ。陳腐にきこえてもおかしくはないのに、論じる声には力があった。

「国を守る武士と、これを支える農民とで国は成る。その肝心の士農が貧しい暮らしを余儀なくされて、その下に位する工商が奢侈にふけるのは本末転倒というものだ」

そうは思わんか、と問われ、門佑は忌憚なく己の意見を述べた。

「建前はわかりますが、だからといって工商の者たちに、ことさら辛く当たるのはやはりどうかと思います。ことに我ら町役人は、江戸の町とそこに住む者を守るのが役目です」

「おまえたち町役人どもは、江戸の町さえ守ればいいと考えておるのだろうが、幕府は国を守らねばならぬ。先の改革も、そのためのものだ」

その主旨を理解せず、誰もが手前勝手を貫いて己に利がなければ騒ぎ出すと、鳥居は憎々しげに吐き捨てた。

「憚りながら、ご公儀も、同じなのではありませぬか。あのご改革は、ただ幕府のためだけに発せられた。下々にそのつけを負わせるのは、いかがなものかと存じますが」

「何を言うか。開闢《かいびゃく》以来二百五十年もの長きにわたり、太平の世を築いてきたのだぞ。そのご政道に、間違いがあろう筈がなかろうが」

儒者として鳥居の生家は、代々幕府の政を支えてきた。その物言いは、確信に満ちていた。

「それならどうして、ご改革を道半ばでなげうたれたのですか。水野様を……あのような形でお見捨てになられて」

裏切ったとは、さすがに口にはできなかった。しかし鳥居は、そんな気遣いを一蹴するように、すっぱりと断じた。

「先に裏切ったのは、越前様の方だ」

「どういう、ことでございますか」

「越前様は、上知令への抗いに負けたのだ。紀州公の御領《ごりょう》だけ、上知を免じようとされた」

徳川御三家の一、紀州徳川家は、上知令に激しく抵抗した者のひとりだ。将軍家慶にも目《ま》見《み》え、談判したとも言われている。もともとは幕府の、徳川家のための上知令だ。それを御三家自らが忌避するようでは、うまくいく筈がない。水野越前守はよほど焦っていたのだろう。御三家には上知を行わないと言をひるがえし、紀州公を味方につけようとした。

「あれはいけない」と鳥居は断じた。御三家だけに特例を与えれば、次には譜代大名が、そして外様がと、その輪は限りなく広がる。また公平を欠く法は、後々必ず火種となる。

「つまりは越前様は、日和《ひよ》られたということだ。あれは我らへの、何よりの裏切りだ。相手の顔色を窺いながら、改革など続けられる筈もないからな」

ふたたび老中の座についても、水野は翼をもがれた鳥のごとく目立つ働きはしなかった。あれがその証しだと、鳥居は述べた。

「とはいえ、改革という難事を、他の誰ならやり果《おお》せたかと問われれば、いまの城中の顔ぶれからは、ただのひとりも浮かばんがな」

「鳥居様では、いけませんか」

世辞でも皮肉でもなく、門佑はそうたずねたが、

「わしには人を集める才がないからな」

何の気持ちもこもらぬ調子で、鳥居は答えた。

門佑も、幕府という組織の末端にいる以上、水野忠邦が何故、改革を断行せざるを得なかったのか、その大本を頭では理解していた。

前将軍十一代家斉の治世、城下には町人文化が花開いたが、同時に贅を極める風潮は城中にも広まった。行き過ぎた奢侈のために、幕府の力はかつてないほどに衰退し、これに止《とど》めを刺したのが天保の飢饉であった。

まさに青息吐息の有様で、敵は目前に迫っている。しかしその敵の姿が、余人にはほとんど見えていなかった。

「越前様は城中の誰よりも、諸外国については識者であった。刻々と近づいてくる異人の足音の大きさを、もっとも感じていたのはあのお方であったろう」

まさに内憂外患の事態であり、幕府は、ひいては国家そのものが、存亡の危機に瀕していた。

急《せ》いては事を仕損じる。水野は確かに急ぎ過ぎた。しかし裏を返せば、遠くの敵が見えていたからこそ、躍起にならざるを得なかったのだろう。

「……それほど水野様を買っていたにもかかわらず、あのような真似を？」

「何とでも言え。あのときわしは、越前様と袂《たもと》を分かった。そうなれば、越前様は敵だ。敵には容赦しないのが、わしの流儀でな」

見事な三段論法を、悪びれることなく平然と告げる。ひとたび敵と見なせば、完膚なきまでに叩きのめす。それが鳥居の生き方であり、戦いこそが鳥居の人生そのものなのだ。その戦《いくさ》には、礼節も情けも潔さも、入る余地はない。もっとも卑劣で残忍なやり方で敵の寝首をかき、その屍を蹴散らして前へと進む。

血みどろの大地の上に、悠然と立つことのできる、鳥居耀蔵とはそういう人物だった。

その光景が見えるようで、門佑はごくりと唾を呑んだ。

矢部や遠山のように、名奉行と謳われ、下々に慕われた者は他にもいる。だが、これほど疎まれ恐れられた町奉行は、この鳥居をおいて他にはいない。その突出した稀有な存在の本質を見極めたくて、ここまで足を運んだのかもしれない。門佑の胸に、そんな思いがふと浮かんだ。

そしていまの鳥居の戦相手は、己の死そのものだった。

やがて閉じられた襖の向こうから、そろそろ退出をと声がかかった。

「もう、そのような刻限か。早いのう……これほど早う時が過ぎたのは、ここに来て初めてのことだ」

門佑が与えられたのは一刻《いっとき》だけだ。このときばかりは、鳥居はひどく切なそうな顔をした。

「私も、名残り惜しゅうございます。どうかおからだをお厭《いと》いください」

「己のからだのことは、誰よりようわかっておるわ」と、鳥居は部屋の隅に目をやった。

そこには木の鉢や椀とともに、乾燥した草や根のようなものが見受けられる。

「もしや……薬ですか」

「さよう。手許に漢書があれば、もっと色々と工夫できるのだがな」

「ご自身で薬まで……ここにはお医師はいらっしゃらないのですか」

「むろん、おる。わしが死ねば、京極家にとっても粗相になるからな。死なせぬようにと医者は寄越してくれるが、正直、からだの見立ても薬種の知恵もわしの方が上だ」

元気そうに見えたが、鳥居は実は数々の病に苦しめられていた。舌に腫れ物ができたり、たびたび血尿が出たりして、そのたびに己で見立て、薬を処方していた。

一冊の書物も許されない鳥居だが、薬については丸亀藩も、言われるままに薬種をそろえた。お預けと言われるとおり、配流された咎人は、あくまで公儀からの預かりものだ。万一、死なせるようなことがあれば、咎めを受ける恐れがある。

そして、藩医よりも己の方が医術にくわしいと、その鳥居の申しようは、決して誇張ではなかった。

鳥居には、学者としての膨大な知識があった。それは儒学ばかりでなく、医術についても同じことが言える。漢書から取り込んだ医薬の知恵は、丸亀の藩医すらも及ばぬほどで、それを鳥居は己のからだを使って実践していた。

これがやがて、鳥居のからだばかりでなく、心を救うことになる。

長きにわたる幽閉の末に、やがて鳥居は丸亀の民たちと交わることを許される。鳥居の優れた医術は、近在の者たちに大いに敬重され、幽閉が解かれるまでに、実に六千人にものぼる患者がこの御用屋敷を訪れることとなる。

丸亀の民の素朴な感謝や敬愛は、何よりも鳥居の無聊《ぶりょう》を慰めた。生きる力と張りを与え、やがて刑が解かれるその日まで、鳥居を生き長らえさせる大事な命の水となった。

しかしそれは、ずっと先の話だ。門佑は知るよしもなく、代わりに別のことを思った。

「病をお持ちとは、存じませんでした。江戸にいるご縁者の方々も、さぞかし案じておられるでしょうな」

一瞬ではあったが、鳥居の顔が泣き出さんばかりにゆがんだように、門佑には見えた。

「それはわしとて同じだ。兄弟や子や孫が、夢に出ぬ日は一日もない」

敵とみなした者には、あれほど酷い仕打ちをしておきながら、己の肉親にはあたりまえの情を示すものかと、門佑は半ば呆れる思いがした。しかし他者を蹴落とすような男だからこそ、いっそうその情愛は身内に傾くのかもしれない。

「そういえば、おまえは未だにひとり身を通しているのか」

思い出したように、鳥居がたずねた。

「いえ、叔母が嫁いだ稲取家から、妻を娶りました。二年と半年ほどが経ちまする」

「ほう、さようか。それはよい知らせをきいた」

まるで門佑を身内と認めたかのように、鳥居は手放しで喜んでくれた。

「子はどうだ。まだできぬのか」

「無事に授かりまして、あとふた月で産み月になります」

「そうかそうか。大事にしてやるのだぞ」

門佑が最後に目にした鳥居は、蝮や妖怪を窺わせる名残りはなく、孫ができたことを喜ぶような、あたりまえの年寄りの顔をしていた。


御用屋敷を出ると、朝ここまで連れてきてくれたふたりの家臣が門佑を待っていた。

竹矢来を過ぎる前に門佑は足を止め、屋敷をふり向き、静かに頭を下げた。屋敷の中にいる鳥居への、そして江戸で待つ遠山への、謝罪のつもりだった。

ふたりには明かせなかったが、門佑が鳥居ともう一度会いたいと願ったのは、甚だ私的な理由だった。

子が産まれるのを前にして、門佑は急に不安に襲われたのだ。己の薄情を、鳥居は暴いてみせた。そんな情に欠ける己が、父親になどなれるだろうかと、ふいに焦りにも似た不安が首をもたげた。

大坂行きを命ぜられたのは、そのような矢先のことだった。門佑の脳裏に、立ち所に鳥居の顔が浮かんだ。

門佑が本当に見たかったのは、長の幽閉に疲れ、己の所業を悔いている鳥居の姿だった。月並みな人間に堕ちた姿を見れば、あの頃の鳥居とのやりとりは一時の幻だと逃げることができる。己の卑小な心根には、いまさらながら嫌気がさす。

そのために遠山に無理をさせ、鳥居にもいたずらに里心を起こさせて、かえって寂しい思いをさせただけなのかもしれない。

けれど、来てよかったと、門佑は素直にそう思えた。

鳥居は、驚くほどに変わっていなかった。ただの一筋も、己の信念に乱れはない。その気迫が、門佑の不安や迷いをきれいにとり払ってくれた。

門佑はいま、不思議なくらい清々しい思いにかられていた。

「どうか生き長らえて、いつか江戸にお戻りください」

口の中で、そう祈った。そしてそのとおりに、鳥居はひたすらこの御用屋敷で、しぶとく命を長らえることになる。

水野よりも、遠山よりも、そして門佑よりも長く、鳥居はひたすら生き続けるのである。

水野忠邦はこれより四年後、嘉永四年に没し、その死後にようやく謹慎が解かれた。

遠山景元は、水野の死の翌年、病を理由に退くまで南町奉行を務め上げた。口にしていたほどには出世に興味が持てなくなったか、あるいは町奉行という役目がよほど気に入っていたのだろうか。南町を辞すと隠居して、剃髪し「帰雲」と号した。

隠居後は、家督を継いだ息子とともに芝愛宕下の屋敷に暮らしたが、南北両町奉行所の与力同心をはじめ、多くの者が折々に遠山を訪ねた。

病を得たとはいえ寝付くことはなく、鬱陶しいほど明るい気性も変わりはなかった。家族や大勢の友人知人と行き来して、遠山らしい賑やかな晩年を送り、水野より四年遅く、六十三年の生涯を閉じた。

遠山が永眠した年、鳥居の幽閉はちょうど十年目となった。しかしそのときですら、まだ半分にも達していない。公儀からも家族からも誰からも顧みられぬままに、鳥居は実に二十三年という長きにわたり、この丸亀藩に幽閉され続けるのである。

鳥居耀蔵が刑を解かれるのは、明治元年。江戸幕府がなくなって、初めて自由の身を与えられる。ようやく舞い戻った江戸は、すでに東京と名を変えていたが、鳥居は老いてますます達者で、二十三年の無聊を慰めるように、こまめに知己を訪ね歩き、明治六年まで七十八歳の長寿を全うする。

むろん、いまの門佑は、鳥居のそのような先行きは夢想だにできない。

頭上に広がる空は、すでに江戸よりも早い春の盛りを感じさせ、仰いだ門佑は眩しそうに目を細めた。

長旅を終えて八丁堀の屋敷に戻ると、妻の千歳が玄関で出迎えてくれた。

「お役目ご苦労様にございました。さぞお疲れになりましたでしょう」

妻の顔を目にしたとたん、風呂に浸かったようにからだの疲れがほぐれていく。ゆるみそうになる口許を無理に引き締めると、つい小言が口をついた。

「そのような大きな腹をして、玄関に立つものではないと申しておるだろう」

「やはり、見苦しいでしょうか」

ぽっこりと前にせり出した腹を見下ろして、申し訳なさそうな顔をする。

「……そうではなく、あまり動きまわるとからだに障るであろう。いまが大事なときなのだから、もっと己を厭うてやれ」

門佑が言葉を足すと、ぱっと花が咲いたような笑顔になる。こういうところが、門佑には何より有難い。

昼飯抜きで帰りを急いだ門佑のために、軽めの膳が整えられた。門佑が食べながら語る旅のみやげ話に、妻が熱心に耳を傾ける。黙って微笑んでいる居住まいは、落ち着いて穏やかなのに、「まあ、そのようなことが」と、びっくりする出来事には目を見張り、時に大きなお腹を抱えてころころと笑う。

二十日余りも離れていたのは、夫婦になって初めてのことだ。妻を相手に語らうことに、こんなに飢えていたのかと、門佑は内心で呆れていた。

「少しお休みになられますか」

旅の疲れがあろうかと、千歳は気を遣ってくれたが、やはり話し足りない感がある。

「冷やでいいから、酒をもらおう」

少し風はあるが、うららかな日和だ。門佑は縁側に出て、庭を向いて胡座をかいた。しばらく離れていたあいだに、江戸の春も深まり、あと十日ほどで桜が開く。

まもなく酒と肴を載せた盆が、門佑の膝先に置かれ、千歳も隣に重そうに腰を下ろした。妻の酌で盃を干し、門佑が言った。

「男か女か、どちらだろうな」

「姉上様や稲取の母は、男に相違ないと申しておりました」

「留守のあいだに、姉上がいらしたのか？」

つい眉間にしわが寄ったが、妻は朗らかに応じた。

「はい、五日ほど前になりましょうか、奥山様とご一緒に。このたび新番組頭を賜ったそうにございます」

ほう、と門佑は、声を上げた。

「あのような腹の内の読めぬ女子《おなご》を、奥山の兄上はようも嫁にしたものだと気の毒に思っていたが……兄上の出世は、やはり姉上のおかげなのだろうな」

門佑も、園江の手腕だけは認めざるを得ない。

前夫のときと同様、園江は惜しみなくその才を発揮して、夫のために遺漏なく気を配っている。奥山はすでに二度の昇進を果たし、新番組頭となれば、もとの書院番与力に比べると俸禄は三倍になる。それでも十人もの大家族だから台所は苦しいようだが、姉はどんなに困っても、決して門佑のところにだけは無心に来ない。

門佑が勘当を解いて以降も、しばらくは八丁堀に足を向けずにいたが、千歳の懐妊を知ってから、ようやく屋敷を訪れるようになった。

意固地なまでに変わらぬ姿は、やはり鳥居に似ていると、門佑は笑みをこぼした。

「姉上様が仰るには、女子だとふくらみ具合が丸く、男子だととんがった形になるのだそうです」

「別にとんがっているようには見えぬがな」と、しげしげと腹をながめる。

日一日と育っていくごとに、愛おしさが募るように思われる。門佑はふっと目を細めた。

「男子なら、名はもう決めてあるのだが」

「あら、そうなのですか」

「常松とつけようと思うが、どうだ」

傍らの妻が、はっとなった。己の両手を腹に当て、視線を落としたまま応えた。

「でも、それでは……武家の御子の名としては、ふさわしくないでしょう」

「なに、下に朗でも丸でもつければ、それらしくきこえよう」

そう笑うと、千歳が顔を上げた。潤んだ大きな瞳が、じっと門佑に注がれている。

「門さん」

やさしい声音に引かれるように、門佑はそっとその肩を抱き寄せた。それはふたりきりのときだけの合言葉だ。

稲取家の娘として妻となった千歳は、お卯乃だった。

すべては姉の園江の立てた筋書だった。

あのまま高安家に留まっても、お卯乃は決して与力の妻にはなれない。園江はそう断じた。お卯乃には、己に対する引け目がある。貧しい百姓の娘であり、何より女郎をしていた前歴が、お卯乃を尻込みさせていた。一方の門佑も、ついついお卯乃を甘やかしてしまう。女中としての仕込みさえ遅々として進まないのは、この弟のためだと園江は考えた。

そしてお卯乃が傍にいる限り、門佑は決して嫁を娶ろうとしないだろうということもわかっていた。万策尽きた揚句、ついに園江はお卯乃を高安家の嫁にする方法を編み出した。

『門佑に、稲取家から嫁を迎えることに致しました』

お卯乃が高安家から消えた日、たしかに姉はそう告げた。お卯乃はたちまち青ざめて、屋敷を出ていくと応えたのも、姉の言ったとおりだ。

しかしこの話には、門佑が知らされていない続きがあった。

『稲取家の娘としてここに嫁ぐのは、お卯乃、おまえです』

園江はそのとき初めて、己の腹の内を打ち明けた。真岡陣屋にいた稲取の叔母にお卯乃を頼み、嫁入り修業をさせる。それが園江の策だった。

お卯乃は少しのあいだ逡巡したが、真岡に行かせてほしいと、姉の前で頭を下げた。

あらかじめ姉からきいていた叔母は、炊事や針仕事などの家事はもちろん、礼儀作法から武家の妻の心得まで、一年余のあいだ、お卯乃をきっちりと仕込んだ。

お卯乃が高安家の嫁として申し分ないと判断し、三年前のあの日、叔母は門佑を訪ねてきたのである。

初めて叔母から仔細をきかされ、門佑は言葉に尽くせぬほどに仰天した。と同時に、何故己にひと言もなかったのかと、目の前にいない姉を激しく責めた。

「園江は、おまえたちふたりを試したのです」と、叔母は静かに告げた。

いかにも姉らしい意地の悪さだと、悪態をつく門佑に、そうではないと叔母は説いた。

お卯乃の前身を知る者は、この八丁堀にも数多くいる。もと女郎を妻に迎えたとあれば、陰口はもちろん、嘲笑や侮蔑など、あらゆる悪意にさらされよう。生半可な覚悟では、ここでの暮らしはすぐに潰える。

世間の冷たい風を払うには、ふたつしか方法がない。ひとつには、後ろ指をさされることのないほどに、お卯乃が立派に与力の妻の務めを果すこと。そしてもうひとつは、門佑とお卯乃が互いに腹を据え、その上で手を携えていくことだ。

どんなに嘲りを受けようと、平然と構え、胸を張っていく気概こそが必要とされる。夫婦がそれを続けていけば、いつかはつまらぬ噂を払うこともできよう。

門佑とお卯乃、それぞれの覚悟と、その思いの強さを量るために、園江は弟に何も告げなかった。そしてお卯乃にも、その因果を含めておいた。

もしもお卯乃が花嫁修業を途中で投げ出したり、あるいはどちらかが心変わりをしたなら、この話は立ち消えになる。お卯乃はそれを承知で、この屋敷を出て行ったのだ。

あの日、叔母がわざわざお卯乃の話を持ち出したのもそれ故だ。門佑が未だにお卯乃を待ち続けていると、それを確かめた上で、初めて一切を話してくれた。

そして半年後、稲取家の養女、千歳として、お卯乃は門佑の妻になった。

夫婦で挨拶に行ったから、遠山はもちろん承知している。お卯乃がどこで何をしているのだろうとは、遠山らしい洒落だった。

お卯乃は門佑の肩に頭をあずけ、目を閉じている。しばらく黙って妻をながめていたが、おや、と門佑は顔を上げた。

日がわずかに傾いて、風が強くなった。その風に乗って、はらはらと白いものが落ちてくる。

「見ろ、お卯乃」

声をかけると、お卯乃は目をあけた。

「おまえの弟が、下りてきたぞ」

お卯乃は身を起こし、空を仰いだ。青い空から、まるで花びらのように雪が落ちてくる。江戸の雪は、もうほとんど残っていない。どこの山から運ばれてきたのだろう。それは季節外れの風花だった。

出会ったときと同じに、お卯乃が両手をさし伸べる。羽のような軽い雪は、白い手の上にとまり、やわらかく溶けた。

参考文献

『天保改革町触史料』　荒川秀俊編　雄山閣出版
『天保の改革』　藤田 覚　吉川弘文館　日本歴史叢書
『遠山金四郎の時代』　藤田 覚　校倉書房
『遠山金四郎』　岡崎寛徳　講談社現代新書
『鳥居耀蔵――天保の改革の弾圧者』　松岡英夫　中公新書
『団十郎と「勧進帳」』　小坂井澄　講談社

※他に、ウェブサイト「仁杉五郎左衛門研究」を参考にさせていただきました。ありがとうございました。（著者）

解説

縄田《なわた》一男《かずお》（文芸評論家）

二〇一二年十二月某日、東北新幹線の新白河《しんしらかわ》駅から下車して車で三十分ほどのところにある、中山義秀《なかやまぎしゅう》文学賞選考会場は、水を打ったように、しーんと静まり返っていた。

と、ほどなく、

「第十八回中山義秀文学賞は、西條奈加《さいじょうなか》さんの『涅槃《ねはん》の雪』に決まりました」とのアナウンスがあり、場内はあたたかい拍手につつまれた。

そして私は、ほっと胸を撫で下ろした。ここで私事を書くのは恐縮だが、大体、私なぞは自分で評論家などという客観性を旨とする仕事に向いていないのではないか、と思うときがある。

というのは、作品を読み、それが素晴らしいと思ったら情が先に立ち、もはや、惚《ほ》れたが悪いか、という世界になってしまうからだ。

『涅槃の雪』を最初に読んだときもそうだった。そして選考に当たって再読したときも、初読の際の感動は微動だにしなかった。

熱心な読者なら御存知のように、中山義秀文学賞は、わが国で数少ない歴史・時代小説専門の文学賞であり、選考は、公開選考――いわゆる密室の中では行わず、地元の文学愛好家、候補作の担当編集者、下読みの方々がズラリ揃った前で、いいものは良し、駄目なものは駄目と、とことんフェアな選考にこだわった文学賞といえる。

これは、なかなかプレッシャーがあるもので、落とす作品の担当者から恨みを買うことは、百も承知、二百も合点というわけだ。また、選考がはじまるまでの選考委員たちの腹のさぐり合いも面白く、この第十八回中山義秀文学賞の場合は、私ははじめからダントツで『涅槃の雪』と決めていたので、前述の胸を撫で下ろした、とは、この間の事情による。

だが、もし、候補作が『涅槃の雪』でなかったら、私は果たして西條奈加の才能をきちんと見抜いていただろうか？　これは甚《はなは》だ心もとない。

私はこの作品以前にも同じ作者による『善人長屋』の書評をしたことがある。が、その折の正直な感想を述べれば、純粋な時代小説としては、少々、弱いのではないか、という思いであった。

というのは、西條奈加が『金春屋《こんぱるや》ゴメス』で、第十七回日本ファンタジーノベル大賞を受賞したとき、私はどう評価すべきか、かなり悩んだ記憶がある。

それは、この一巻が、架空の江戸、もしくはパラレルワールド的な江戸を舞台とした作品だったからだ。

今日、時代小説は、文庫書下ろし作品を含めて、空前の活況を呈しているかに見える。が、シビアな眼で見れば、玉石混交、完全な飽和状態にあり、そのすべてを肯定できない――つまりは、かなりレベルの低い作品もある、ということになる。

その中で『金春屋ゴメス』は、確かに面白かった。が、架空の江戸を舞台にする、というファンタジー的要素、換言すれば、作者の遊び心が、この作品をギリギリのところで、一見、時代小説ではあるが、何か別のものにしてしまっており、後続の作家たちの中に、時代小説は何でもアリでOKだ、という不心得者が出てしまわないか、という危惧が私の中にあったからである。

ところが作者は、私の心配をよそに、前述の『善人長屋』や『恋細工』、『烏金《からすがね》』といった、ファンタジー的要素を含まない純然たる時代小説にも健筆をふるうようになった。

そして、作者が腕を上げれば上げるほど、読者にも欲が出る。すなわち、より頭ひとつ抜きん出た決定打が欲しい――そんな折に刊行されたのが正に『涅槃の雪』だったのである。

この一巻には、これから西條奈加が時代小説を書いていく覚悟のほどがありありと見てとれたのである。

ここで近年の私の書評の方針を述べさせてもらえば、これはいささか乱暴ないい方になるのだが、よほどの作品でない限り、私は放っておいても売れる作家の作品は書評しないことにしている。

むしろ、そうしたブランドと化した作品の陰に隠れて、せっかく実力があるのに、読者の手に届きにくくなっているもの、それを喧伝《けんでん》しなくて何の書評ぞ、という思いが、近年、ますます強くなっている。

そして話を『涅槃の雪』に戻せば、前述のファンタジー云々などということどもは、まったくの杞憂《きゆう》であった。

もはや西條奈加は、どこに出しても恥ずかしくない、時代小説作家の一人として成長した、といっていい。

物語は、反骨の与力《よりき》・高安門佑《たかやすもんすけ》を軸に天保の改革に抵抗する人々の群像劇として成立している。

まず、素晴らしいのは、一箇所たりともステレオタイプに陥《おちい》った点がないところであろう。

たとえば、食を断つことによって幕政に抵抗して逝った矢部定謙《やべさだのり》は、これまでは、土師清二《はじせいじ》『餓鬼奉行』等で、高潔の士として讃えられているが、この作品では扱い方の根本が違う。

この一巻では女郎あがりのお卯乃《うの》＝底辺を生きる者によって自分の弟は「(飯を）食いたくなかったんじゃない！　食うものがなかったんだ！」と怒りとともに相対化されていく。さらに、いれずみ判官《はんがん》こと遠山金四郎《とおやまきんしろう》でさえ、「こうまで真っ向から異を唱えるのは、出世大事の遠山には似つかわしくない」とされ、前述の与力・高安も妖怪こと鳥居耀蔵《とりいようぞう》に「巷《ちまた》では、世情に通じ、下々に情け深いなぞと噂され、遠山もおまえのそういうところを買っているのだろうが、その実（潔癖すぎる）おまえは、薄情けにかけてはわしと何ら差はない」と記される。

つまり作者は人間を常に多面的にとらえることに腐心している。

さらに天保の改革は、そのまま、おいしいことをいっていて、実体の見えてこない現在の政治への批判ともなり得よう。

というのは、鳥居の「江戸の奢侈は、百姓の辛苦に支えられておる。それを忘れて」云々というくだりを読むと、東京は――いや、日本は東北の我慢（東日本大震災）と沖縄の無念（基地問題等）によって支えられている、とでも読み替えたくなるくらいだからだ。

加えて、この一巻について嬉しいことがもう一つあった。

私は、二〇一一年から、毎年、「オール讀物」の十二月号で、各年度の時代小説ベスト二〇を選ぶ仕事を仰せつかっている。

そのはじめの年、二〇一一年の二〇冊に私は、当然の如く『涅槃の雪』を入れたが、文藝春秋の忘年会で、出版社の垣根を越えて、S伝社のT氏が、「いやァ、嬉しかったな。僕もこの作品が大好きで……。縄田さんもいちばん長く書いていたでしょう」と満面の笑みを浮かべて話しかけられたのは、自分のことのように嬉しかった。

さァ、これから私たちも、西條奈加の時代作家としての心意気を満を持して見守っていこうではないか。

初出
茶番白洲　「小説宝石」二〇一〇年一月号（光文社）
雛の風　「小説宝石」二〇一〇年三月号
茂弥・勢登菊　「小説宝石」二〇一〇年五月号
山葵景気　「小説宝石」二〇一〇年七月号
涅槃の雪　「小説宝石」二〇一〇年九月号
落梅　「小説宝石」二〇一〇年十一月号
風花　「小説宝石」二〇一一年一月号（「春三様」を改題）

単行本　二〇一一年九月　光文社刊

光文社文庫

涅《ね》槃《はん》の雪《ゆき》
著者　西《さい》條《じょう》奈《な》加《か》

2014年8月20日　初版1刷発行
2024年11月30日　12刷発行

発行者　三宅貴久
印刷　KPSプロダクツ
製本　ナショナル製本

発行所　株式会社　光文社
〒112-8011　東京都文京区音羽1-16-6
電話（03）5395-8149　編集部
8116　書籍販売部
8125　制作部

ISBN978-4-334-76787-7　Printed in Japan

組版　萩原印刷

光文社時代小説文庫　好評既刊

父子十手捕物日記　鈴木英治
春風そよぐ　鈴木英治
一輪の花　鈴木英治
蒼い月　鈴木英治
鳥かご　鈴木英治
お陀仏坂　鈴木英治
夜鳴き蝉　鈴木英治
結ぶ縁　鈴木英治
地獄の釜　鈴木英治
なびく髪　鈴木英治
情けの背中　鈴木英治
町方燃ゆ　鈴木英治
さまよう人　鈴木英治
門出の陽射し　鈴木英治
浪人半九郎　鈴木英治
息吹く魂　鈴木英治
ふたり道　鈴木英治

夫婦笑み　鈴木英治
闇の剣　鈴木英治
怨鬼の剣　鈴木英治
魔性の剣　鈴木英治
烈火の剣　鈴木英治
かすてぼうろ　武川佑
酔ひもせず　田牧大和
彩は匂へど　田牧大和
落ちぬ椿　知野みさき
舞う百日紅　知野みさき
雪華燃ゆ　知野みさき
巡る桜　知野みさき
つなぐ鞠　知野みさき
駆ける百合　知野みさき
しのぶ彼岸花　知野みさき
告ぐ雷鳥　知野みさき
結ぶ菊　知野みさき